子狐たちの災園

三津田信三

角川ホラー文庫
23266

目次

主な登場人物

根津奈津江《ねづなづえ》　六歳。失《う》せものを見つけることができる不思議な能力を持つ。

美喜雄《みきお》　奈津江の父。

尚江《ひさえ》　奈津江の母。

祭園《まつりえん》の人々

祭《まつり》　隆利《たかとし》　園長。

小佐紀《おさき》　隆利の妻。母の跡を継ぎ、占いやお祓いを行う狐使いとなる。

小寅《おとら》　小佐紀の母。狐使い。

深咲《みさき》　十九歳。

汐梨《しおり》　十三歳。

学人《がくと》　十一歳。

由美香《ゆみか》　九歳。

喜雄《よしお》　七歳。

三紀弥《みきひさ》　六歳。

内平《うちだいら》　太《ふとし》（ヘイタ）　送迎や警備などを担当する雑用係。

島本和香子《しまもとわかこ》（シマコ）　家政婦。

長谷三郎《はせさぶろう》（チョウさん）　コック。

一　稲荷の祠

根津奈津江《ねづなづえ》は、自分の名前が好きではなかった。まず「なづえ」という響きが、どうも古臭い感じがした。「なつえ」なら良かったのにと思う。

幼稚園の友だちはみな、風花《ふうか》、菜奈《なな》、桜《さくら》、彩香《さいか》、美雪《みゆき》など、とても可愛い名前ばかりなのに。さすがに漢字はまだ難しく感じられたが、彼女の三文字より「風」「花」「桜」「美」「雪」といった字のほうが、なんとなく女の子らしいイメージがある。

漢字といえば、名字に「津」があるのに名前にも同じ字が入っている。「根津奈津江」と記された文字を見ていると、どうにも落ち着かない。

ひらがなで書くと「ねづなづえ」となり、逆さにした「えづなづね」でも変わらないように思える。そう呼んで彼女をからかう男の子も、実際に幼稚園にはいた。そんなときは当然ちゃんと言い返すのだが、やっぱり嫌な気持ちになる。

普段は「なっちゃん」という愛称があるので、あまり気にはならない。しかしフルネームで呼ばれる場合や、持ちものに書かれた文字を目にするたびに、もっと可愛らしい名前だったらうれしいのにと、つい考えてしまう。

物心がつき、自分の名前に違和感を覚えはじめたとき、母に尋ねたことがある。

「なぜ奈津江ってつけたの？」

「お父さんが奈良の出身で、ちょうど根津屋をはじめたころだったの。そこにお母さんの名前の一字を加えて、『奈津江』にしたのよ」

まず父の美喜雄《みきお》の生まれ故郷である奈良から「奈」を、ついで開業したばかりの根津屋から「津」を、そして母の尚江《ひさえ》から「江」の文字をとって、その三文字で「奈津江」としたらしい。

嘘……。

とっさに思った。母の態度が不自然だったわけではない。にもかかわらず、そう感じた。いや、悟ったというべきか。

奈津江の両親は、浅草《あさくさ》で蕎麦屋《そばや》を営んでいる。料理人だった父が、ちょうど彼女が生まれたころに、高齢のため店をたたもうとしていた前の主人から、裏の住居ごと買い取ってはじめたのが、今の〈蕎麦処《そばどころ》 根津屋〉だという。

ただし浅草といっても雷門《かみなりもん》のある仲見世界隈《かいわい》のような賑《にぎ》わいは、根津屋の周辺にはない。むしろ雑踏から離れた隠れ家のごとき趣が店の売りである。そのため新規開店したとき、はたして客を呼びこめるのかどうか、父も母もかなり心配したらしい。

幸い両親の不安は杞憂《きゆう》に終わった。前の店の常連客たちが贔屓《ひいき》にしてくれたうえ、父の腕が良かったことから新規の客も増え、なんとか蕎麦屋は軌道に乗った。もちろん母の頑張りもあった。それだけですんでいれば、あまり珍しくもない出店の成功談に過ぎなかっただろう。だが、そこに奈津江のある能力の評判が加わり、店は信じられないくらい大繁盛するようになる。

根津屋の近くに小さな小さな森があった。大小合わせて十数本の樹木と藪《やぶ》に囲まれたせまい土地で、その中に稲荷《いなり》の祠《ほこら》が祀《まつ》られている。ちょっと他では見られない、なかなか不思議な場所である。

その祠に朝と夕、父が必ず参っていたため、幼少のころから奈津江は森の中で遊ぶようになる。両親が店に出ているので、たいてい彼女はひとりだった。近所に子供がいないため、自然にひとり遊びが身についた。幼稚園に通うようになっても変わらない。帰宅するとすぐ森へ向かい、夕方まで祠の前で過ごした。森から店までは大して離れておらず、また近所の目もあったので、両親はすっかり安心していた。

ところが、奈津江が五歳の秋。

その日も彼女は幼稚園から帰ると、誕生日に買ってもらった人形セットを持って、さっそく森へ出かけた。ここにいると不思議と心地好《よ》かった。店の裏の家にいて、仕事の合間に顔を出す母を待っているときは、とても淋《さび》しく感じるのに、祠の前では誰にかまわれなくても、まったく平気だった。むしろ落ち着く気がした。

「こんにちは」

いつものように機嫌良く遊んでいると、声をかけられた。まるで今からないしょ話をするかのような、かなり低い囁《ささや》き声である。

顔をあげて驚いた。大きな耳と長い鼻のついた、灰色の象の帽子をかぶった若い男が、大きな樹木の陰に立っている。

「こんにちは」

すぐに返事をしたのは、いかにも客商売の家の子供らしい。祠の前で過ごすことが多いとはいえ、店の客と接する機会も少なくない。自然と人見知りをしない性格になっていた。

「お名前は？」

と訊《き》かれ、一瞬どう答えようかと迷う。

「……奈津江」

正直に言ったのは、やはり嘘をつくのが嫌だったからだ。ただ少しためらったため、奇妙な間ができてしまった。それなのに男は気にした風もなく、彼女の手元に視線を落としている。

「可愛い人形だね」

「お誕生日のプレゼントなの」

「へぇ、それは良かったね。けど、もう少し大きい人形なら、もっと楽しく遊べるかもしれないよ」

そう言いながら男は肩にかけていたディパックから、いかにも高価そうな着せ替え人形を取り出した。

「わぁ、すごい」

たちまち奈津江は、その綺麗《きれい》な人形に魅せられた。今まで自分が遊んでいた小さな人形が、とたんに色褪《いろあ》せてしまう。

「もし欲しいのなら、あげてもいいよ」

「ほんと？」

思わず手を伸ばしかけたが、

「それ、お兄さんの？」

なんか妙だなと感じた。大人の男が、こんな人形を持っているのは変である。

奈津江は早熟な子供だった。ひらがなとカタカナは早くから読め、書くこともできた。漢字も簡単なものなら理解できる。同年齢の子と比べても、かなりませていた。彼女の大人びた言動には、しばしば根津屋の客たちも驚くほどである。

「この人形はね、僕のお姉さんの子供のものなんだ」

「ふーん」

「ちょうどなっちゃんと同じくらいの歳で、チカっていう名前の、人形で遊ぶのが大好きな女の子だよ」

「だったら、その子に返してあげて」

正直に言うと未練はあった。でもチカという女の子の人形をとるつもりはない。

「これは僕が、チカから預かってきたんだ。彼女といっしょに、この人形で遊んでくれるお友だちが見つかったら、その子にプレゼントするようにってね」

「チカちゃんは、いつもひとりなの？」

「そうなんだ。でもチカは人形をいくつも持っていてね。人形の洋服もいっぱいあるから、なっちゃんが遊びに来てくれれば、チカと二人で着せ替えごっこができるよ。人形たちの家もあって、テーブルや椅子やベッドも置いてある」

男の提案は魅力的だったので、急に胸がドキドキし出した。

「僕の家はすぐ近くだから、行くのも帰るのも時間はかからない」

そう言いながら灰色象男は、ゆっくりと人形を鞄《かばん》に仕舞いはじめた。

「なっちゃんが遊びに来てくれたら、きっとチカも喜ぶだろうな」

そして樹木の陰から誘うような素ぶりで、男は何度もふり返りながら少しずつ離れて行った。

「おいでよ」

「うーん……」

知らない人について行ってはいけません――と、父にも母にも強く言われている。人見知りをしない彼女の性格を、一方で両親は心配していた。

「チカと人形たちが待ってるよ」

しかし男の囁き声はとても優しく、まったく無害そうに聞こえる。悪い人ではなさそうだ。家も近いらしいので、少しくらいチカちゃんと遊んでも、日暮れまでには充分に戻って来られるだろう。そんな考えが奈津江の脳裏を過《よぎ》った。しっかりしているとはいえ、まだ小さな子供である。

「今すぐ？」

それでもためらった。できれば両親の言いつけは破りたくない。

「うん、今からだよ。けど、もしなっちゃんがだめなら、僕はこれから次のお友だちを探しに行かなくちゃいけない。チカが待ってるからね」

「………」

「そうなったら残念だなぁ。なっちゃんはチカと仲良くなれそうなのに」

がっかりとした表情を見せつつ、男が背を向けて歩き出した。

「あっ、行く」

そのとたん、奈津江の足も動いていた。今を逃せばチカちゃんと友だちになる機会は二度と巡ってこない。人形も欲しかったが、いっしょに遊べる同じ年代の女の子の存在が、どうしても気にかかる。

灰色象男が確認するように、ちらっとふり返った。そのせつな、なんとも厭《いや》な笑みが浮かんだ……風に見えたが、象の鼻が邪魔でよく分からない。たぶん見間違いだろうと彼女は思った。

このお兄ちゃんは、お姉ちゃんの子供であるチカちゃんの、遊び相手になる友だちを探している。これまで二人ともひとりだったから、きっと仲良くできる。

まだ見ぬ友だちが、どんな子だろうと想像しながら、奈津江が稲荷の祠から離れようとしたとき、

――行ってはならぬ。

後ろから声がした。実際に声をかけられたというより、まるで頭の中で響いたような感じである。

驚いてふり向いたが、誰もいない。祠しか目に入らない。

「どうしたの？　行くよ」

少し先まで歩いていた男が、こっちを見ている。優しそうだった囁き声が、微かにいらだって聞こえる。

「よく分かんないけど……、やっぱり行かない」

奈津江が立ち止まったまま首をふると、

「チカの友だちになってくれるって言ったよね」

慌てて男が引き返して来た。

「うん、でも……」

「約束したじゃないか」

行く意思を見せたのは確かなので、彼女は返答に困った。

「さぁ、早く行こう」

灰色象男の右手が、ぐんぐんと伸びてくる。捕まったら大変なことになる。そう感じた瞬間、目の前の男がたまらなく怖くなった。

「逃げられないよ」

今や男の両の瞳《ひとみ》には、ギラギラと無気味に輝く暗い欲望が浮かんでいる。その意味するものが奈津江には分からなかったが、何かとてつもなく忌まわしい感情であることだけは、本能的に悟れた。

「……いや」

走って逃げようとしたが、男の両手にがっしりと両肩をつかまれ、まったく身動きができない。

「声を出すな」

すぐに男が首を絞めてきた。助けを呼ぼうにも、息さえ満足につげない。たちまち顔が、カッと熱くなる。そのうち耳鳴りがして、ガンガンと頭が痛みはじめた。

……く、苦しいよぉ。

母の顔が浮かび、父の声が聞こえる。もう二度と両親には会えないのだと気づく。圧倒的な恐怖を覚えると同時に、何とも言えぬ哀しみの念に囚《とら》われる。

……私、死んじゃうのかなぁ。

薄れゆく意識の中であきらめかけたとき、すうっと男の両手の力が弱まり首から離れたため、その場に奈津江はくずおれた。

とっさに灰色象男を見あげると、両目をいっぱいに見開いて、血の気の失《う》せた顔つきで、彼女の後方を見つめている。

「ひぃ……」

男の身体が小刻みに震えはじめ、うめくような短い悲鳴をあげると、

「……く、来るな」

微かに首をふりながら、少しずつ後ずさりしはじめた。男の顔はひどく引きつり、今にも泣きわめきそうである。

この男の人は、いったい何を……。

怖いもの見たさの好奇心から奈津江はふり返ろうとして、その気配を感じたとたん、ピタッと動けなくなった。

……祠《ほこら》と自分の間に何かいる。

それは最初、祠から顔を覗《のぞ》かせるだけだった。だが今は、こちらに向かって来ている。だから男は「来るな」と言って後退をはじめた。そんな風にこの場の状況が、不思議なことに彼女には理解できた。

男の後ろには、大きな樹木がある。すぐに背中が当たり、彼の動きが止まる。木を避《よ》

けて逃げればよいものを、なぜか男は立ちすくんでいる。ひたすら彼女の後方にいる何かを凝視しながら、樹木に背をあずけて木偶《でく》のように突っ立っている。

やがて後ろの気配が、ふうっと奈津江に近づいて来た。とたんに首筋が、ぞっと粟立《あわだ》つ。それが男に迫る前に、まず自分のところへ来るのだと察したからだ。にもかかわらず身体が動かない。逃げることができない。

……おそろしい……恐ろしい……畏《おそ》ろしい……虞《おそ》ろしい……怕《おそ》ろしい。

次第に迫ってくる何かに対して、とうてい人間の言葉では表せぬほどの感情が芽生える。彼女が生まれてはじめて覚えた、それは畏怖《いふ》の念だったかもしれない。

その何かが真後ろまで来たあたりから、奈津江の意識は混濁している。

ひいぃぃ……という男の悲鳴。

ちらっと映った白い着物。

柔らかい毛のようなもの。

微かに聞こえた笑い声。

気がつくと、奈津江は正座していた。その恰好《かっこう》のまま眠っていたらしい。樹木の根元には灰色象男が、白目をむいて口から泡を流しながら倒れている。男の様を目にして、再び意識が遠のいた。

次に目覚めると家の布団の中にいて、高い熱を出していた。枕元には父と母が座っている。彼女は一生懸命、何があったのかを説明した。意味不明な部分も多かったが、持てる限りの言葉を使って表現しようとした。

「やっぱり……の血が……」

「そんな馬鹿なこと……」

「いや、……は……だから、……くらいでは……」

「今さら……のことを……。それに……」

両親の会話は聞き取りにくく、また漏れ聞こえる言葉の意味もよく理解できない。ただ父が何かを肯定しているのに対して、母は否定しているらしい。その違いだけは察することができた。

この父と母の意見の食い違いは、彼女が快復してからも起きた。再び祠の前で遊んでも大丈夫かどうかで、完全に考えが分かれた。

「お稲荷《いなり》さんは奈津江を守ってくれた。あそこで遊ぶのが、あの子にとっては一番安全なんだ」

「変質者が出たのよ。そんな場所で、今後も遊ばせるなんて……」

奈津江を見つけたのは、町内の敬老会に入っている蓮田《はすだ》という老婦人である。森の東側に住む彼女が、正座したまま前のめりになり、意識を失っている奈津江を発見した。もっとも遊び疲れて寝てしまったのだと、蓮田は思ったらしい。灰色象男の姿は、すでになかったという。

そのため警察は、奈津江の証言を聞いても半信半疑だった。男の特徴を——特に顔立ちについて――満足に答えられなかったせいもある。帽子を深くかぶっていたうえ、象の鼻が邪魔になって、ほとんど顔が見えなかった。服装はうろ覚えで、年齢も定かではない。灰色の象の帽子の印象だけが強烈に残っている。

かといって警察が、男の実在まで疑ったかどうかは分からない。ただ稲荷の祠から何かが出て来て……という話をしたとたん、微妙に態度が変わったのは間違いない。すべてが子供の嘘か、好意的に解釈しても白昼夢くらいに考えた可能性はある。

奈津江は腹を立てなかった。快復して日が経つにつれて、あれは本当の出来事だったのか……と彼女自身も首をかしげる、そんな有様になったからだ。むしろ父と母が、よくあっさりと受け入れたものだと不思議に思えた。

そう言えば父も母も、まるで心当たりがあるような会話をしていた。枕元の話は、いったい何だったのか。

再び小さな小さな森に行くとき、さすがにためらった。実際に首を絞められた灰色象男の両手の感触よりも、自分の後ろにいたあの何かの気配のほうを、実に生々しく彼女は記憶している。そういう状態のまま稲荷の祠に背中を向けて遊ぶことが、はたして本当にできるのか。

大きな樹木の陰から祠を覗いていると、蓮田に声をかけられた。おそらく家にいて、奈津江の姿が見えたから出て来たのだろう。

「ちゃんとお狐様に、お礼をせんといかんよ」

「……狐さん？」

「お稲荷さんというのは、狐の神様のことや。なっちゃんのお父さんが、それは熱心に信心してるからな。きっとお狐様が助けて下さったに違いない」

「うん。いつも朝と夕方、お参りしてるよ」

「ここのお狐様は、根津さん個人の神様みたいなもんやからなぁ」

意味が分からなかったのでもの問いた気に見ると、蓮田は慌てたように皿に盛った稲荷鮨《ずし》を差し出しながら、

「さぁ、これをお供えして、救っていただいたお礼を言いなさい」

手取り足取りの恰好で、彼女を稲荷の祠に参らせた。

すると不思議にも、ためらいの気持ちがすうっと消えて、これまで通り小さな小さな森の中の小さな祠の前で、ひとりで機嫌良く彼女は遊ぶようになった。

さらに奈津江が五歳とは思えぬほどもっと聡明《そうめい》になり、かつお狐様のお告げを聞きはじめたのは、それからすぐである。

二　秘密の姉

きっかけは根津屋の常連客の友西《ともにし》が、ふと母に漏らした失せものの話だった。

「うちのやつが、印鑑をなくしてね」

「あら、それはお困りでしょう」

「実印じゃないけど、三文判でもないんだよ。銀行印にしているから」

「まぁ、大変じゃないですか」

その日は土曜だったが、昼時を過ぎて客が少なくなっていたので、母は友西の相手をしている。奈津江は調理場の出入口の近くで、父が作る昼食を待っており、聞くともなく二人の会話に耳をかたむけていた。

「金の出し入れは、カードがあれば問題ない。けど、このまま印鑑が見つからないと、やっぱり厄介だよなぁ」

「なくされたのは家の中ですか、それとも外で？」

「銀行に行くので、印鑑を鞄《かばん》に入れた。なのに向こうに着くと、鞄の中にない。その前に百貨店へ寄ってトイレを使ったらしい。そこかと思って戻ったけど、どこにも見当たらない」

「トイレ以外では、銀行まで鞄は開けなかったんですよね」

「そう言うんだ。念のため家でも捜したが、やっぱり見つからない。まるで狐につままれたようだって」

　友西の「狐」という言葉に、奈津江は反応した。稲荷の祠《ほこら》のお狐様に訊《き》けば、印鑑がどこにあるか分かるかもしれない。なぜかそう思った。

　父に気づかれないように、そうっと油揚を一枚だけ手にとると、急いで祠まで走る。

　そうして蓮田に教えられた通り、油揚をお供えしてからお参りをした。

　友西さんの奥さんがなくした印鑑はどこにありますか。

　ふいに「傘」が脳裏に浮かんだ。その映像が見えたわけではない。かといって言葉を思いついたのとも違う。ただ「傘」だと教えられた。

　すぐ店に戻り、友西に伝える。

「傘だよ」

「おっ、なっちゃんか。うん？　何の話かな？」

「だから、傘だって」

　やり取りを続けるうちに、ようやく友西も理解できたらしく、

「ああ、印鑑のことか。お母さんとの話を聞いてたんだな。けど傘って……。あっ、玄関の傘立てか。なるほど、よいところに目をつけたね」

しきりにほめてくれたが、真剣に取り合っていないのは明らかである。

「傘だからね」

それでも奈津江が何度もくり返していると、調理場から顔を出した母に「お昼を食べなさい」と呼ばれた。ちょうど父が昼食を作り終えたからだが、客にまといつく彼女を店から出す意味もあったに違いない。

翌日の昼過ぎ、やや興奮した面持ちで根津屋に入って来た友西は、

「あったよ。傘立ての中に印鑑が——」

お茶を出す母と、調理場の出入口にいた奈津江に、交互に顔を向けつつ報告した。

「うちのやつ、出がけに雨が降りそうだったので、鞄の中の折り畳み傘を取り出して、傘立ての傘と替えようとした。でも、まだ降り出してなかったので、やっぱり折り畳みでいいやと考えを変えた。そのとき、どうやら印鑑が鞄から落ちたんだな。物音がしなかったのは、傘の中に入ったからだよ」

「まぁ、そうだったんですか。見つかって良かったですね」

「なっちゃんのお陰だよ」

「はっ、奈津江の？」

「昨日ね、しきりになっちゃんが『傘』って言うものだから、帰ってから玄関の傘立てを調べたら、私の黒い傘の中から印鑑が出てきて——」

「そ、そうなんですか」

「なっちゃん、どうして分かったの？」

好奇心に満ちた友西とは対照的に、母の顔は少し青ざめて見える。それが彼女の返答を聞いて、さらに血の気が引いたのが分かった。

「お稲荷《いなり》さんの、お狐様が教えてくれた」

この奈津江の「才能」は、まず根津屋の常連客の間で広まった。鍵《かぎ》や眼鏡や各種のカードといった失《う》せものの定番から、そのうち写真や日記という昔なくした思い出の品まで、捜して欲しいと頼みに来る客が増えはじめた。一月も経つころには「失せもの捜しのなっちゃん」として、彼女はちょっとした有名人になっていた。

お陰で店は大繁盛した。もちろん失せもの捜しだけを頼みに来る者もいたが、それは根津屋の常連たちが追い返した。

「なっちゃんは人助けでやってる。お金をとるわけじゃない。だったらお店の客になるくらいの心づかいは、そっちも見せるべきじゃないのか」

奈津江のにわかマネージャーに、そのとき店にいる誰もがなった。やがて根津屋に通わないと相談には乗れないと、勝手にルールを作る常連まで出る始末である。

父は単純に店の盛況と娘の人気を喜んだ。だが母は、どちらも嫌がった。店が流行《はや》るのは歓迎しながらも、それが娘の異様な能力によることが、どうしても受け入れられないらしい。とはいえ常連客たちは、あくまでも好意で手伝ってくれている。むげに断わるわけにもいかない。

「あの子の身体が心配だから……」

「こんなことを続けていたら、きっと悪い影響が出る」

「有名になったことで、また変な人に目をつけられるかも……」

毎晩のように母は、父に訴えた。

母の心配はもっともだったが、相談者の失せものすべてに、稲荷の祠のお狐様が答えたわけではない。はずれる以前に、そもそもお告げがない場合も多かった。よって全国どころか都内に広まるほどの評判にもならなかった。

誰もが最初は、捜すものに問題があると思った。つまり捜しやすい品と、そうでないものがあると考えた。しかし、ある人が遊園地で落としたらしい運転免許証や、家の中でなくしたキーホルダーはだめだったのに、別の人の半年も前に自宅からいなくなった猫は、ちゃんとお告げがあって見つかっている。どう考えても場所が特定されている落としもののほうが、自分で動き回っている猫よりも、捜すのが容易なはずなのに。どんな理由からお告げの有る無しが生まれるのか。

相談の数が増えるにしたがい、この謎は深まった。成功と失敗の事例をいくら見比べても、そこに何の法則も見出《みいだ》せなかった。常連たちは首をかしげ、失せもの捜しのなっちゃんの評判が落ちることを大いに心配した。ほっと安堵《あんど》したのは、おそらく母くらいだったろう。

奈津江は早い時点で、その原因に気づいていた。見つけてあげたいと彼女が強く望まないものは、どれほど祠にお参りしても無駄なのだ。友西の場合は、いつも自分を可愛がってくれるお客さんだったからこそ上手《うま》くいった。いきなり訪ねて来て、これこれを捜せと言われても、その人に好意を持つか同情でもしない限り、まずお狐様は答えてくれない。つまり根津屋に通わないと相談には乗れないというルールは、実はかなり的を射ていたのかもしれない。

ただし、このことは黙っていた。相談者に対して抱く奈津江の感情が、お告げの有無を決めると分かれば、当人は面白くないに違いない。いらぬ波風が立ってしまう。

それに何と言っても、母の反応が大きかった。これ以上はもう騒がないで欲しい。どうか以前の娘に早く戻って欲しい。そう願っているのが肌で分かった。だから今くらいの塩梅《あんばい》がちょうど良いと、彼女なりに判断していた。

そんな大人びた考え方ができたのは、元から早熟だったことに加え、稲荷の祠の声を聞いて以来、それが顕著になったからだ。もっとも本人は、この事実をなるべく隠すようにした。大人の前では年齢通りの女の子を演じるように心がけた。

それでも相談者が劇的に減ることはなかった。お告げさえあれば、ほぼ百発百中で当たったせいだろう。新たな評判が少しずつ口コミで広がり、奈津江に会いに来る人が絶えない。ようやく落ち着いたのは、翌年の春になってからである。

その日の午後、小学校から帰った奈津江は、いつも通り稲荷の祠の前で遊んでいた。

「こんにちは」

すると声をかけられた。高校の一年生くらいに見える綺麗《きれい》なお姉さんが、こちらを見て笑みを浮かべている。

「ご相談なら、あっちにある根津屋というお店に行って下さい」

「あなたがなっちゃんね」

「はい。でも、ここではご相談は受けられません」

「しっかりしてるのねぇ。お姉さん、感心しちゃった」

相談者が口にするお愛想には慣れていたが、なぜか彼女は照れた。

「……どんなご相談ですか」

「いえ、私は違うの」

「…………」

「私はね、なっちゃんと遊ぶために来たのよ」

とっさに灰色象男の記憶がよみがえる。でも、どう見ても目の前のお姉さんは、あいつのような悪い人には見えない。と考えたところで、あの男に対しても最初は同じ判断をしたのだと思い出した。

迷った奈津江は稲荷の祠の前に座ると、お狐様にお伺いを立てた。

返って来たのは、何とも言えぬ温かな感覚だった。すぐさま思い浮かんだのは、母の姿である。母親のように、このお姉さんは自分を慈しんでいる。それが実感できた。敵どころか大いなる味方であることが分かった。

……どうして？

しかし同時に謎も生まれた。見ず知らずのお姉さんが、なぜ自分をそれほど想ってくれるのか。

ふり返ると、優しく愛《め》でるような微笑みで、お姉さんが見つめていた。その眼差《まなざ》しには、明らかに親愛の情があふれている。

結局、奈津江は夕方までいっしょに遊んだ。お姉さんは「深咲《みさき》」といい、すでに高校を卒業している十九歳だと知り驚いた。彼女の年代から見れば、十九歳は立派な大人である。いや、高校生も同じかもしれない。可憐《かれん》な幼さの残る深咲は、そんな大人の印象とは程遠い存在に映った。だからこそ打ち解けるのも早かった。

実際に深咲は、とても良い遊び相手になってくれた。姉妹のいない奈津江にとって、まさに歳の離れたお姉さんのように思えた。

「なっちゃんは、ひとりっ子？　弟や妹はいないの？」

「うん、ずっとひとり。お姉ちゃんは？」

「双児の妹がいたらしいけど……」

「ええっ、お姉ちゃん、双児なの？」

「それがね、生まれてくる前に、死んじゃったの」

死産がどういうものか、奈津江にも理解できるように、深咲は説明してくれた。それでも母親のお腹の中で赤ん坊が死んでしまうという状況が、彼女には非常に恐ろしく感じられた。聞かなければ良かったと、とても後悔した。

途中、蓮田が顔を出した。例の事件のあと、奈津江を何かと気づかってくれる。

「こんにちは」

すかさず深咲があいさつをして、自然に二人の立ち話がはじまった。うんうんと蓮田は、しきりにうなずいている。それから老婦人は立ち去ったので、深咲は害のある人物ではないと、きっと判断したのだろう。

「そろそろ帰る時間じゃない？」

気がつくと、もう夕方だった。このまま帰宅しないで遊んでいたら、じきに母が迎えに来る。そう深咲に言うと、なぜか急いで立ち上がった。

「また来るね」

「もう帰っちゃうの？」

「うん。でも近いうちに、必ず遊びに来るから」

「ほんと？　またいっしょに遊べる？」

「もちろん、約束する。それでね、ひとつお願いがあるんだけど――」

自分のことは父と母にはないしょにして欲しい、と深咲が頼んだ。そのうち時が来れば自分のほうからあいさつをするから、と言うのだ。

「どうして？」

「今は言えないの」

納得できずに何度も「どうして？」と尋ねると、

「ないしょにしてくれなかったら、もう二度と遊びに来れなくなるの」

なんとも悲し気な表情を、ふっと深咲は浮かべた。

「……分かった」

少し悩みながらも奈津江が承諾したのは、すっかり深咲が好きになっていたからだ。ためらったのは、これまで両親に嘘をついたことがないためである。ただ、ないしょにするだけで嘘をつくわけではない。深咲も「時が来れば」と言っている。それまで二人だけの秘密にしておこうと思った。

このときから深咲はほぼ週に一度、稲荷《いなり》の祠《ほこら》に現れるようになる。いっしょに奈津江と遊んで、夕方になれば帰る——というくり返しだったが、それで深咲は満足しているらしい。彼女のことを両親に喋《しゃべ》りたくて仕方なかったが、約束をしたので我慢した。なぜ秘密にする必要があるのか、と首をかしげながらも……。

妙だなと思うことは他にもあった。夏が近づいて奈津江が汗をかくようになると、やたらとハンドタオルで深咲がふこうとする。親切心でやっているのは分かるが、服の下までふく仕草に、少し違和感を覚えた。これで相手が男だったら、どんなに仲良くなっていても、ませた奈津江は警戒しただろう。だが深咲は違う。少しやり過ぎに感じるくらいだった。とはいえ妙に引っかかった。

失《う》せもの捜しの相談者には、それまで通りの対応を続けた。思えばこのころが、奈津江にとって一番幸せな時期だったかもしれない。

やがて季節は夏になり、お盆が過ぎた数日後の夕方、激しい雷雨があった。すでに午後から降りはじめていたため、奈津江は大人しく家の中にいた。母は店におり、父は出前した食器の回収をしている最中だった。

その帰路、小さな小さな森の側を自転車で通りかかった父は、なんと雷に打たれてしまう。そんな天候にもかかわらず、自転車に乗っていたのが命取りになった。

あまりのショックに母も奈津江も呆然《ぼうぜん》とし、ひたすら泣くしかなかった。町内の人々や根津屋の常連たちがいなければ、満足に通夜も葬式も出せなかっただろう。このとき彼女は、父にも母にも身寄りがないことを、はじめて知った。そう言えば祖父母をはじめ、いとこ、おじ、おばといった親戚《しんせき》に、これまで会った覚えが一度もない。

初七日をすますと、母は根津屋の営業を再開した。父の生前と同じ品書きは無理なため、やむなく品数は減らしたものの、気丈にも店を切り盛りした。これまで以上に常連客たちは顔を出してくれた。また近所の人の手助けもあって、なんとか店をやっていくことができた。

ただし母は、奈津江が失せもの捜しの相談に乗ることを、いっさい禁じた。

「奥さん、それはもったいないよ」

店の常連たちも驚いた。

「こういう言い方はしたくないけど、なっちゃんのお告げは根津屋の集客に、立派に貢献してると思うから――」

やめないほうが良いと遠慮がちに友西も助言した。

だが母は、きっぱりと首を横にふった。それまで父をはじめ、誰に対しても自己主張などあまりしなかった母が、このときばかりは完全に拒絶した。

友西をふくむ常連たちも、それ以上は強く言わなかった。近所の人々も同様である。母の意見を受け入れて、結局は好きにさせた。なぜなら父の死に対して、いつしか忌まわしい噂が流れていたからだ。

日ごろから熱心に稲荷の祠に参っていたのに、すぐ横で雷に打たれて死ぬなんて、根津屋の主人は、よほど深い業《ごう》を背負っていたのではないか……。

という噂が秘《ひそ》かに囁《ささや》かれ出した。ひどい言われようだったが、本人の普段の信心ぶりを知っていればいるほど、そう勘ぐりたくもなる事故死だった。

当然これは母の耳にも入ったので、もう稲荷に関わりたくないと思ったとしても無理はない。そんな母の気持ちを理解したからこそ、誰もが何も言わなくなった。

しかし奈津江は違った。彼女にとって稲荷の祠は、とても特別な存在である。もし祖父母がいたら、きっと似た想いを抱いたのではないか。もちろん実際の祖父や祖母には絶対に感じないであろう、大いなる畏怖《いふ》の念もお狐様には覚えていたのだが……。

それに小さな小さな森に行けなくなると、深咲とも遊べなくなってしまう。父を失ったばかりか、同時に祖父母や姉に代わる存在とも会えなくなるなんて、あまりにも悲し過ぎる。でも母の言いつけは守りたい。そむきたくはない。

奈津江は根津屋の前の道で遊びながら、深咲が訪ねて来るのを待った。それしか彼女はできなかった。

父の初七日から数日後、黒い服を着た深咲が森の中を覗《のぞ》いているところを、奈津江は見つけた。すかさず店の向かいの路地に引っ張りこむと、

「お父さんのこと、もうびっくりして……。大変だったわね。いきなりで……。ごめんね。お通夜にもお葬式にも出られなくて……」

彼女は沈痛な面持ちでお悔やみを述べた。

「本当に雷だなんて、信じられないような事故で……」

「それがね、なんか変な風になってるの」

奈津江が父の死にまつわる噂と、それに対する母の反応を口にすると、深咲は激しく首をふりながら、

「あの祠のお狐様が、そんなこと絶対にするわけがない」

「えっ……」

「変態男から助けてくれたように、あのお稲荷さんはなっちゃんの味方なの」

「そうだと、私も思うけど……」

「もしもお父さんが――いい？　あくまでも仮のお話よ――お狐様の罰を受けるような行ないを、過去にしていたとしましょう。でも罰を下すことでお父さんが死んでしまっ

たら、なっちゃんが悲しむ。なっちゃんが不幸になる。それが分かっていて、お父さんを死なせるなんて、あのお稲荷さんがするはずないの」

断言する深咲に、思わず奈津江は尋ねた。

「お姉さん、あのお狐様を知ってるの？」

「………」

「お父さんとお母さんには、ないしょって言ったのは、それと関係ある？」

「………」

「あるのね？」

「……うん」

そのあとは何を訊《き》いても深咲は答えなかった。ずっと何かを考えこんでいる。ただ別れぎわに、なんとも意味深長な台詞《せりふ》をはいた。

「……もしも、……もしも万一、お狐様の意志が働いたのだとしたら、とてつもなく重大な意味が、そこにはあるのかもしれないわね」

「どういうこと？」

すかさず奈津江が問い返すと、困ったような顔を深咲はした。どうやら彼女自身もよく分からないらしい。それなのに何か感じるものがある。そんな風に見える。

「ちょっと調べてみる」

そう言うと深咲は立ち去った。また近いうちに会いに来るから——と約束して。

　ところが、一週間が過ぎ二週間が経っても、深咲は現れなかった。奈津江は彼女の身を心配した。何に引っかかり、何を調べているのかは分からない。とにかく危険なまねをしていなければ良いが……と祈るばかりだった。

　稲荷の祠に何度かお伺いを立てたが、まったく返答が得られない。ということは、きっと深咲は無事なのだ。無理にでも安心しようとしたが、なかなか心は休まらず、不安を感じる日が続いた。

　九月も半ばを過ぎたころ、再び奈津江は信じられない不幸に見舞われた。小さな小さな森の中で、あろうことか母が殺されたのだ。

三　母の死

その夜、母は根津屋の片づけを終えたあと、「すぐに戻るから」と言って出かけた。着替えもせず化粧も直さなかったので、近所へ行くだけなのだと奈津江は思った。でも、いつまで待っても帰って来ない。彼女は何度も店の前に出ては、母の姿が見えないかと捜した。

どこに行ったんだろう？

なんだか厭《いや》な予感がする。深咲のように母も戻って来なかったら、と考えると物凄《ものすご》い恐怖を覚えた。

そのうち待っているだけでは辛抱できなくなり、心当たりのある近所の家を訪ねようとして、お狐様に相談すれば良いと気づいた。これまでに失《う》せものだけでなく、失踪《しっそう》した人や行方不明者の居場所を突き止めたこともある。今回は彼女の母親なのだから、間違いなくお告げがあるはずだ。

奈津江は急いで小さな小さな森まで走った。

近くには街灯がひとつしかない。そのため真っ暗な闇の中に、ぼんやりと薄気味悪く森が浮かび上っている。もう何百回と足を運んでいる場所なのに、あまりにも夜の眺めが昼間とは異なることに、彼女は戸惑った。

……まるで別の森みたい。

日中はこぢんまりとして可愛く、心地好《よ》い遊び場だったのが、夜になると秘密めいた気配の漂う魔所へと変貌《へんぼう》してしまう。そんな妄想を瞬時に抱かせるほど、小さな小さな森の雰囲気は一変している。

でも、お狐様はいっしょのはず……。

それともお日様が沈んだとたん、稲荷《いなり》の神様から異形の化物へと、たちどころに変化を遂げるのだろうか。

首をふりながら森の中に入りかけて、祠《ほこら》の前に人が倒れているのに気づいた。

あっ……。

とっさにホームレスかと思ったが、なぜか服装に見覚えがある。

……えっ、まさか？

恐る恐る近づいてみると、それは母だった。

稲荷の祠に多量の鮮血が飛び散り、喉《のど》を真一文字に裂かれた状態で、母は死んでいた。

小さな小さな森の中で惨殺されていた。

しかも、うつぶせに倒れた母の頭の上には、大きな耳と長い鼻を持った象の帽子が、ちょこんとのせてあって……。

その後の記憶は、あまりはっきりしない。蓮田の家へ助けを求めに行った気がするものの、まわりに近所の人たちがあふれて大変な騒ぎになった光景しか、頭の中には残っていない。

やがて、なじみのない布団に寝かされた。でも表がうるさくて少しも眠れない。それなのに目覚めると、不思議にもベッドの上だった。彼女が知っている病院とは少し違っていたが、何かの施設らしいところにいた。

そこで奈津江は色々な質問をされた。テストのような検査もやらされた。どんな意味があるのか分からなかったが、問いかけの中には事件に関する内容もあった。

母は何時ごろに家を出たのか。どこに行くと言っていたのか。誰かに会う予定はあったのか。この数日、母に不審な電話や手紙はなかったか。その後、灰色象男を見かけたことがあるか。

しかし奈津江に答えられたのは、母が出て行った時刻だけである。あとはいっさい首をふり続けた。

どうして母は、わざわざ夜に稲荷の祠へ出かけたのか。誰かに呼び出されたのか。それは灰色象男なのか。だとしたら理由は？　最初から殺すつもりだったのか。ならば動機は何か。

いかに奈津江が早熟で特別な子供だったとはいえ、一連の謎は荷が勝ち過ぎた。それに本人は自覚していなかったが、惨殺された母親の死体を目の当たりにした弊害が、彼女の身体にも心にも出はじめていた。

その施設では、誰もが奈津江に親切だった。質問や検査をする女の先生も、彼女の世話をする中年の女性も、とても優しい。ただし甘やかす感じはなかった。彼女をいたわりながらも、やるべきことはやる、進めるべきことは進める。そんな杓子定規《しゃくしじょうぎ》なところも多々あった。

もっとも奈津江には関係なかった。すべてが他人事《ひとごと》のように映っていたからだ。動いたり、喋《しゃべ》ったり、食べたりしているのは、確かに自分である。だけど、その彼女自身が本当の自分とは思えない。まるでもうひとり別に根津奈津江という少女がいて、その子の着ぐるみを身につけている。そういう違和感がつねにあった。

母の通夜と葬儀には、施設の人につき添われて参列したが、やはり同じだった。悲しい、辛《つら》い、淋《さび》しい、怖い、苦しい……という感情はあるのだが、妙に実感がともなわない。彼女自身の痛みとして受け取っていない。そんな感覚がずっと続いた。

……お母さんが死んじゃった。

何度もくり返して思うのに、現実の出来事として認識できない。

……お母さんが殺されちゃった。

何回もくり返して考えるのに、どこか別の世界の事件のように感じられる。

奈津江が施設に入ってしばらく経ったとき、近所の蓮田と根津屋の常連だった友西が訪ねて来た。面談室で二人の顔を見て他愛のない話をしていると、少しずつ着ぐるみがはがれていく感覚に囚《とら》われた。身体が軽くなった気がした。

ところが、小学校の友だちが来たときは逆だった。せっかく脱げかけた着ぐるみが再び重くなった。蓮田と友西が再び顔を出しても、元に戻らなかった。

「……まだ早過ぎた」

「おそらく母親を思い出し……」

「……現実を取り戻すためには……」

女の先生の電話を、たまたま耳にした奈津江は、自分の話だと直感した。内容は難しくて理解できなかったが、訪問者と会って話すことも、実は先生が行なう検査と同じ意味が——何らかの目的が——あったのだと察した。

ここは病院ではない。しかし似た施設らしい。彼女は入院しているのか。どこも悪くないのに。奈津江は混乱した。だが、そうやって自分自身を客観視できたのは、彼女が快復へ向かいはじめた兆しだった。

それから数日後、ずいぶんと着ぐるみの存在感が薄れかけたとき、思いがけない人物が訪ねて来た。

「ごめんなさい。こんなに会いに来るのが遅くなって」

面談室に入ると、目の前に深咲がいた。

「もっと早く来たかったんだけど、色々と解決すべき問題があって……」

幼い子供が嫌々をするように、奈津江は首をふりはじめた。

「大変だったわね。でも、これからは私がついてるからね」

両の眼《まなこ》から、ぽろぽろと涙がこぼれる。

「もう大丈夫よ。何の心配もいらないのよ」

気がつくと奈津江は、大声をあげて泣いていた。深咲に抱きついていた。もしかすると母の死に対して、はじめて流す涙だったかもしれない。

深咲の訪問がきっかけとなり、残っていた着ぐるみの薄い膜のようなものが完全に脱げて、奈津江は現実世界へと無事に帰還できた。それは同時に母の死を全面的に受け入れなければならない、とても辛い体験にさらされることも意味した。

だが、このときの奈津江は、母の死を嘆き悲しんでいる暇がなかった。なぜなら深咲が立て続けに、意表をつく話ばかりをしたからだ。

「先生がおっしゃるには、もう少しでなっちゃんは良くなるらしいの。そうなればここを出られるから、あとちょっとの辛抱ね」

「根津屋の家に戻れるの？」

「いいえ、〈祭園《まつりえん》〉ってところに行くのよ」

とっさに「孤児院」のような施設にやられるのでは、と奈津江は身構えた。前に読んだ外国のお話の中に、親を亡くした子供が「孤児院」に入れられて、様々な苦労をする物語があったのを思い出したからだ。

そんな彼女の不安を感じ取ったのか、すぐに深咲が言葉をついだ。

「私といっしょだから心配しないで」

「お姉さんと?」

「これからは私がついてるって、さっき言ったでしょ」

戸惑いを隠せない奈津江に、にっこり深咲は微笑みながら、

「私の名字は『祭』っていうの。にぎやかなお祭と同じ漢字ね」

「祭、深咲……」

「そう。祭園を経営しているのは私の父で、そこは特別な子供のための施設なの」

「特別って?」

深咲の説明を聞いて、かなり仰天した。祭園にいる子供たちの親は、全員が莫大《ばくだい》な資産を持つ者ばかりだという。具体的な名前はあげられないが、みながトップクラスの富裕層らしい。

もっとも仮に名前を教えてもらっても、奈津江に分かるはずもない。ただ自分が場違いなところへ連れて行かれることだけは、瞬時に理解できた。

「私のお父さんとお母さんは、死んでしまったの」

「そうね」

「第一うちに、お金なんてない……。根津屋をはじめたとき、とてもいっぱいお金がかかったんだよ」

「なっちゃん、よく知ってるわね」

「お父さんとお母さんが話してるの、何度か聞いたから……」

「そんな心配はしなくていいのよ」

では、いったい誰がお金を払うのか。それとも深咲の特別なはからいで、無料にしてくれるのか。彼女は歳の離れた遊び友だちに過ぎないのに。

すっかり奈津江が混乱していると、再び深咲は笑みを浮かべつつ、

「養子って分かる？」

その説明を優しくしたあとで、さらに驚くべき話をした。深咲の父親と養子縁組を行ない、奈津江は根津奈津江から祭奈津江になるというのだ。

「……ど、どうして？」

「祭園に入る子は、誰もが父の養子になるからなの」

「…………」

「なぜかっていう仕組みは、ちょっとなっちゃんには、まだ難しいかなぁ」

だが奈津江は、あることを直感的に悟った。

「それって、その子たちのお父さんとお母さんが、すごいお金持ちだってことと関係あるの？」

「うん、あるわ」

答える深咲の顔に、感心した表情が浮かんでいる。奈津江の勘の良さに、改めて気づいたからだろう。

「だったら、やっぱり私は無理……」

「ううん、あなたは他の子とは違うの。もっと特別な子なの」

「特別？」

「同じように養子縁組はするけど、本当なら必要ないんだから」

「えっ……」

「あなたは私の父の娘で、祭園で生まれたの」

絶句する奈津江に、優しく深咲は笑いかけながら、

「つまり私は、なっちゃんと血のつながった、本当のお姉さんなのよ」

四　狐使い

　ＪＲの青梅《おうめ》線の滑万尾《かつまお》駅で降りると、一台の乗用車が迎えに来ていた。

「ここから車で、まだ二十分くらいかかるけど大丈夫？　少し休む？」

　深咲は気づかってくれたが、奈津江は首を横にふった。

　正直に言うと電車には疲れた。でも休憩してしまうと、祭園に行くことを尻《しり》ごみしそうで怖かった。それに――、

「お帰りなさい」

　運転席から現れた三十前後の男が深咲にあいさつをしたとき、目深にかぶった帽子の下から、ちらっと奈津江を睨《にら》みつけたような気がした。細身ながら、がっしりとした身体つきで、どこか威圧感がある。

　さんざん待たされて、怒ってるのかも……。

　これ以上この人に迷惑をかけてはいけない。とっさにそう思ったせいもある。

「どうぞ」

「ありがとう。ご苦労様です」

後ろのドアを開けてくれた男に、深咲が礼を言った。そのとたん男の仏頂面に、微《かす》かな笑みが浮かんだ。

この人、お姉ちゃんが好きなのかな。

短絡的な発想だったが、そんな風に感じられる。とはいえ近くに深咲のような女性がいれば、ほとんどの男が平静ではいられないのではないか。

けど彼は、お姉ちゃんとつり合わない。

ぶしつけな品定めを奈津江がしていると、ドアに手をかけたまま、男が冷ややかな眼《まな》差《ざ》しを向けてきた。どうやら、さっさと乗れということらしい。

ふん。

深咲との対応の違いに、ちょっと腹が立つ。もちろん姉と彼女では比べものにならないが、もう少し愛想があってもよいだろう。

「すみません」

それでも奈津江は、ちゃんと一礼してから車に乗りこんだ。

すぐさま無造作にドアが閉まる。おそらく乗ったのが深咲なら、もっと気をつかった閉め方をしたに違いない。

「彼は内平太《うちだいらふとし》さんといって、子供たちのために学校の送り迎えをしたり、園に変な人が入らないように警備をしたり、その他にも色々な用事をしてくれる人なの。子供に対しては無関心というか、ぶっきらぼうだけど……。悪い人じゃないのよ」

男が運転席に回りこむ間に、深咲が早口で説明した。

「父は名字の下の『平』と名前の『太』を続けて、『ヘイタ』って呼んでるわ。けど彼、他の人に言われると嫌がるから、気をつけてね」

奈津江がうなずくのと、彼が運転席側のドアを開けるのとが、ほぼ同時だった。

「まっすぐ〈祭園《さいえん》〉へ向かわれますか」

「はい、お願いします」

ヘイタの問いかけに答え、車が動き出すのを待って、「祭園《まつりえん》」の通称が「祭園《さいえん》」であることを深咲が教えてくれた。

……いよいよだ。

もう後戻りはできない。もっとも奈津江には、そもそも戻る場所がなかった。根津屋は両親が残した借金の形《かた》にとられた。それでも完済はできず、足りない分は園長が負担したと聞いている。

祭園の園長である祭隆利《たかとし》こそ、深咲の父親であり、奈津江の実の父でもある人物だった。そして実の母は、小佐紀《おさき》だと教えられた。

昔の人みたい。

時代劇を見ていると、「おみよ」とか「おたね」とか呼ばれる女性が出てくる。「おさき」という名は、それに似ている気がした。奈津江の名前が古臭いのも、実の母にあやかったからかもしれない。そう考えた彼女は、少しだけ小佐紀に親近感を抱いた。

あっ、けどお姉ちゃんの名前は……。

感覚的に似ているというより、ひらがなに直せば「おさき」と「みさき」は一字違いである。そこには肉親ならではの、母と娘の強い絆《きずな》が感じられる。

でも私は……。

そこまでのつながりがないのか。だから実の親といっしょに暮らしていないのか。いやその前に、ここまで育ててくれた根津の両親は、本当に養父母なのか。

施設の談話室の一隅で、そういった疑問を深咲にぶつけると、何とも言えぬ困った表情を彼女は浮かべ、

「すべて話すつもりだけど、なっちゃんには難し過ぎるというか、ちょっと理解できない部分が多いと思うの」

とにかく知りたいと願う奈津江に、なるべく易しく深咲は説明してくれた。それは確かに分かりにくい内容だったが、同時に受け入れがたい話でもあった。ほとんど時代劇のような世界だったからだ。

小佐紀には、小寅《おとら》という狐使いの母親がいる。占いやお祓《はら》いをはじめ様々な術を用いる行者である。小寅は東北の出身だったが、娘と二人で全国を旅して回っていた。やがて小佐紀が跡を継ぎ、母親よりも優れた狐使いになる。

この狐使いというのは、実際に動物の狐を使役するわけではない。憑《つ》き物《もの》と言われる一種の霊的な存在をあつかう。総じて狐と呼ぶが、地方によってオサキ、クダ、イヅナ、

人狐《にんこ》、野狐《やこ》、トウビョウ、ヤテイなど各種に分かれる。またオサキは尾裂きや大崎、イヅナは飯綱や飯縄、クダはクダショウ、人狐は山イタチや日御碕《ひみさき》、野狐はヤコオやヤコバナ、ヤテイはヤッテイサンなど、それぞれ別称がある。

名前だけではない。姿形も鼬《いたち》に似たものや鼠に近いものなど、かなり異なっている。そういう実体がありながら、一方では霊的な存在とも見なされる。もちろん稲荷《いなり》神社の神霊である狐とも違うのだが、かといって無関係とまでは断言できない。なんともややこしい存在らしい。

「憑き物には、他にも犬や蛇など多くの種類があるの」

深咲の話に耳をかたむけながら、ひたすら奈津江は驚き続けた。

まるで昔話である。彼女が知っているお話の中では、狐や狸が人間を化かすために術を使う。あれに似ている気がする。もっとも小佐紀と小寅の狐使いは、昔話に出てくる狐狸《こり》に比べると、なんだか妙に怖い。実際の狐とは違うからだろうか。

そう考えたところで、小さな小さな森の中に祀《まつ》られた稲荷の祠《ほこら》のことを思い出し、奈津江は思わず身震いした。

あのお狐様のお告げって、まさか……。

彼女がごく自然に狐使いの存在を認めたのは、稲荷の祠にまつわる自らの体験があったからかもしれない。

「お祖母《ばあ》様のオトラも、お母様のオサキも、私のミサキも、その読みは憑き物であるお狐様の名前なの」

「えっ……」

「代々にわたって狐使いの跡継ぎだけが――ほとんどが長女だけど――お狐様にまつわる名前をつけられるの」

確かに小佐紀は、憑き物のオサキという名そのままである。母親である小寅が、そうだと聞いても意外ではない。とはいえ深咲まで同じだったとは……。だから似ている気がしたのか――と合点はいったが、奈津江だけが仲間はずれのように思えた。

狐の名前が欲しいわけじゃないけど……。

そんな謂《いわ》れの名をつけられたら、むしろ怖くて仕方ない。それは間違いないと思うのに、なんとなく淋《さび》しい。

奈津江の複雑な心境を察したのか、深咲が命名の話をした。

「なっちゃんの名前をつけたのは、小寅お祖母様なのよ」

「ほんと？」

深咲はうなずくと、そのまま母と祖母の物語を続けた。

「小佐紀お母様の力は素晴らしかったけど、なかなか理解者は現れなかった。旅から旅への生活は楽じゃなかったみたい」

そんな全国行脚の最中に、新たな事業をはじめたばかりの実業家だった祭隆利と、二人は出会う。今から二十年前である。小佐紀の狐使いとしての能力に傾倒した隆利は、新規事業に関してお伺いを立て、たちまち成功を収めたという。

翌年、小佐紀が女の子を出産する。それが深咲だった。父親である隆利は小佐紀と結婚し、小寅と三人で成城《せいじょう》の家に落ち着く。このとき隆利は四十六歳、小佐紀は十九歳である。今の深咲と同じ歳になる。

「ええっ！　それじゃ私が生まれたのは――」

「お父様が五十九歳、お母様が三十二歳のときね。その一年ほど前に、今の祭園の地に引っ越していたわ」

「……み、深咲お姉ちゃんと私の間に、他の子供はいないの？」

ずっと「お姉ちゃん」と呼んでいたのを、はじめて「深咲お姉ちゃん」と口にしたため、ちょっと奈津江は照れた。

「うん。できなかったの」

恥じらいの気持ちは、すぐに薄れた。十年以上も授からなかった子供なのに、どうして両親は自分を手放したのか。深咲の口から次に出るのが、その理由に違いないと考えたとたん、口の中がからからになった。

「変なことを訊《き》くけど、左肩に奇妙な痣《あざ》があるでしょ？」

息を詰めて相手の言葉を待っていただけに、奈津江は思わず拍子抜けした。

「……あ、あるけど」

「ぼうっと火が燃えているような、見ようによっては人魂《ひとだま》に見える、そんな形の……」

「私は、おたまじゃくしだと思ってる」

「そうね。そう見ると可愛いわね」

深咲が微笑んだ。だが、その笑みが弱々しい。

「痣が――」

どうしたのかと尋ねようとして、奈津江は「あっ」と声をあげた。

「だからお姉ちゃん、あのとき私の汗を、ずーっとふいてたんだ」

「分かった？　ごめんね」

深咲は謝りながらも、彼女の察しの良さに感心しているらしい。また、それを誇らしく思っている風にも見える。

奈津江が夏の薄着になった時季、深咲が服の下まで汗をふいてくれたのは、本当に自分の妹かどうか、左肩の痣を確かめるためだったのだ。

「この痣が、目印だったの？」

奈津江が右手で左肩を触っていると、深咲はうなずきながら、

「お母様の血を受け継いでいる、言わば証拠ね」

おたまじゃくしの痣に、そんな深い意味があったことに驚きつつ、ふいに彼女は気になった。

私が妹だって分かった瞬間、お姉ちゃんは喜んでくれたのかな。

自然に痣の確認ができるまで、深咲は時間をかけている。事務的に証拠だけを検《あらた》める

のではなく、奈津江と遊びながら仲良くなったうえで、問題の痣を調べた。かなりの気づかいをしていたことになる。

そしてついに、根津奈津江が血を分けた妹だと判明する。いったい深咲はどう思ったのだろう。尋ねたかったが、今はもっと大事な話がある。

「狐使いの女が、初産で産んだ子供に限って――」

深咲が先を続けた。

「初産というのは、はじめて赤ちゃんを産むことよ――片方の肩に、時おり狐火に見える痣が出るの。これはね、とても優れた狐使いになれる印なの」

「それじゃ、お姉ちゃんも？」

「ええ、とても薄いけどあるわよ」

深咲との絆が深まったように思えて、奈津江はうれしくなった。と同時に何かおかしい……とも感じた。しかし、その正体を確かめる前に、次の深咲の言葉に興味をひかれてしまった。

「もし生まれたのが双児なら、ひとりには陽の、もうひとりには陰の、それぞれ違った狐火が出る。必ずじゃないけど、そういう例が多いの。そうなった場合、二人は互いに影響をあたえ、また受けながら、大いなる力を持つ狐使いになると言われている」

「お母さんのように？」

「いいえ、母親よりも数段は上の術者になるわ。ただし、双児が離れ離れになってしまったら、何の力も発揮できない。あくまでも二人そろわないと、ちゃんとした能力が出ないのよ」

「お姉ちゃんは？」

「妹がいないから、もちろん無理よ。そもそも私の痣は、成長するにつれ薄くなっていったわ。だから長女とはいえ、狐使いの跡を継ぐのは難しいわね。仮に妹が無事に生まれて育っていたとしても、私がこうだから、だめだったと思う。それに妹の痣は……」

そこで深咲が急に言いよどんだ。

「どうしたの？」

「…………」

「お姉ちゃんの妹の痣が、どうかしたの？」

なおも彼女は口ごもっていたが、やがて決心したように、

「狐火には、陽と陰の二つがあるって言ったでしょ」

「う、うん……」

深咲の口調が、どこか変だった。そのため奈津江のあいづちも、とても不自然なものになってしまった。

「普通はね、陽の狐火しか出ないの。それも跡継ぎの長女に出るから、優れた狐使いの印として喜ばれる」

「陰の狐火が出るのは、双児のときだけ？」

「そうなの」

陽と陰の漢字も意味も分からなかったが、深咲の喋《しゃべ》り方から、なんとなく陽は良いもので、陰は悪いものなのだという気がした。

「妹は、その陰の狐火だった……」

「……」

「もし無事に生まれて、そのまま成長していたら――。そして私の陽の狐火が今と同じように薄れ続けて、妹といっしょに狐使いになれなかったら――」

「ど、どうなってたの？」

「妹は周囲の人々に災いをもたらす、恐ろしい黒術師になっていたかもしれない」

「……」

「陰の狐火を印す者は、黒狐《くろこ》という強烈な力を持つ邪《よこしま》な憑《つ》き物《もの》に魅入られ、闇の術者に堕《お》ちる危険があるの……」

「クロコ？」

「黒い狐と書く憑き物よ」

「狐使いにも、良い人と悪い人がいるの？」

「本来そういう区別はないの。憑き物という存在だけを見れば、あまり良いものとは言えないでしょうけど……。それを使役する術者は、相談事を持ちこむ依頼人のために働くわけだからね」

お狐様のお告げで、みんなの失《う》せものを捜すのと同じだ。そう奈津江は思った。

「ところが、どんなに優れた狐使いでも、あつかいが大変な憑き物がある。でも上手《うま》く使役することさえできれば、それがもたらす力は絶大になる。その憑き物が、黒狐と呼ばれる存在なの」

「陽の狐火の人なら、その黒狐を使えるんでしょ？」

「そうね……。ただし失敗すると、とんでもないことになる。だから普通は、なるべく避けるようにする」

奈津江は怖くなった。自分の痣が陰だったらと考えて、たちまち震え上った。だが、すぐ早とちりに気づいた。陰の狐火は双児にしか現れないのだ。

そのとき深咲が、じっと彼女を見つめながら言った。

「陽の狐火は右肩に、陰の狐火は左肩に出るの」

「左……」

自分の左肩に目をやりながら、

「えっ……ちょ、ちょっと待って……」

奈津江は頭の中が、とてつもなく混乱した。

「わ、私は……、双児だったの？」

深咲は一瞬、とても悲しそうな顔をしてから、

「下の子は死産だった。生まれたときには、すでに死んでいたの」

「………」

深咲お姉ちゃんだけでなく、私にも同じ歳の妹がいた……。

奈津江は仰天した。深咲の双児の妹も、死産だったという。言わば小佐紀は、そういう体質だったのか。

いや、それよりも、もっともっと大きな問題があった。

「死んで生まれた妹は、陽の狐火を持っていた。だから私は、陰の狐火だった……」

そのとたん、自分の出生の秘密を悟った。

「私は捨てられたんだ」

「………」

「左肩に陰の狐火の痣《あざ》があったから……」

「………」

「小佐紀……さんが、悪いことが起きる前にと、私を家から出したんでしょ」

どう呼ぼうかと迷ったが、結局「さん」づけにした。自分にとっての母親は、やはり死んだ母ひとりである。それに小佐紀は、奈津江を捨てたのだ。

「いいえ、違うの」

「えっ？」

ところが、深咲が否定した。

「陰の狐火を問題にしたのは、小寅お祖母《ばあ》様なの」

「そして、あなたを手放すことに決めたのは、お父様よ」

「………………」

「………………」

「小佐紀お母様は、なっちゃんがいなくなってからも、あなたを捜そうとした。でも、どこへ養子に出したのか、お父様しか知らなかった」

当時の状況について、深咲は簡単に——ある意味ぼかして——教えてくれた。つまり祭隆利は自分の事業に悪い影響が出ることを恐れて、奈津江を追いやったのだ。

……そんな人に、私は助けられるんだ。

たちまち奈津江は不快な、不審な、不安な気持ちでいっぱいになった。根津の父が死に、母が殺され、だから仕方なく引き取るのではないか。

ないしょ話をするように深咲が続けた。

「小佐紀お母様があなたを捜したなんて、絶対お父様の前で口にしてはだめよ」

つまり今回の件は、すべて小佐紀の意思なのかもしれない。そう奈津江は考えなおして尋ねた。

「私のことを、小佐紀さんは？」

「小佐紀のお母様は、いないの」

深咲が微《かす》かに首をふった。

「し、死んじゃったの？」

「二年前に……ね」

そう答えた彼女の声音が、なぜか引っかかった。まるで小佐紀の死に、とても忌まわしい秘密が隠されているかのように聞こえる。

だが死因を訊《き》く前に、深咲が意外なことを言い出した。

「なっちゃんだけが、陰の狐火だったわけじゃないの」

「……………」

「死産だった子も、同じなの」

「ほ、ほんとに？」

「双児のときは、陽と陰に分かれる場合が多い。それは確かだけど、たまに陽と陽、陰と陰の取り合わせがある。ただ、陽と陽では強過ぎて、逆に上手くいかないみたい」

「陰と陰は？」

しばらくの沈黙のあと、深咲は歯切れの悪い口調で、

「……片方が死産になるくらい、きついらしい」

「お姉ちゃんの妹が死んでしまったのも、陰の狐火だったから？」

黙ったまま深咲がうなずくのを目にして、奈津江は察した。自分が無事に生まれて大きくなったのは、そういう意味では幸運だったのだ。かといって、とても喜ぶ気にはなれない。

「陰の狐火を持って生まれたからって、必ず黒狐に憑かれるわけじゃないのよ」

うなだれた奈津江を慰めるように、深咲が言った。

「何の対策もせずに無防備な状態で放っておき、そのまま問題の子が育った場合、とてつもない恐怖や圧倒的な憎悪に本人がさらされたとき、とんでもない危険が生まれる可能性が高いってこと。だから気をつけて、ちゃんとした修行をさせる必要がある。陰の狐火の痣は、言わば警告なの。注意してるの」

「注意……」

「そうよ。第一なっちゃんは、長女の跡継ぎでも、無事に生まれた双児の跡継ぎでもないからね」

「……うん」

「その証拠に、あなたはお狐様にまつわる名前じゃない」

「うん……」

「それに小佐紀のお母様とは、ずっと離れて育ったでしょ。だから、よけいに影響は受けていないはずで――」

そのとき先ほど覚えた違和感の正体が、ようやく分かった。

「……なんか、おかしくない？」

深咲がビクッと反応した。

「だって狐火の痣は、狐使いの女の人が、はじめて産む赤ちゃんだけに、狐使いの跡を継ぐ子供だけに、出るんでしょう？」

「………」

「小佐紀さんの場合、それはお姉ちゃんよね」

「………」

「死んでいるけど、双児の妹もいる。つまり私は三番目の子供なのに、どうして狐火の痣があるの？」

いつしか深咲は両目を閉じていた。この質問が出ることを覚悟しながら、できれば避けて通りたいと思っていたように見える。

「何を聞いても大丈夫だから、ちゃんと教えて欲しいの」

奈津江の声音は、自分でもびっくりするほど落ち着いていた。この数ヵ月間に見舞われた多くの衝撃に比べれば、今後どんなことが起こっても、たえられそうな気がしたからかもしれない。

「そう……」

深咲は目を開けると、複雑そうな眼差《まなざ》しで彼女を見つめてから、

「なっちゃんは、とても強いのね。お母さんがいなくても、ひとりで──」

立派にやっていけるだろう、という意味の言葉を口にしかけて、はっと我に返ったらしい。目の前の少女に言う台詞《せりふ》ではないと、遅まきながら気づいたのだろう。

「ごめんね。私のほうが、あなたより動揺してるわ」

「よく分からないけど、私を見つけるために、お姉ちゃんも大変だったんでしょ」

「えっ……。それは……」

「だから、あんまり気をつかわなくてもいいのよ」

ふっと深咲が微笑んだ。

「十九歳の大人が、六歳の女の子になだめられたわね」

「だって私たち、血のつながった姉妹なんだから」

とっさに深咲が顔をそむけた。鞄《かばん》からハンカチを取り出している。

「初産の跡継ぎにしか狐火の痣が出ない。それは本当よ」

深咲は向きなおると、そのまま話しはじめた。何もかも教えようと、ようやく決心したらしい。

「ただし、別の血が入った場合は、どうやら違うみたいなの」

「別の血って？」

「お狐様に認められたお父様ではない、園長の祭隆利ではない、別の血のことよ」

いかに奈津江が早熟でも、この話は完全には理解できなかった。それでも男女のつき合いと結婚、さらに不倫や浮気がどういったものか、一応は知っている。

「お姉ちゃんと私は、お父さんが違うの？」

そのため別の血という表現だけで、なんとなく状況は理解できた。

「…………」

無言のまま、ゆっくりと深咲がうなずく。

「それじゃ誰なの？　私のお父さんは？」

「…………」

グッとつまった表情を浮かべたまま、彼女は黙っている。

「どんな人？　どこにいるの？　祭園で会えるの？」

矢継ぎ早に問いかけると、再び深咲は両目を閉じて、囁《ささや》くような声で言った。

「別の血というより、異形の血と言うべきでしょうね」

「えっ……」

「人間の血じゃないから……」

五　祭園

滑万尾の街を通りぬけ、郊外の住宅地を過ぎると、ひたすら車は山道を走り続けた。もちろん舗装はされているが、民家や店舗は一軒も見当たらない。それどころか時おり現れるカーブミラーやガードレールの他には、まったく人工物が見当たらない。

ここって、まだ東京なの？

横に深咲が乗っていなかったら、奈津江は不安でたまらなかっただろう。このまま山中のどこかに捨てられるのではないか……と震えていたと思う。

施設を出るとき、必要書類に不備があったとかで、予定よりもかなり遅れた。そのため、もう日が暮れようとしている。ただでさえ薄暗い山道が、ますます翳《かげ》ってゆく。そんな眺めが、まるで奈津江自身の心象風景のように映る。

私の心も少しずつ暗くなっているのかな……。

彼女は慌てて首をふった。わざわざ良くないことを考える必要はない。いきなり淋《さび》しい場所に来て、たまたま夕暮れになったから、そう感じたに過ぎない。

くねくねと曲がりながらも一本道だった山道に、やがて枝道が現れた。そこに車が入って坂をのぼり、左へ大きくカーブした先に、ふいに立派な門が見えた。門柱には「祭園」と記された表札がかかっている。

着いたんだ……。

突然、お腹がキュッとした。施設で深咲の驚くべき話を聞いてから、今後のことを考えるたびに、奈津江はお腹がシクシクして何とも言えない気分になった。ただし何度も深咲が訪ねて来て、いっしょに過ごしているうちに、その変な感覚も少しずつ減っていった。そして祭園で暮らす決心をようやくつけたときには、もうすっかり感じなくなっていた。

それなのに今、祭園の敷地に入った瞬間、これまで以上の痛みに襲われた。お前がやって来たのは、みなが歓迎してくれる温かい生家などではなく、心を許せない者ばかりが集まった恐ろしい檻《おり》の中なのだ……と、あたかも警告されたかのように。

そんなことない。

慌てて奈津江は否定した。少なくとも自分には深咲がいる。歳はかなり離れているが、本当に血のつながった姉がいるのだ。何よりも心強いではないか。

そう考えようとしたが、もやもやとした得体の知れない黒いものが、胸の奥底から湧き上ってくる。このまま放っておくと、すぐに自分の心が真っ黒に汚されてしまうくらいの勢いで、何かがこみあげてくる。

いや、その正体は紛れもなく不安だった。とてつもないほど大きくて深い、黒い黒い不安の塊だった。

なぜなら奈津江が祭園を出てから今また戻って来るまでの事情を、深咲の説明に基づいてまとめると、次のようになるからだ。

実の祖母である小寅は、娘が二度目に産んだ双児の、どちらの左肩にも狐火があるのを認めたとたん、卒倒しそうになった。絶対に出るはずのない印を、目の当たりにしたせいだ。しかも現れているのは、陰の狐火である。そのため小寅はこう考えた。

娘は異形のものと交わったに違いない……。

祭園の北に広がる黒い森には、得体の知れない何かが棲《す》んでいた。隆利が祭園にふさわしい場所を探していたとき、今の土地を見つけたのは小佐紀である。黒い森の主の存在を感知した彼女は、それを使役することで自分の力を高め、祭園の経営を成功させるつもりだった。

ところが、失敗した……。

むしろ反対に、得体の知れないものに取りこまれた。その結果、異形の血を持つ子を孕《はら》んでしまい、そして生まれたのが陰の狐火を持つ双児である。そう小寅は考えた。

……異形の血を持つ子。

双児のひとりは死産だったが、もうひとりは生きている。この子が祭園で育つと、やがて我々に災いをもたらす存在になる。そう言って小寅は騒いだ。

この義母の迷妄を、祭隆利は真に受けた。生まれたばかりの奈津江を家から追い出したのだ。どういう経緯があったのか、どういう手段を用いたかは分からないが、根津の父母の実子とすることで厄介払いをした。しかも根津家の件は誰にも教えず、自分だけの秘密とした。

　産後の肥立ちが悪くて寝込んでいた小佐紀は、蚊帳《かや》の外に置かれた。快復後ようやく事情を知り、奈津江の行方を捜した。しかし何の当てもないまま闇雲に訪ね歩くだけだったため、次第に心を病むようになる。そして二年前、急死してしまう。

　そんな小佐紀のあとを受けて今度は深咲が、奈津江を捜しはじめた。隆利の園長室や書斎に忍び込んでは、とにかく手がかりを見つけようとした。そうやって得た情報の中で、怪しいと思える施設や個人宅に足を運んでは、妹らしき子がいないか確かめた。そのうち、お稲荷さんにお伺いを立てる「失《う》せもの捜しのなっちゃん」の噂を耳にした。両親は根津屋という蕎麦屋《そばや》を営んでいる。「根津」の名を隆利の書類で見たことを思い出した深咲は、ついに妹を捜し当てることができた。

　つまり今の奈津江は、あまりにも忌まわしい過去のいきさつを持つ場所に戻って来ただけでなく、その当事者である隆利や小寅といっしょに、今後は暮らしていかなければならない立場にあるのだ。

　もちろん覚悟はできていた。それに養子の件は、隆利の了解を得て手続きがすんでいる。深咲の説得があったからに違いないが、少なくとも隆利は了承したわけだ。また小寅はまだ七十代の前半なのに、すでにボケがはじまっているという。はたして孫である彼女を認められるかどうか、はなはだ怪しいらしい。

脅威に感じなければならない人物は、もはや存在しない。そう思っても問題ないのかもしれない。

にもかかわらず奈津江の不安は、どんどん高まっていった。門を潜った車が園内の曲がりくねった道を進み、三階建てのホテルのような館《やかた》の玄関に到着するまで、もう止《とど》まるところを知らぬほどふくらみ続けた。

「さぁ、着いたわよ」

深咲の明るい声に、はっと奈津江は我に返った。すでにヘイタこと内平太が車の外に立って、後ろのドアを開けている。

「……す、すみません」

かなりぎごちなく、だが笑いかけながら、彼女は急いで降りた。それなのに相変わらずの無表情ぶりで、まったく反応がない。

「ありがとう。ご苦労様でした」

ところが深咲に声をかけられ微笑まれたとたん、彼の相好がくずれた。

はいはい、お姉ちゃんには負けますよ。

一瞬、車の中で感じていた不安が消えるほど、ぷっと奈津江はふくれた。ふくれたまま玄関のガラス戸ごしに、男の子と目が合って慌てた。大きな建物をホテルみたいと思ったのは、ファサードがガラス張りだったからだが、その内側から男の子がこちらを見つめている。

急いで顔をとりつくろい、改めて相手を眺める。

同じ歳くらいかな。

小学校でも男の子は、どうにもガキっぽく思えて仕方ない。ともすれば年上の二年生や三年生が相手でも、彼女より子供のように感じられるときがあった。ガラスの向こうにいる彼は、そんな彼女の特異な感覚を差し引いて見ても、妙に幼過ぎる印象を受けてしまう。

ふり返ると、深咲とヘイタが車のトランクから荷物を下ろしている。手伝わないのは悪いと思いつつも、奈津江はガラス戸を開けて館内へ入った。

「こんにちは」

「…………」

「私は根津奈津江、六歳よ」

ちゃんとフルネームと年齢を伝えてから、

「なっちゃんて呼んでね。あなたは？」

はきはきした彼女の物言いに、男の子は驚いたのか何も言えないでいる。

「ここで暮らしてるんでしょ？」

さらに問いかけると、ようやく返事をした。

「……うん」

「名前は？　歳は？　いつからいるの？」

「…………」

「ねぇ」

「……ま、祭、三紀弥《みきひさ》。ろ、六歳。半年くらい前から……」

とっさに言いよどんだのは、元の名字を口にしかけたからだろう。しかし祭園で生活している以上、祭家の養子になっているに違いない。だから律儀にもフルネームを名乗ったわけだ。

真面目っぽい子だなぁ。

クスッと笑いそうになったが、もう自分も根津奈津江ではない現実を思い出して、彼女の顔が少しゆがんだ。

「そんなに悪いとこじゃないから」

いきなり三紀弥に言われた。

「えっ？」

「い、いや、ここのことだけど……」

どうやら奈津江の表情の変化に気づき、その理由を勘違いした彼が、なぐさめようとしてくれたらしい。そうと分かったとたん、カチンときた。

「別にここが悪いところだなんて、少しも思ってないもの」

同じ歳の、しかも弱そうな男の子に気づかいされ、彼女は腹が立った。

「そ、そう……」

「当たり前よ」

「なら、いいんだけど……」

奈津江の勢いに圧倒されたのか、三紀弥はうつむいてしまった。しかし、すぐに顔をあげると何か言おうとした。

「あら、もうお友だちになったの」

そこへ深咲の声がした。

「三紀弥くん、なっちゃんと仲良くしてあげてね」

「は、はい……」

ますます彼が縮こまった。顔だけでなく耳まで、ほんのり赤くなっている。

ここにもお姉ちゃんのファンが、ひとりいる。

奈津江は誇らしく思う反面、なぜか少しムカムカした。

深咲ほど綺麗《きれい》で優しい女性に、大人であるヘイタがまいってしまうのは分かる。でも三紀弥までのぼせるとは、まだ子供のくせに二十年は早い。だいたい子供なら子供らしく同じ年代の……と考えて妙に焦った。顔が少し熱くなった。まるで自分が嫉妬《しっと》しているみたいではないか。

こんな男の子に？　あり得ない！

すぐに否定してそっぽを向いていると、深咲にうながされた。

「なっちゃん、行きましょう。じゃあ三紀弥くん、またあとでね」

ちらっと彼を見ると、やはり何か言いたそうな顔をしている。だがどうやら、ここでは口にできないことらしい。深咲がいるからか。それともヘイタか。

さすがに奈津江もちょっと引っかかっていると、

「今からなっちゃんは、園長さんとお話があるからね」

続く深咲の言葉で再びお腹がキュッとして、どこかへ逃げ出したくなった。

……父親かもしれない人に、今から会うんだ。

本当の父が黒い森に棲《す》む何かだとは、さすがに思いたくない。小寅の狂信的な妄想を一通り説明したあと、深咲も否定していた。痣《あざ》が現れた原因は不明だが、たまたまに過ぎないと言ってくれた。

やっぱり祭隆利が、私の父親なのかな……。

深咲といっしょに廊下を奥へと進みながら、奈津江は緊張のあまり身体が強張《こわば》っていくのを感じた。横から話しかけられたが、ほとんど耳に入らない。

陰の狐火の痣も、黒い森の何かも、小寅の奇っ怪な考えも、いっさい隆利の前では口にしないように、と深咲には言われている。それらの話が蒸し返されることを、どうやら彼女は恐れているらしい。

やがて「園長室」と記された部屋の前に着く。この中に隆利がいるのだ。実の父かもしれない人物が待っているのだ。

深咲がノックをしてから扉を開けて、

「園長――いえ、お父様。ただいま戻りました」

あいさつしながら入室した。ちらっと扉ごしに見えた室内は薄暗く、まるで魔窟《まくつ》のようである。

「ほら、なっちゃん、入って」

廊下で尻《しり》ごみする彼女を、優しく深咲が誘《いざな》う。扉に手をかけて開いたまま、あくまでも自分の意思で足をふみ出すのを、しんぼう強く待っている。

「……は、はい」

これまでなら「うん」と応《こた》えていたのが、急に改まった態度になる。そうさせる雰囲気が、その部屋には満ちていた。

怖《お》ず怖ずと入りそうになって、いけない……と奈津江は思った。何も怖がることはない。恥じる必要もない。むしろ胸をはって、堂々としているべきなのだ。

うつむきかけていた顔をあげると、大きくて重厚な机の向こう側に座っている男に、ひたと視線をすえながら部屋に入った。そんな彼女の様子を、深咲が温かい眼差《まなざ》しで誇らしそうに眺めている。

いっしょに机の前に立ったところで、深咲が紹介をした。

「お父様、根津奈津江さんです。もちろん今は、祭奈津江になっています」

それから彼女に顔を向けると、

「なっちゃん、あなたのお父様よ」

想像していたよりも隆利は若々しく見えた。多量の白髪は交じっているものの頭髪も豊富で、ぶくぶくと太っていることもない。椅子に座っているので分かりにくいが、けっこう上背もありそうだ。

昔の外国の映画に出てくる紳士みたい。

それが第一印象だった。もっとも奈津江の父親と考えた場合、やはり高齢過ぎるだろう。小学校の友だちの中には、両親が四十代という子はちらほらいた。父親だけなら五十代の子もいたはずだ。

でも、六十五歳だなんて……。

祖父というべき年齢ではないか。そう思ったとたん、ふっと身体が軽くなった。それまで覚えていた緊張が、すうっと薄まっていく。おそらく祭隆利に対して無意識に抱いていた冷酷で非情な鬼のごとき人物像が、こうして会うと意外にもソフトな印象に変わったため、自然と気がゆるんだのだろう。

「こんにちは、奈津江です」

だからあまり気負うことなく、普通にあいさつできた。父親かもしれない男と顔を合わせて、最初に口をきくとき、どうなるのか……と悩んだのが嘘のようである。

ところが、隆利は黙ったままだった。無視したわけではない。先ほどから、じっと奈津江を見つめている。ひたすら彼女を凝視し続けている。

その様子が、なんとも奇妙だった。災いを呼ぶ子として追い出した娘が、戻って来たと恐怖の視線を向けるわけでも、そんな過去を悔いている眼差しでもない。ひどい仕打ちをした娘に、もちろん許しをこうているのでもない。そういった感情とはまったく別の何かが、隆利の両の眼《まなこ》には秘められていた。

「お父様?」

深咲も変に思いだしたのか、小声で呼びかけた。しかし隆利は、相変わらず奈津江を眺め続けている。

「お父様、大丈夫ですか」

少し声を大きくしながら、

「――娘ですよ。娘の奈津江が、ようやく帰って来たんですよ」

「ああ、そうだな」

「今では祭家の養子に、お父様の子供に、私の妹に、この子は正式になったのです」

「お母さん似だな」

隆利は微《かす》かな笑みを浮かべると、愛《いと》おしむような眼差しを深咲に向けた。

「そ、そうですか」

改めて深咲が、しげしげと奈津江の顔を見つめる。綺麗な姉の視線を受けているうちに、なんだか彼女は恥ずかしくなってきた。

「きっとお母さんに似て、可憐《かれん》な少女に育つだろう」

「そうですね」

「ここは申し分のない環境だし、もし必要なら——」

「私が母親になります」

突然、深咲が宣言した。その口調は、まるで父親である隆利の口出しを完全に拒絶しているように聞こえたため、奈津江は首をかしげた。

……どうして？

おそらく隆利は、もし必要なら家庭教師をつける——とでも言うつもりだったのではないか。それを察した深咲が先回りをして、面倒は自分が見ると言い出した。

かつて生まれたばかりの妹を、小寅の迷妄を信じて非情にも隆利が追い出し、小佐紀が必死に捜し、跡を継いだ深咲が苦労して見つけた。だから今さら、父親面をして欲しくないのだろうか。

でも今日、ここに来るまでの間、深咲と色々な話をした感じでは、奈津江が実の父を許して受け入れるかどうか、とても心配しているようだった。それなのに今の態度は、かなり矛盾しているのではないか。

「……ああ、お前にまかせるよ」

一瞬の間のあと、そう応えた隆利には妙な遠慮がうかがえた。娘の深咲に対して、明らかに気づかいをしているのが分かる。

変なの……。

奈津江に関することなのに、本人だけが蚊帳《かや》の外に置かれている。なんとも気持ちが悪い。普段の彼女なら「何の話ですか」と問うているところだが、室内には面と向かって訊《き》けない雰囲気が流れていた。

お姉ちゃんと二人だけになったとき、それとなく訊いてみよう。

その後は応接セットに座り、祭園での生活について、もっぱら深咲が説明した。時おり奈津江が質問するだけで、隆利が口をはさむことはなかった。

彼女たちがいるのは〈本館〉で、南向きの玄関を入ると、一階にはホール、居間、客間、食堂、キッチン、視聴覚室、学習室、ゲーム室、園長室、事務室、スタッフルーム、洗面所、大きめの浴室がある。視聴覚室には小型のスクリーン、大型テレビ、オーディオセット、ピアノをはじめとする楽器類が、学習室には大型の水槽、昆虫標本、人体模型、様々な実験器具といった小中学校の理科室にある学習材が、ゲーム室には各種のコンピューターゲームからボードゲーム、また竹馬から卓球台まで、幅広い遊び道具がそろっている。

本館の二階は、祭家の養子となった子供たちの個室と洗面所からなる。三階には、隆利、深咲、小寅の私室をはじめ書斎や居間があった。ちなみに二階の個室にはシャワー室が、三階の私室には浴室と洗面所が、それぞれ完備している。ただ隆利たちも普段は、一階の広い浴室を使うことが多い。

本館の東北には、渡り廊下でつながる二階建ての〈東館〉がある。ここは図書室で、膨大な蔵書だけでなくビデオやDVDの映像ソフトも充実していた。その反対に当たる本館の西南には、同じく渡り廊下で行き来できる二階建ての〈西館〉があり、内平太のように祭園で働くスタッフの私室が用意されている。

「だから西館には、勝手に入っちゃだめよ。仮に誰かに誘われたとしても、まず私に教えてちょうだいね。それから——」

ここまで順調に説明してきた深咲が、急に口を閉じた。

「それから……」

再び喋《しゃべ》りかけて、やはりためらっている。

「本館の裏に——」

すると隆利が突然、彼女のあとを受けて、

「つまり北側に、こんもり盛り上がった場所がある。まぁ小さな山という感じだ。そこに平屋の建物があるんだが、もう使っていない。廃屋みたいなものだ。危ないから近づかないように」

「いいえ、お父様」

深咲が割って入った。

「なっちゃんは普通の六歳の子供に比べると、あまりにも聡明《そうめい》です。勘の鋭さも飛びぬけています。やはり変に隠さずに、ありのままを話すべきだと、私も今、思いなおしました」

「そうか……。お前がそう判断するなら、私は別にかまわない」

隆利がうなずくと、深咲はふっきれた様子で、

「もったいぶったけど、別に大したことじゃないの。小山の上には〈廻《まわ》り家《や》〉と呼ばれていた長方形の建物があって、小佐紀お母様のご祈禱《きとう》所だったの」

「そこでお祈りをしたんですか」

隆利の前では深咲に話しかけるときでも、自然と丁寧な言葉づかいになる。

「相談者の宿泊所もかねていて、いくつもある部屋が、いつも埋まっていたくらい盛況だったわ。お母様は〈塔屋〉という廻り家の中心から顔を出している、小さな四角い塔の中に鍵《かぎ》をかけて籠《こも》るの。ここだけ二階のような感じね」

外国の小説のさし絵で見た、昔の田舎の学校にある時計台のようなものだろうか。そう奈津江は考えた。

「お母様が塔屋で、白狐《しろこ》様に――」

「シロコ？」

「うん、白い狐と書くの。代々にわたって長女が受け継いでいく憑《つ》き物《もの》よ」

「白狐……」

とっさに黒狐《くろこ》を思い出し、何とも言えない気分になる。それに本館の北側に小山があるということは、さらに北には黒い森が広がっているのではないか。もしかすると森に棲《す》む得体の知れない何かとは、黒狐ではないのだろうか。

黒い森から黒い狐の現れる光景が、奈津江には幻視できそうな気がした。

「お母様が塔屋で、白狐様にお祈りをはじめると――」

そんな彼女の変化を察することなく、深咲は話を続けた。

「部屋で待っている相談者は、和紙にお伺いしたいことを毛筆で書くの。すべての部屋の壁には、塔屋のほうに向けて小さな祠《ほこら》がお祀《まつ》りしてあるから、そこに和紙を入れて自分もお祈りをはじめる。すると、やがて順番にお母様が部屋を回って来て、その人の相談事に対するお告げをされるの」

「えっ、紙を見ていないのに……ですか」

思わず尋ねた。

「そんなことしなくても、お母様には分かるの」

「どの部屋も、みんな？」

「もちろん」

狐使いだから、それくらい何でもないということか。

「どうして廻り家っていうんですか」

「建物の構造が、ちょっと変わっていてね」

隆利の机の上からメモ用紙をとると、深咲は簡単な見取り図を描きながら、

「こういう風にすべての部屋が隣接していて、言わばかたまっている状態で、そのまわりを廊下が走っているの」

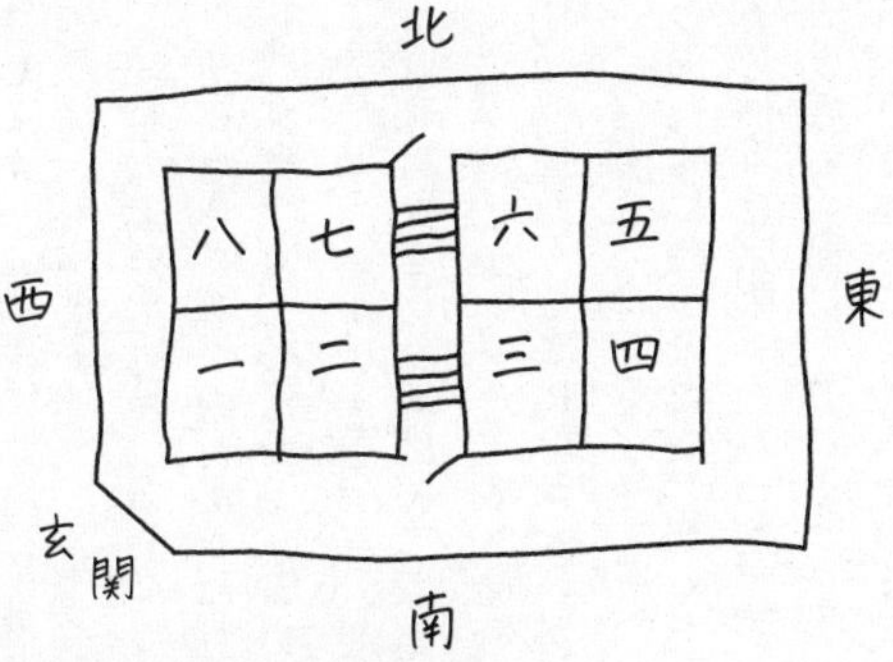

深咲が描いた廻り家の簡略図
（実際の廊下は曲がり、部屋も四角ではない）

部屋は八つあったが、廊下によって分断されてはいない。それぞれの側面や後ろの壁が、他の部屋の壁とぴったりくっついている。つまり部屋だけが真ん中に集まり、その周囲を廊下が取り囲んでいる恰好《かっこう》だった。

なんか学校みたい。

そう奈津江が感じたのは、外から窓の中を覗《のぞ》くと、普通の家なら室内が見えるはずなのに、そこに廊下があるからだろう。

「実際の廊下はカクカクと曲がっていて、そのため部屋も本当は四角形ではないのだけど、廻り家の間取りを分かりやすく簡単に描くと、こんな風になるの」

「塔屋が八つの部屋の上にあるのは、何か意味があるんでしょうか」

「そこが気になるなんて、すごいわね」

深咲はうれしそうな声をあげると、ちらっと隆利に目をやった。並の子供とは違うでしょうと、彼女の眼差《まなざ》しは告げている。

「廻り家の上と下で、お母様とすべての相談者がつながれるように、この建物は造られているからなの」

「今は、もう……」

「使われていないわ。あそこで——」

そのときノックの音がした。隆利が返事をすると、三十代半ばくらいの女性が顔を出し、夕食の支度が整っていますと告げた。

「あとは、おいおい教えていけば大丈夫だろう」

隆利は話を切りあげ、二人をうながして園長室を出た。

三人が食堂に入って行くと、ざわついていた気配が急にやみ、しーんとした静寂が室内に満ちた。そこにいた全員が、いっせいに奈津江に注目している。

……嫌だ。

とたんに顔がほてる。たくさんの父母を前にした幼稚園や小学校の発表会でも、まったく彼女は緊張しなかった。でも今は、この場を逃げ出したい気分である。

「あなたの席は、ここよ」

深咲が案内してくれたのは、細長い長方形のテーブルの短い辺のひとつで、左隣には先ほど顔を合わせた三紀弥がいた。

「待たせたね。食事をはじめる前に——」

隆利が口を開いたとたん、みんなの視線が奈津江からはずれた。彼女が座った反対側に――テーブルの上座に当たる、もう片方の短い辺に――彼の席があったため、全員が顔の向きを変えたからだ。

ほっとできたのも束の間、ひとりだけ彼女を凝視し続けている人物がいた。隆利の右隣に座っている老婦人である。

小寅のお祖母《ばあ》さん？

他に老齢の女性が見当たらないため、おそらく間違いないだろう。しかし、どうして小寅はあんな風に、彼女を見つめるのか。少なくとも孫娘に注ぐ眼差しではない。あれは何と言うか、まるで、まるで――、

化物でも見るような……。

恐怖と嫌悪と絶望が浮かんだ瞳《ひとみ》である。なぜ戻って来たのかと恐れ慄《おのの》きながら、ついにこの日がやって来たと震えつつあきらめてもいる。そういった感情がひしひしと伝わってきそうで、奈津江はいたたまれなくなった。

しかしながら彼女は勝手に家を追い出され、今また勝手に連れ戻されただけではないか。こちらに落ち度は何もない。

私が何をしたっていうの？

そう考えると、ムラムラと怒りがこみあげてきた。きっと小寅は、まだ迷妄に囚《とら》われているのだ。うつむきそうになるのをこらえ、老婆の視線をはね返すつもりで、グッと

顔をあげた。

しばらく二人の睨《にら》み合いが続く。先に目をそらしたのは小寅だった。視線がはずれる瞬間、もはや老婦人の瞳の中には怯《おび》えしかなかった。とんでもないものを見つめてしまったと、心の底から後悔しているような……。

どっと疲れた奈津江は椅子に寄りかかると、だらんと両手をたらした。すると左手に何やら当たるものがある。見ると横から三紀弥が右手を伸ばしており、その指先に折りたたんだ紙切れをはさんでいる。

ちらっと彼に目をやるが、隆利の話を熱心に聞くふりをして、まったく彼女をかえりみない。にもかかわらず紙切れの先で、ちょんちょんと彼女の左手を突っついている。

早く受け取れってこと？

こんな風に、こそこそするのは嫌いだった。ただ玄関ホールでの出来事といい、どうやら彼は何かを彼女に伝えたいらしい。それも秘《ひそ》かに……。

奈津江が紙切れを手にとると、三紀弥が安堵《あんど》したのが分かった。まるで大役を果たせたことを、心から喜んでいるようである。

大げさね。

どうせ子供っぽい、つまらないことが書かれているに違いない。そう思いながら奈津江は、テーブルの下でそっと紙切れを広げた。

よるはきをつけて
ベッドでねむっちゃだめだ
はいいろのおんながさがしにくるから

六　住人たち

「――では、みんな仲良くするように」

奈津江の紹介をしたあと、そう言って隆利は締めくくった。もっとも名前と年齢、それに東京で生まれ育ったことを伝えただけで、あとは何の説明もしていない。彼女の出生については、まったく触れないままである。

他の子と同じってわけね。

別に不満ではない。ただ一抹の淋《さび》しさを感じた。もしかすると父親らしい台詞《せりふ》を口にするかも……という期待が、どこかにあったからだろうか。

ううん、今はそれよりこっちよ。

紙切れに書かれている、三紀弥の警告のような内容である。新入りに対する冗談もしくは悪戯《いたずら》か、とも思ったが、彼の態度は真剣そうに見えた。大げさに言えば、自分の危険もかえりみず彼女に注意をうながしてくれた、そんな風に映るのだ。

でも、さっきは悪いところじゃないって言ったよね。

それともあれは、祭園の夜ではない時間帯のことを告げたのか。つまり夜になると、ここでは恐ろしい何かが起こるのか。しかし、どういう意味なのか。この席で尋ねるわけにもいかない。

奈津江が困っていると、

「それじゃ私が、みんなをなっちゃんに紹介するわね」

続いて深咲が立ち上ったので、ひとまず紙切れの件は置いておき、全員の顔と名前を覚えることにした。

「まず園長のお隣にいらっしゃるのが、小寅のお祖母様です」

やはり奈津江の睨んだ通りである。この老婦人が自分の祖母なのだ。でも小寅から母である小佐紀を想像するのは難しそうだった。加齢による容姿の衰えだけでは説明できない、何とも言えぬ醜い影が全身にまといついている。

鬼婆《おにばば》……。

日本の昔話に出てくる化物が、奈津江の脳裏に浮かんだ。元からこうだったのか。長年の放浪生活のせいなのか。狐使いという術を使った弊害が、この年齢になって出て来たのか。その原因は分からないものの……。

当の小寅は自分の名前を呼ばれても、そっぽを向いている。もう奈津江とは二度と視線を合わせたくない、と言わんばかりに。

「彼女は汐梨《しおり》さん」

次に深咲は、自分の前に座る大人しそうな美少女に目を向けた。隆利から見て斜め左手に深咲の、小寅から見て斜め右手に汐梨の席がある。

「汐梨さんは十三歳で、祭園での暮らしも長いので、色々と教えてもらえるわよ」

「よろしくね」

奈津江に挨拶《あいさつ》をする仕草にも、どこか色気があった。別に容姿は似ていないのに、なんとなく深咲の中学生時代を見ている気になる。

「彼は学人《がくと》くん」

深咲が自分の隣に座る少年の肩に、優しく片手を置いた。色白で知的な感じのする男の子である。

「十一歳だけど、とても大人びているから、頼りになるお兄さんよ」

あまり汐梨と背丈が変わらないため、実年齢よりも上に見える。

「よろしく」

ただ、あまりにも落ち着いた口調のためか、少し冷たい印象を受けた。それでも眼差《まなざ》しには微《かす》かな笑みがあり、見つめられた奈津江は、ちょっとドキドキした。

学人の前、汐梨の隣には、九歳の由美香《ゆみか》が座っていた。気の強そうな女の子で、敵に回すと厄介そうである。

「仲良くしようね」

ただし奈津江に話しかけた様子は、自分に妹ができたことを単純に喜んでいるみたいで、差し当たって問題はないかもしれない。

学人の隣には、喜雄《よしお》という七歳の男の子がいた。最初からニコニコとした笑顔を、ずっと奈津江に向けている。普通なら友好の印と受け取るべきだろうが、なぜか彼の様子が引っかかった。どうも気に入らないのだ。

私を馬鹿にしてる？

たとえばニコニコ笑いの下に、ニヤニヤ嗤《わら》いが隠れている、そんな裏がありそうに思えてならない。

……気のせいかな。

子供らしく第一印象で好き嫌いを決めたにしても、喜雄から感じる何かは、もっと根の深いところに原因が求められそうで、それが気になった。

私の秘密を知ってる？

とも考えたが、やはり違う。汐梨か学人ならあり得るかもしれない。もっとも知ってはいるけど決して表には出さない。そういう態度を二人ならとるだろう。

だけど、この子は……。

もっとレベルの低い部分で、それこそ子供らしい理由で喜んでいる感じがする。

「ここまで送ってもらったから、もう内平太さんは知ってるでしょ」

深咲が続けて、喜雄の正面のヘイタを改めて紹介したので、奈津江は再び顔と名前を覚えることに専念した。

冬でもないのに毛糸の帽子をかぶったヘイタは、うれしげな眼差しで深咲を眺めている。奈津江のほうは一べつしただけで、まったく何の興味も示さない。

「彼女は島本和香子《しまもとわかこ》さん」

それから喜雄の隣、奈津江の斜め右手に座っている、先ほど園長室に夕食の支度ができたと呼びに来た女性へ、深咲が目を向けた。

「なっちゃんたちのお母さん代わりと言える人で、色々と面倒を見てくれるから、ここで生活するうえで困ったことがあったら、島本さんに言ってね」

「すぐに慣れるわよ」

そう言って彼女は微笑んだが、どこか事務的な雰囲気があった。仕事だから子供たちの世話はするが、それ以上は求めないで欲しい、というのが本心かもしれない。ヘイタとは違った意味で、子供には無関心そうに思える。

……変なの。

祭園とは、まさに子供のための施設ではないのか。それなのに内平太や島本和香子のような人物が、どうして雇われているのか。

「彼は長谷《はせ》三郎《さぶろう》さん」

ヘイタの隣で、三紀弥の斜め左手に席がある、五十過ぎの恰幅《かっぷく》の良い男はコックだと紹介された。

「好き嫌いをしたらあかんよ」

深咲をのぞけば、この男に一番の親近感を覚えた。根津屋の常連客だった友西に、ちょっと似ている感じがしたせいか。

「せやけど、こっそり嫌いなもんを教えておいてくれたら、なっちゃんのお皿には入れんようにしたるからな」

ないしょ話をするように、悪戯っぽい顔つきで囁《ささや》くところなど、まさに子供好きなおじさんにしか見えない。

「三紀弥くんには、玄関ホールで会ったわね。あなたと同じ六歳よ。ここでは半年ほど先輩になるけどね」

二人は顔を見合わすと、お互いこっくりとうなずいた。おそらく彼は、確かに警告したよ――という確認をこめて。そして彼女は、あとで説明してもらうからね――という意味の違いはあったものの。

夕食は物静かな中で進んだ。時おり深咲が何か話題をふり、それに誰かが応《こた》える場面はあったが、いつまでも話が続いて盛り上がるということはない。彼女に声をかけられたのが子供でも、汐梨と学人と三紀弥の三人はあまり喋《しゃべ》らない。由美香と喜雄の二人は話し好きで、はしゃぐ様子も見せた。でも他の子供が乗ってこないと気づくと、自然にトーンダウンしていった。

このときも奈津江は、なぜか喜雄の態度にいら立ちを覚えた。彼が元気良く喋れば喋るほど、彼女は不機嫌になっていく。

「喜雄くんも祭園の生活に、ようやく溶けこんできたわね」

汐梨に話しかけている深咲の言葉を聞いても、彼がはしゃぐようになったのは最近だと分かる。

自分より年下の新入りができて、うれしいのかな。

しかし、すでに三紀弥がいたはずである。彼がここで暮らしはじめてから、もう半年になるという。それとも三紀弥のあとに、喜雄は入ったのか。悩むことではないと思いながら、妙に気になって仕方ない。

気になると言えば、汐梨の様子も変である。深咲に話しかけられたときだけ、ぎごちなくなるのだ。深咲の態度や話の内容が、おかしかったからではない。他の子供と同じように接しながらも、最年長者の汐梨を頼りにしている。そんな風にしか見えない。

汐梨さんは、深咲お姉ちゃんが苦手なのかな。

だが、どんな理由があるというのか。少なくとも他の四人は、完全になついている。誰もが深咲を好きなのだ。

考え過ぎ……。

幸い食事はとても美味《おい》しかったので、奈津江は食べることに専念した。母が亡くなってから、食事を楽しめたのは久しぶりかもしれない。長谷三郎の料理人としての腕は、間違いなく本物である。今すぐにでも店を出せるだろう。そう思ったとたん、その夜のメニューとは関係ないのに、ふと父の打った蕎麦《そば》が食べたくなった。

夕食がすむと、すぐ汐梨に声をかけられた。

「本館を案内してあげる」

「それがいいわ」

深咲も賛同したので、奈津江は一階から三階まで一通り館内を巡った。もちろん個人の部屋には入らなかったが、誰がどこにいるかは把握できた。

その間、汐梨に色々と訊《き》かれることを覚悟したが、まったく何の質問もない。遠慮しているのかと考えたが、どうやら違うらしい。子供の中では自分が年長者になるため、新入りの面倒を見なければならない。あくまでもそんな感じである。

さっぱりしてて、いいけど。

案内が終わって一階へ戻り、そのまま居間に入ると、子供たちだけがいた。

「お部屋を見た？　なかなかいいでしょ」

さっそく由美香に話しかけられる。

「うん。広くてびっくりした」

「でしょう。最初はてっきり、二段ベッドが並んだ部屋で、他の子供たちといっしょに寝起きするものだとばかり思ってたから、ここに来たときは驚いたわ」

「どこから、いつ来たの？」

奈津江が尋ねると、由美香が答えるよりも早く、

「ちょっと言っておくことがある」

学人が割って入った。

「何ですか」

汐梨と彼に対しては、自然と丁寧な口調になる。

「深咲さんが、みんなの名前と年齢しか言わなかったように、ここでは個人的な質問は禁止——と決まってはいないけど、触れないのが約束になっている」

「特に本当のお父さんとお母さんについて、ですか」

「察しがいいね。お互いの過去には興味を示さない。それがここのルールだよ」

学人に感心され、ちょっとうれしくなる。だが喜んでいる場合ではない。今は祭園に関して彼が知っている情報を、ぜひとも教えて欲しい。

「私、ここのことがよく分からないんですけど」

「みんな同じさ」

「でも、汐梨さんと学人さんは、違うんじゃないですか」

祭園にいる年月が長いというだけでなく、二人の大人びた雰囲気からは、何でも知っていそうな印象を受ける。

その汐梨だが、みんなとは少し離れたソファに座っていた。別に仲間はずれになっている雰囲気はない。そこが彼女の定位置なのだろう。

「どうかな」

学人が苦笑した。どこか皮肉っぽい笑みには、怒り、あきらめ、恐れ、悲しみといった様々な感情が、見え隠れしているように映る。

「何でもいいんです。教えて下さい」

「確かなのは、ここにいる全員が、親の立場から見れば訳ありの子で、いっしょには暮らせない――ってことだろうな」

「どうしてです？」

「その理由は、個人によって違うよ。自分の子だと認められない、または認めたくない事情がある。そこは同じだけど」

「だから祭園に、みんなを預けているんですか」

わざと奈津江がそう訊くと、学人は首をふりながら、

「僕たちは預けられたんじゃない。ここの養子だ。つまり祭家の子供なんだ。園長はお父さんだし、深咲さんはお姉さんだ」

由美香が口をはさんだ。

「本当の親のところへ、ここから戻った子もいるじゃない」

「えっ……」

驚く奈津江に、何でもないとばかりに学人が、

「親のほうの事情が変わって、迎えに来る場合は確かにある。養子縁組を解消すればすむことだから、別に問題はない」

「お父さんとお母さんのところへ戻れるかもしれないのに、わざわざ養子にするのは、なぜなんです？」

「親元に帰れるヤツは、そんなに多くないよ」

「でも……」

「養子にするのは実の両親が、子供と親子の縁を切りたがっているからさ」

とっさに奈津江は、全員の顔を見回した。

汐梨はあさってのほうを向いて、自分の世界に入っている。由美香は傷ついたような眼差《まなざ》しを、じっと学人に注いでいた。喜雄と三紀弥はうつむき、黙ったままである。

「どこかの施設や知り合いに預けるだけじゃ、子供の姿は隠せても、その存在までは消せない。一番良いのは法律上、親子でなくなることだ」

「どうして、そこまで？」

「だから、それは親によって事情が違うんだよ」

「……園長は、いつから、なぜ祭園をはじめたんですか」

隆利を何と呼ぶべきなのか、奈津江は一瞬ためらったが、みんなと同じように園長と言うことにした。

「十年くらい前からだよ。そのとき汐梨は、ここへ三歳で来た」

彼女が微《かす》かにうなずいたので、どうやら話には耳をかたむけているらしい。

「園長は若いときから、色々な事業に手を出しているらしい。僕も詳しくは知らないけど、ありきたりの商売じゃ満足できなくなった」

「それで祭園を……」

「きっと何かきっかけがあったんだ。それが汐梨じゃないかって、僕は睨《にら》んでる。彼女は園長のお気に入りだからね」

本人の説明があるかと思ったが、汐梨は何も言わない。

「この祭園は――」

学人が話を続ける。

「訳ありの子供を引き取って養子にする代わりに、多額の入園料と月々の生活費の支払いを、その子の親から受けている。子供を捨てた親にすれば、預けているんじゃない、養子に出したんだ、っていう言い訳が自分自身にできる」

学人は「子供を捨てた親」と、はっきり言いきった。その言葉で由美香と喜雄と三紀弥の三人が、また傷ついているように見える。

「施設に預けただけじゃ、いくらお金を払おうと、親としての責任はついて回る。でも養子に出してしまえば、法律上は他人になる。上手《うま》い商売を考えたと思うよ。そういう客を探すのは大変だろうけど、これまでの事業での人脈が、園長にはあるからね。それに、こういう秘密めいたことって、けっこう口コミで広がるものなんだ。お客さんとなる金持ちの間で、特にね」

「よく分かりませんけど……」

奈津江が小声で答えると、

「そりゃ無理だよ。僕だって、すべて理解してるわけじゃない。祭園で暮らしている間に、なんとなく察してきただけなんだから」

学人は自嘲《じちょう》的な笑みを浮かべたが、すっと真顔になって、

「ここに僕らがいるのは、親の勝手な都合なのは間違いない。だからといって僕らに、何の得もないわけじゃない」

実の親に捨てられたのに……と奈津江が思っていると、

「養子縁組をしている以上、祭家の資産を僕らは相続できる」

「そうなんですか」

「祭隆利氏の、実の子供と同じだからね」

そんな将来のことまで考えてるの——と奈津江は素直に感心したが、同時に何とも言えない気持ちにもなった。

なんか可哀想……。

まだ彼女には理解しにくい感情ながら、それは年齢よりませた処世術を身につけざるを得なかった学人に対する、一種の憐憫《れんびん》の情だったのかもしれない。

「だから、あまり兄弟姉妹が増え過ぎると困るわけだ」

「えっ？」

「自分たちの取り分が減るじゃないか。いかに祭家の資産が、僕らの親以上にあったとしてもさ」

楽しそうに笑う彼を見ていると、どこまで本気で喋《しゃべ》っているのか、奈津江は分からな

くなってきた。

「それでも言えるのは、浮き沈みの激しい世界にいる親元で暮らすより、ここで生活していたほうが、きっと幸せに違いないってこと」

「どんな世界だったんです？」

　まったく想像できなかったので、率直に奈津江は尋ねた。すると学人の笑いがニヤニヤしたものになって、

「さっき注意したように、そういう話は禁止だよ。もっとも空想する分には、とても面白いけどね。たとえば喜雄だけど、よく見ると有名なアイドルタレントに似てるだろ。由美香は、ある世界的企業のトップの座についたばかりの、若い女性社長だな。そんなことを考えながらテレビを見ていると、なかなか刺激的だよ」

「学人が似ているのはねぇ――」

　由美香が口を開きかけたが、

「ただし、そういう空想は、自分の頭の中だけでしてくれ。誰かに教えて、見つけたことを自慢するのはやめて欲しい」

　すかさず学人がさえぎった。

「ずるい！　私と喜雄のことは、喋ったくせに」

　ぷっと由美香がふくれる。だが学人は落ち着いた口調で、

「なっちゃんが分からないと言うから、あくまでも例として出しただけだ。別に本当の

ことじゃない。彼女もそれくらい、ちゃんと理解してるよ」

問いかける表情で由美香に見られたので、こっくり奈津江はうなずいた。

「こちらの注意は以上だ」

学人が話を締めくくろうとした。

「ここに来る前のことは、お互い何も尋ねない。自分からも、できるだけ言わないほうがいい。僕ら子供にもだけど、スタッフに対してもね」

「ヘイタ……さんとか」

「へぇ、もう呼び名を知ってるんだ」

「……深咲さんに教えてもらいました」

深咲お姉ちゃんと言いかけて、みんなと同じように呼ぶべきだと考えた。

「アダナをつけているのは、園長だけどね。コックの長谷三郎は、名字の『長』と下の『三』をとって『チョウさん』だよ」

「夕食が、とても美味《おい》しかったです」

「うん、チョウさんの腕は一流だからね。ここに来る前は、ちゃんとした店の板前さんだったんじゃないかな」

「それで、あんなに美味しい――」

「つまりスタッフも、訳ありの人が多いってことだよ」

「えっ……」

びっくりする奈津江に、当たり前のように学人は、

「チョウさんは料理の腕が確かだし、僕らの過去にも決してふみこまずに、それでいて優しく接してくれる。でも、ヘイタとシマコは——」

「シマコって？」

「ああ、島本和香子のことだよ。名字の『島』と下の『子』をとって、単純に『シマコ』って呼ばれている」

「私が小学校の、一年生くらいだったかなぁ」

珍しく汐梨が会話に参加してきた。

「コックはね、チュウさんっていう人だった。でも料理を作る人が鼠に似ているのはどうかっていうんで、名前のヨシオでも呼ばれていたわ。チュウさんも働き者で、そのうえ優しい人だった」

「僕の名前と同じだ」

喜雄も話に入ってきたが、汐梨は気にすることなく、

「今のシマコさんの役目をしていたのが、カジさんという女性で、とても子供好きな人だったの。木偏に動物の尾と書く『梶《かじ》』が本名なんだけど、家事手伝いの『家事』と同じ読みだからって、そのままカジさんになったみたい」

「名字を呼んでるのと同じなのに、園長は理由をつけたがるからな」

学人が呆《あき》れた顔をしている。

「あなたは、まだ五歳だったけど、二人のことは覚えてるでしょ」

「ああ、いい人たちだった」

そこで学人は、奈津江に視線を戻すと、

「汐梨の話で分かっただろ。チュウさんにしろカジさんにしろ、かつて祭園にいたスタッフは、子供に優しく親切だった」

「今は違うんですか」

「チョウさんは違わない」

「そうだけど――」

またしても汐梨が口をはさんだ。

「積極的に関わることもしないわね」

「その距離感が、ちょうどいいんじゃないか」

学人が言い返すと、そのまま汐梨は黙ってしまった。

「ところが、ヘイタもシマコも、とても子供好きとは言えない」

この指摘は奈津江にも納得がいった。ほとんど第一印象で、二人に対して同じように感じたからだ。

「どうして園長は、そんな人を雇ったの？」

「考えられる理由は、いくつかある。こんな山の中で、ずっと閉じこめられる生活をするわけだから、なかなか優秀な人が集まらない。いくら給料をたくさん出しても、やっぱり来るのは訳ありの人が多くなる」

「………」

「しかも、ここは何かの施設じゃない。祭家という大きな家族だ。けど実際には、特別な事情で養子縁組をした子供たちを住まわせる施設と言える。そのためスタッフには、口のかたい人間が必要になる」

なんとなく奈津江にも理解できる気がした。

「そうやって色々な条件をつけていくと、ここで雇える者が限られてくる。だいたい少ないと思わないか。君を入れて子供は六人いる。そこに園長、深咲さん、小寅の婆さんを加えると九人になる。それなのにコックと、家政婦まがいと、警備員をかねた運転手が、ひとりずつしかいない」

言われてみれば、その通りだった。

「祭園の掃除やメンテナンスは外注業者に頼んでいるけど、それでもスタッフの仕事は大変だ。にもかかわらず少人数でやっている。誰でもいいってわけには、きっといかないんだよ。ヘイタは園長の個人的な仕事をしていたのを、こっちに回された。シマコは小佐紀さんの熱心な相談者だったのが、いつしか園のスタッフになった。どんな人間なのか分かってる者しか、きっと園長は雇わないんだ」

奈津江は、おやっと思った。あまりにも学人が、内部の事情に通じているからだ。もはや祭園での生活が長いため——という理由ではすまないレベルである。

まさか、彼も……。

隆利の子供かと疑った。小佐紀とは違う女性との間に、子供があったとしても不思議ではない。だが、もしそうなら深咲が教えてくれたはずだ。

「まぁ同じようなことが、僕らにも言えるから、どっちもどっちかもしれないけど」

続けて学人が意味深長な言い方をしたので、たちまち奈津江は気になった。

「どういうことですか」

「ここの子供になるためには、多くの条件をクリアする必要がある。親にとっても子供にとっても……ね。もちろん良いものだけじゃない。悪い条件もある。祭園の子供になるのが、決して名誉なことじゃないと考えると——」

「そんな……」

「ヘイタやシマコを僕らが非難するなんて、ナンセンスかもしれないな」

「私たち子供には、どうしようもないでしょ」

奈津江は学人だけでなく、他の四人にも顔を向けながら、

「ある日いきなり、ここに連れて来られただけで、自分ではどうすることもできなかった。そうでしょ？」

居間に深い沈黙が降りた。今さら言われなくても分かっていることだが、改めて指摘されると、やはり落ちこんでしまうのか。

「そうだな」

学人が両肩をすくめながら、

「だからこそ僕たちは、自衛しなければならない」

「じえい？」

「自分を守るってことだよ。自衛隊ってあるだろ。あれは日本を守るためにある」

「どうやって？」

「団結しかない。子供ひとりじゃ何もできないけど、ひとつになれば力も生まれる」

「なっちゃんも、私たちの仲間よ」

汐梨が歓迎の印のように微笑んだが、学人は首を横にふりながら、

「まだだ。そのためには、試練に挑んでもらう」

「でも、まだ小さいのに……」

「喜雄も三紀弥も、やったじゃないか」

「男の子と女の子じゃ――」

「同じだよ」

汐梨と学人が言い合いをはじめたので、

「何をするんです？」

奈津江は二人の間に割って入った。ここに来た子供の誰もが体験しているのなら、彼女だけ逃れるわけにはいかない。

「私やります」

慌てて汐梨が止めようとしたが、学人は冷静な口調で、
「夜中にひとりで、廻《まわ》り家《や》に入ってもらう」

七　回るもの

……肝試し。

奈津江は普通に怖いと思った。夜中に今は使われていない廃屋のような廻り家に行くのだから、恐ろしくないわけがない。

……でも私は、お稲荷《いなり》のお狐様に守られてる。

あの小さな小さな森の祠《ほこら》から遠く離れた地にいるのに、そういう感覚が彼女にはあった。だから、どうにかなると考えた。

「いつやるんですか」

「この子、なかなか頼もしいな」

うれしそうな顔をしながら学人が、汐梨を見ている。

「これなら小さいからといって、あまり心配いらないだろ」

「けど……」

「喜雄のときに比べても、とても立派だよ」

引き合いに出された喜雄は、とたんに顔を赤らめてうつむいた。それを目にした奈津江は、あっと思った。食堂で彼のニコニコ笑いに覚えた違和感の正体は、これだったのではないか。

きっと彼は、恐ろしさのあまり失敗したんだ。

それが心の傷になっていて、新入りも同じ目に遭うことを期待している。おそらく三紀弥に対しても、同じような微笑みを送ったに違いない。

三紀弥くんは成功したの？

彼を見ると、微《かす》かに首をふっている。やめておいたほうがいい。断わってしまうべきだ。そう必死に伝えたがっている表情である。

「いきなり今夜とは言わないから」

学人が真面目な口調で、

「それに平日だと、次の日は学校があるから、僕たちも立ち会えない」

「なら、お休みの前？」

「そうだな。今日が水曜だから、早ければ金曜か土曜の夜になる。心の準備もいるだろうから、来週でもかまわない。ゆっくり考えるといい」

「分かりました」

「……怖くないの？」

突然、喜雄に尋ねられた。あまりにも彼女が平然としているため、ちょっと信じられないのだろう。

怖いに決まってるじゃない。

奈津江は心の中で言い返しただけで、なんでもないという態度を示した。

「昔は小佐紀さんが使っていたけど、今はただの空家でしょ」

「知ってるのか」

学人に訊《き》かれたので、簡単な説明を受けたことを伝えると、さらに喜雄が、

「だけど、あそこには怖いものが——」

「おい！」

それを学人が怒ってさえぎった。

「いたずらに脅かすのは卑怯《ひきよう》だぞ。そういうのはなしだ」

またしても喜雄がうなだれるのを目にしつつ、

「怖いものって、憑《つ》き物《もの》のこと？」

平静を装いながら奈津江が尋ねる。

「ああ、小佐紀さんに憑いていた狐だよ」

「それが廻り家に、まだ残ってるんですか」

「——と考えている人もいる」

奥歯にものがはさまったような言い方を学人はした。

「もしそうでも、それは白狐《しろこ》だから……」

「へぇ、深咲さんは、かなり詳しく話したんだな」

まずい……と奈津江は思った。祭園に来たばかりの子供に、そこまで説明するのは確かに不自然である。

「私が質問したからです」

「興味があるの？」

「前の家の近くに、お稲荷さんの――」

「ストップ！」

学人が右手で制止するポーズをとりつつ、

「ここに来る前のことには触れない。そういう約束だろ」

「あっ……、すみません」

「慣れるまで時間がかかると思うけど、注意して欲しい」

「はい、気をつけます」

助かった……と、ほっとする。

「なら小佐紀さんが、白狐にお伺いを立てる方法も知ってるのか」

深咲には聞いていたが、奈津江は分からないふりをした。

「廻り家には、塔屋という部分があって――」

学人の説明は、ほぼ深咲と同じだった。ただし、ひとつだけ奇妙な、はじめて耳にする内容があった。

「――お告げが下りると、そうやって小佐紀さんは廊下を回りながら、ひとりずつ相談者の部屋を訪ねる。ところが時おり、まだ小佐紀さんが塔屋にいるうちに、もう廊下を回っているものがいる……」

「もしかして白狐？」

　奈津江の問いかけに、学人は答えることなく、

「小佐紀さんはお伺いを立てている間、鈴をふり続ける。それが鳴り終わるまでは、何が訪ねて来ても絶対に扉を開けてはならない。最初に相談者は、そう言われるらしい」

「もし、開けたら？」

「その何かが入って来るんだ」

「………」

「そして、憑かれるんだと思う」

　黒狐《くろこ》のことを話そうとして、奈津江は迷った。学人たちは知らないかもしれない。あまり不用意に発言しないほうがよい。

　すると、まるで彼女の逡巡《しゅんじゅん》を見抜いたかのように、

「廊下を回っているものを見た人によると、それは灰色っぽい何からしい」

「灰色……」

　白でもなく黒でもない。その二つを混ぜた灰色とは、なんとも意味深長ではないか。まさに白狐と黒狐が合わさったように思える。

　灰色象男……。

小さな小さな森で襲ってきた変質者の姿が、ぱっと浮かぶ。自分にとって灰色とは、とても不吉な色ではないか。そう考えたところで、

あっ……。

もう少しで奈津江は声をあげそうになった。夕食のはじまる前に、食堂で三紀弥から手渡された紙切れにあった、例の文字を思い出したからだ。

はいいろのおんな

廻《まわ》り家《や》の廊下を回る灰色っぽい何かと、紙切れに書かれていた灰色の女は、同じ存在なのか。または関係があるのだろうか。

「それを見たのって、誰ですか」

「先ほど話に出た、当時コックだったチュウさんや、私たちの世話をしてくれていたカジさんよ」

ごく自然に汐梨が答えたため、奈津江は改めて気づいた。彼女と学人は、小佐紀が廻り家で狐使いの祈禱《きとう》を行なっていたとき、もう祭園で生活していたことに。だから色々と見聞きしており、ひょっとすると今の奈津江よりも詳しいのかもしれないと。

「相談者の中には困った人がいて、つい廊下を覗《のぞ》いてしまって……という場合もあったみたいね」

「そういう人は、どうなったんです？」

「小佐紀さんが憑き物落としをした、と聞いてるけど、そのまま救急車で運ばれた人もいたはずよ」

「とはいえ、病院でちゃんと治ったとは思えないな」

学人の言葉に、汐梨はうなずきながら、

「小佐紀さんが使役する白狐に対して、黒狐という憑き物がいて――」

深咲から聞いたのと同じような説明をした。奈津江は何も知らないという態度で、はじめて聞くふりをする。

「灰色っぽいものは、この白狐と黒狐が混じった状態とも考えられていたの。ある意味もっとも危ない存在かもね」

「どっちつかずなわけだからな」

汐梨の言葉に、今度は学人がうなずいている。

「小佐紀さんが祈禱をしている間、廻り家の内部はとても不安定な空間になるの。だからそんな現象が起こるんだって、チュウさんが言ってた。彼は小佐紀さんを信心していたからね」

「そんな感じだったな」

「ただ――」

続けて汐梨が喋《しゃべ》りかけ、急に口ごもった。奈津江がもの問いた気に見ても、少し話し過ぎたとばかりに、片手を唇の前に持っていく仕草をしている。

するとと喜雄が得意そうに、

「廻り家を使わなくなってからも、廊下を回ってる灰色っぽいものを見た人が、ちゃんといるんだ」

「そうなの？」

奈津江が確かめると、ますます彼は得意満面の様子で、

「塔屋にも部屋にも誰もいないのに、ぐるぐると廊下を回ってるものが、廻り家にいたんだって。灰色っぽい――」

「よけいなこと言うな」

しかし学人の一声で、しゅん……と黙ってしまった。

「いや、喜雄を怒る前に、自分自身が反省すべきだったな。調子にのって、色々と喋り過ぎた。ごめん」

「そうね」

汐梨は同調するだけでなく、

「肝試しはやめておく？」

そこまで気をつかってくれた。

「でも、試練なんですよね？」

「……そうだけど、最初は遊びだったのが、いつの間にか儀式のようになっただけで、

別に決まりというわけじゃ――」

「ここに来た子供は、みんなやってるんでしょう?」

それには学人が答えた。

「廻り家には入ったものの、一向に動いてる気配がないので見に行くと、玄関の扉の裏で震えていたヤツもいたけどな」

喜雄だろうか、それとも三紀弥か。あるいは二人ともか。彼らに目を向けたいのを、奈津江は我慢した。

「だったら私も、同じようにやります」

「この子は大丈夫だよ」

学人が明るく楽天的に判断したのに対して、汐梨は何やら考えこんでいる。ちらっと何度か奈津江を見たので、本当に止めなくても問題ないのかどうか、おそらく迷っているのだろう。

そんな彼女を見ているうちに、急に不安になってきた。

「廻り家に泊まるんですか」

「まさか!　それは僕でも断わるよ」

真顔で学人は否定すると、

「試練とは、問題の廊下を回ってもらうことなんだ。玄関と、玄関の反対側の廊下の壁際に、前もって五円玉を積んでおく。壁には横木が走ってるから、その出っ張りに十三枚ずつのせる。君は、お尻《しり》に結び目を作った紐《ひも》を持って廊下を回る。回りながら玄関と反対側の二ヵ所を通るたびに、一枚ずつ五円玉を紐に通す。最後の一枚をとったとき、君は玄関の反対側にいるはずだから、戻る途中で塔屋にのぼる」

学人によると、廻り家の玄関は南西に設けられている。その反対側とは、つまり北東になる。この二点を結ぶ北側と南側の廊下のほぼ中央の壁に、それぞれ扉がある。どちらを開けても階段が延びていて、のぼると塔屋に出る。二つの階段を結ぶと、ちょうど「V」をさかさまにした恰好《かっこう》となり、その頂点に塔屋がある。

「のぼる階段は北側になる。塔屋にも五円玉を置いておくから紐に通して、今度は反対側の階段から、つまり南側から下りる」

深咲が描いた簡単な廻り家の見取り図を思い浮かべて、奈津江は自分の動きを確認しつつ尋ねた。

「南側の扉から出たら、玄関に向かうんですか」

「そのほうが近いからな。廊下の約六分の一を歩くだけですむ」

そこで学人は分数について、奈津江にも分かるように説明してから、

「ただ、それでは逆回りになる」

「逆？」

「小佐紀さんが廊下を回るとき、玄関から右手へと、時計の針の動きとは逆の回り方をしていたんだ」

「彼女ではない何か……もですか」

　学人がうなずく。

「だから南側の扉から出たら、遠回りになるけど奥へと進んで、廊下の六分の五を回って戻って来て欲しい」

「そうします」

「くれぐれも逆には回らないように」

「……もし、反対に回ったら？」

「さぁな」

　もしかすると学人も何が起こるのか、正確には知らないのかもしれない。

「やり方は分かりましたけど――」

　奈津江は少しためらいがちに、

「玄関と、玄関の反対側の五円玉を、すべて一度に紐へ通してから塔屋に登れば、二周もしないで終わりますよね」

　すると学人はうれしそうに笑いながら、

「ズルはなしだ。まぁ君に限って、そういう手は使わないと思うけど」

「信用してもらえるんですか」

「さっきから話をしているだけで、しっかりした子だと分かるからな。あっ、ひとつ言っておこう。積んだ五円玉は崩さないようにして、上から順番にとるように」

そこに何か意味がありそうだったが、このとき奈津江には、もう考える力がほとんど残っていなかった。祭園に着いてから数時間のうちに、あまりにも多くの情報に接し過ぎている。頭がパンクしそうだ。

「疲れたでしょ」

彼女の様子に、汐梨が目ざとく気づいた。

「初日から、ちょっとハードだったか」

再び学人が反省の色を見せたところで、居間での集まりはお開きとなった。

「お風呂《ふろ》に入ろ」

すかさず由美香に誘われる。

「うん……」

本当は三紀弥と話をしたいのだが、とても二人になれる雰囲気ではない。由美香がおいそれとは離しそうになかったからだ。本当はもっと会話に参加したかったのに、汐梨と学人に遠慮をして、ずっと辛抱していたせいかもしれない。

「けっこう広いの。一度に三人は入れるわ」

「へぇ」

「深咲さんやシマコさんは、もっと遅くに入るから、私たちが一番よ」

ここからは自分が奈津江の面倒をみる、独占するんだという気が満々である。

「小寅婆さんに、先を越されなければな」

「あっ、そうだ！」

学人の突っ込みに、由美香が慌てた。

「早く行きましょう」

奈津江の手をとると居間から連れ出し、廊下を走って二階へ続く階段を駆け上った。

「おい！　館内を走るな」

いきなり強い口調で注意されたので、階段の途中で立ち止まると、ヘイタが無表情な顔でこちらを見上げている。

「すみませーん」

由美香が謝ったが、完全に口先だけである。

「次から気をつけます」

奈津江が頭を下げると、何も言わずにヘイタは歩き去った。

「あいつの帽子を見た？」

こりずに階段を駆け上りながら、由美香が笑っている。

「お巡りさんみたいな……」

「それもアメリカの警察官のものよ。祭園の中を見回るときは、いつもかぶってるわ。そのときの自分の役目にふさわしい帽子を、ヘイタは選んでいるつもりだって、学人さんが言ってた。あいつ、帽子マニアだから」

言われてみれば、車で迎えに来たときは違う帽子だった。食堂でも別の帽子をかぶっていた。

「実は若ハゲだっていう噂もあるの」

クスクス笑う由美香といったん別れ、奈津江は北東の端に位置する自分の部屋に入った。根津屋の家にあった彼女の荷物はすべて、深咲が荷造りをして先に送り、すでにクローゼットやタンスに仕舞われている。施設から持ってきた鞄《かばん》は、ヘイタが運んでくれたらしく部屋の隅に置いてあった。

着替えの用意をしていると、由美香がやって来たので、いっしょに一階の浴場へと下りる。

「やった！　一番乗りぃ！」

由美香が戸口に、すぐさま「入浴中」の札をかけた。こうしておくと小寅は入って来ないらしい。

「小寅さんて、どんな人？」

湯船につかったところで、さり気なく奈津江は尋ねた。

「変なお婆さんよ。昔は違ったみたいだけど、私が来たときは、もう……」

「どう変なの？」

「ちょっと怖い……。たまに自分のことを、小佐紀さんだと思いこんだりしてね」

「そういうお年寄り、私も知ってる」

根津屋の近くに住んでいた、いわゆる認知症の気がある老人のことを話すと、

「小寅お婆さんの場合、普通のボケとは違うって、学人さんが言ってた」

「えっ？」

「長い間、ずっと憑《つ》き物《もの》とつき合ってきた結果、その害が出てるのかもしれないって」

「小佐紀さんの前は、小寅さんが狐使いだったんだ？」

「そうみたい」

「小佐紀さんに会ったことは？」

「ない。私が来る少し前に、いなくなってたもの」

つまり由美香が祭園に入ったのは、ほぼ二年前ということになる。

「どうして小佐紀さんは、急に死んでしまったの？」

そう言えば小佐紀の死因について、まだ深咲から具体的な話は聞かされていない。もしかすると娘である奈津江には、なかなか話しにくい内容なのか。

「ねぇ、何か知ってる？　教えて」

「でも……」

明らかに由美香は喋《しゃべ》りたい様子だったが、ためらう素ぶりを見せるのは、不用意に話した場合、「新入りを怖がらせるな」と学人に怒られるせいだろうか。

「由美香ちゃんに聞いたって、誰にも言わないから」

「うーん……」

もう一押しで口を開きそうになったとき、誰かが脱衣場に入って来た。曇りガラス越しに見える姿は、どうやら汐梨らしい。

「あとでね」

そう囁《ささや》くと由美香は、東館の蔵書について話しはじめた。

浴場に汐梨が入って来ても、図書室の話題は続いた。汐梨が無類の本好きだったからだ。学人も同じだという。奈津江も面白い物語は大好きである。しかしながら今は、祭園にまつわる話にしか関心がない。

それとなく探って分かったことと言えば、みんなが祭園にいつごろ何歳で来たのか、その年数くらいである。

祭園ができたのは、約十年前だという。汐梨は十年前の三歳のとき、学人は五年前の六歳のとき、そして由美香は二年前の七歳のとき、喜雄は一年前の六歳のときになる。三紀弥はまだ半年しか経っていない。ちなみにヘイタは祭園の創立時から、チョウさんとシマコは六年前から働いている。

この約十年の間、祭園を去った子供は何人もいるらしい。ただし、ある日いきなり「さよなら」をすることが多い。別れのあいさつができれば良いほうで、突然いなくなってしまう場合もある。なぜなら園長で養父の隆利が口止めをしているだけでなく、本人も喋らないからだという。

「あとに残る私たちのことを考えると、きっと話しにくいのね」

汐梨が出て行った子供たちの代弁をすると、

「私なら絶対みんなに、前もってお別れを言うけどな」

すかさず由美香が断言した。

「なっちゃんも、そうするでしょ？」

「うん……」

思わずうなずいたが、自分には帰るところがない。とっさに汐梨たちが、うらやましくなる。しかし親の都合で養子に出され、再び親の勝手で呼び戻されたとして、それを素直に喜べるだろうか。何年も待たされたあげく、結局は迎えに来ない可能性もある。そっちのほうが強いか。

やっぱり、そんなの嫌だ。

かといって今の自分の境遇が、みんなより恵まれているとも思えない。いや、そもそも比べようがないほど、あまりにも特殊なのだから。

三人で一緒に風呂から出て、洗面所で歯をみがいていると、

「あら、えらいわね」

深咲が顔を出した。その幼児あつかいに、奈津江は少し気分を害した。それでも汐梨と由美香の手前、そう言ったのだろうと考えた。この一ヵ月ほどの間に彼女のことを、かなりしっかりした子供だと深咲は認めているはずである。

「もう寝るのね」

「はい」

風呂《ふろ》から出たとたんベッドに入りたい、と思うほど奈津江は疲れていた。いかに大人びていても、やはりまだ小さな子供である。

「おやすみなさい」

深咲にあいさつをして二階へ行く。汐梨と由美香にも、それぞれの部屋の前で「おやすみ」を口にして、奈津江は自分の部屋に入った。

手早く衣服をクローゼットに仕舞うと、ベッドの布団をはいで、

「ああっ……」

大きなため息をつきながら、あとは倒れこむように寝転がる。

こんなところにいるなんて……。

信じられない気持ちが、ひしひしと湧き起こってくる。ひとりになったところで、改めて感じるものがある。

みんなと違うのは、ここが私の家だってこと。

そう思うと色々と考えそうになり、奈津江は力なく首をふった。もう頭の中を空っぽにして、とにかく寝ようと思った。

……今日はおしまい。

とても疲れている。まぶたも頭も重い。身体もぐったりして、このままマットに溶けこんでしまいそうな……。

ところが、いつまで経っても眠れない。精神的にも肉体的にも睡眠を欲しているはず

なのに、なかなか睡魔が訪れない。奈津江の中のどこか一部分が、まだ興奮している。そのため眠りにつくことができないらしい。

何度も寝返りをうつ。ベッドに入っているのに、あまり休んでいる気がしない。早く寝たいと思えば思うほど、ますます目が冴《さ》えてしまう。

暗闇に慣れた目に、天井が映る。根津屋の家では、ぐるぐると渦を巻いた木目が見えた。この部屋には何もない。天井も壁も白っぽい。ただののっぺらぼうである。

家の木目、ちょっと怖かったな。

布団の中から見あげていると、そのうち化物や妖怪《ようかい》のように映りはじめ、今にも蠢《うごめ》き出しそうに感じたものだ。けれど今は無気味だった根津屋の家の天井が、とても懐かしく思い出される。どこか温かさがあったような気さえしてくる。

……この部屋は、そうじゃない。

とても綺麗《きれい》で整っているのは間違いないが、妙に寒々しい。冷たくて淋《さび》しい雰囲気に満ちている。

夜なんだから、当たり前よ。

そう考えて眠ろうとした。だが本当に冷気が漂っているみたいで、ぶるっと身震いしてしまった。慌てて布団をあごの下まで引っ張りあげる。

最初は気のせいだろうと思ったが、しばらく経つと、明らかに冷たい空気が忍び寄っていて、再び身体が震えた。

窓は開けていないはず……。

十月も後半に入っているため、さすがに夜は少し肌寒い。まして祭園は山の中にあるのだから、わざわざ外気を入れたりはしていない。

ひょっとしてシマコさんが……。

新入りが来ると知らされ、換気のために開けておいたのを、うっかり閉め忘れているのかもしれない。

本館の二階の北東の角が、奈津江の部屋になる。よって北側の大きな窓だけでなく、東側にも小さいながら素敵な出窓がついていた。どちらかが、おそらく少しばかり開いているのだろう。

しかし冷気はベッドの右手の大きな窓からでも、頭上の小さな出窓からでもなく、どうやら左手から流れてくるらしい。

どうして？

北側の窓を見ていた恰好《かっこう》から、ゆっくり反対側に顔を向ける。すると一本の細長い微《かす》かな光の筋が目に入った。

……何？

目をこらしていると、細長い光の筋が少しずつ広がり出して、次第に幅を持ちはじめた。その光景を見ているうちに、何が起こっているのか、ようやく理解できた。

ひとりでに扉が開いてる……。

深咲が様子をうかがいに来たのかも――と考えて、すぐに違うと否定する。いくら起こさないように気をつけるとしても、あまりにも扉の動きが変だった。そっと遠慮して開けている感じではない。じりっ、じりっ……と時間をかけながら、障害となる目の前の扉を取りのぞき、この部屋に何か邪悪なものが侵入しようとしている。そういう気配が、ひしひしと扉の向こう側から伝わってくる。

やがて暗がりを裂くようにできた淡い光の隙間から、ぬっと真っ黒な影が忍びこんで来た。歪《いびつ》で大きな頭を持った、人影のようなものが……。

ひいぃぃ。

とっさに奈津江は悲鳴を呑《の》みこんだ。

そのとき自然に扉が閉まって、それの姿が闇に消えた。

な、な、何なの……。

いったい誰なのか、とは思わなかった。奈津江にとってそれは、正体不明のおぞましい何かだった。

薄目を開けながら、扉近くを見続ける。せっかく闇に慣れていた両の瞳《ひとみ》も、廊下の常夜灯の薄明かりを眺めたため、もう夜目がきかなくなっている。でも、ひたすら見つめる。見つめ続ける。

当然ながら、それを認めるのは嫌だった。とはいえ部屋のどこにいるのか分からないのは、もっと厭《いや》だ。

しばらくすると扉の横の壁の前に、ぬぼーっと立っているそれの姿が、おぼろに見えはじめた。上半分が三角形で、下半分は鰓《えら》が大きく張っているような、とても歪な頭をしている。首から下は手足が身体に溶けこんでいる、石像みたいな恰好である。まったく彼女そんな変なものが少しも動かずに、じーっと奈津江をうかがっている。まったく彼女から目を離す気配がない。見えるわけではないが、それの視線を痛いほど感じる。

……な、何なの、これ？

今にも奈津江は大声で叫び出しそうだった。助けを求めるとかではなく、とにかく悲鳴をあげそうになった。

いったい何なの、こいつは？

だが、そんなことをすれば、それが一気に襲いかかって来そうで怖い。彼女が相手に気づいていると、まだそれ自身は知らないはずだ。

このまま消えて……。

奈津江は祈った。いきなり入室して来たのだから、ふいに部屋を出て行ってもおかしくはない。そんな理屈をつけて必死に願った。

しかしながらそれは、ゆらゆらっ……と動いたかと思うと、ふうっ……と前へと身を乗り出した。しかもベッドのほうへ、そのまま向かって来るではないか。

嫌だ！　来るな！　厭だ！　あっち行け！

奈津江は両手を大きくふり回しつつ、大声で絶叫しているつもりだった。だが実際は布団の中で身じろぎさえできない。

それの動きはもちろん止まることなく、ゆっくりと確実に近づいて来る。

お母さん！　お父さん！

心の中で根津の両親を呼んでいた。実際は育ての親だったわけだが、とっさに顔が浮かんだのは、この二人だった。

どうすればいい？　どうやったら逃げられるの？　助けて……。

とてつもない恐怖に奈津江がさらされている間、それの姿が少しずつはっきりとしてくる。もう部屋の半ばを過ぎかけた地点で、全体の輪郭がぼうっと見え出す。

うう っ……。

恐ろしさのあまり泣きそうになったが、なんとかこらえる。薄目を閉じてしまいたいのに、どうしてもできない。それが何をしているか見えなくなると、もっともっと怖いからだ。

さらに近づいて来たところで、とても歪な頭部に映っていた部分が、どうやらフードらしいと分かった。手足を認められなかったのは、フードの下がガウンのようになっているからか。ふと幼稚園のころ絵本で目にした、赤ずきんの姿を思い出す。

……だ、誰？

何が誰になっても、それが発する禍々《まがまが》しさは少しも変わらない。むしろ近づくにつれて、忌まわしさは増すばかりである。

そのとき奈津江の脳裏に、三紀弥から手渡された紙切れの乱れた文字が、まざまざと浮かび上った。

よるはきをつけて
ベッドでねむっちゃだめだ
はいいろのおんながさがしにくるから

この正体不明の誰かこそ、彼が警告した灰色の女なのかもしれない。ベッドで眠るなという意味は、まさに今のような目に遭うからではないか。

でも探しに来るって、いったい何を？

頭の中が疑問符でいっぱいになるのと、それがベッドの横に立つのとが、ほぼ同時だった。薄目を開けた先に見えるのは、ガウンの広がりだけである。

すると急に、それがくずおれた。がくんと揺らいだと思ったら、フードに包まれた頭部が、いきなり奈津江の目の前にあった。

反射的に大きく見開いた彼女の両の眼《まなこ》に映ったのは、真っ黒なフードの中からじーっと冷たい眼差《まなざ》しを注ぐ、無気味な狐の顔だった。

八　灰色の女

狐の顔が嗤《わら》っている。

冷たい表情のままぴくりとも動かず、少しの声も聞こえないのに、真っ暗闇の中で嘲《あざ》笑《わら》っている。

狐の顔が嗤っている。

ベッドのすぐ側で、奈津江の目の前で、無表情な顔つきにもかかわらず、ずっと嘲笑い続けている。

狐の顔が嗤っている。

育ての父を落雷で亡くし、同じく母を通り魔に殺された彼女のことを、いつまでも嘲笑っている。

そんな狐の顔に奈津江は一晩中うなされた。目覚めると朝で、慌てて見たベッドの横には誰もいない。扉もちゃんと閉まっている。

……夢だった？

と考えたのは一瞬で、すぐに間違いなく現実の出来事だったと思い出して、とっさに身震いする。

あれは本当に現れた……。

はたして白狐《しろこ》か、それとも黒狐《くろこ》だったのか。暗かったとはいえ、のっぺりとした顔は白っぽく見えた。少なくとも黒くはなかった。

だったら白狐？

しかし、あれから感じられたのは、何とも言えぬ邪《よこしま》な気配だった。彼女に災いをもたらす存在としか、どうしても思えない。

それに……。

これまでの彼女であれば、きっと事前に危険を察したはずである。何らかの予感を覚えたに違いない。小さな小さな森の稲荷《いなり》の祠《ほこら》の、お狐様のお力によって。

ところが祭園に来てから、そういう力が働かなくなったらしい。ここに車で入った瞬間の、あのときの感覚が最後かもしれなかった。

このまま布団にもぐりこみ、この恐ろしい問題から逃げたい。そこを無理に起き上って、さっとカーテンを開ける。

たちまちまぶしい朝の光が射しこみ、頭がくらっとした。外は少し寒そうだったが、お日様は暖かく感じられる。何より彼女を、夜の暗闇から引っ張り出してくれる。しばらく太陽をあびているうちに、いつも通りの彼女を取り戻しはじめた。

「まずは三紀弥くんを捕まえないと」

奈津江は声に出しながら手早く着替えた。明らかに彼は、あれを知っていた。いや、おそらくあれに怯《おび》えているのだろう。

二階の洗面所で洗顔と歯みがきをして、一階に下りて食堂を覗《のぞ》いたところ、シマコの働く姿があった。奥のキッチンでは、チョウさんが朝食を作っている最中らしい。ついで居間に入ってみると、深咲が新聞を読んでいた。

「おはよう。眠れた？」

「……はい」

昨夜のことを話すべきかと迷うよりも先に、どんな言葉づかいをするべきなのか、そこに引っかかった。

「そうね」

彼女のためらいの意味を、いち早く深咲は理解したようで、

「二人だけのときは、ここに来る前の話し方で何の問題もないけど、みんながいるところでは、あまりなれなれしくしないようにしましょう」

「園長や小佐紀さんのことを、みんなは知らないから？」

「その件については時機を見て、お父様が発表するわ。ただ、なっちゃんだけでなく、みんなにとってもデリケートな問題になるの」

「どうして？」

「お父様の養子という意味では、ここにいる誰もが平等でしょ。でも、その中に本当の

子供がいるとなると、みんなのあなたを見る目が、どうしても変わってくる」

ひょっとして深咲は、いじめを心配しているのかもしれない。もちろん奈津江は、そんなものに負けない自信がある。とはいえ深咲が、できるだけ子供の間に波風を立てたくないと考えるのも無理はなかった。

「ここに私が慣れてきて、みんなに打ち解けるまで、そのことは言わないほうが、きっといいと思います」

「うん、その意見には私も賛成よ」

「発表すると決まったときは、まず私に教えてくれますか」

「もちろん」

深咲は力強くうなずきながらも、やや苦笑をにじませつつ、

「今は二人っきりだから、丁寧な喋《しゃべ》り方はしなくていいのよ」

「でも癖をつけておかないと、ぽろっと口から出てしまいそうで……」

「やっぱりなっちゃんは、しっかりしてるわね」

感心しつつ彼女は笑ったが、どこか淋《さび》しそうにも見えた。

そこへ汐梨と由美香が、居間に入って来た。大して間を置かずに、学人と喜雄と三紀弥が、それぞれ個別に姿を現す。

朝食が終わると、みんなは二階の自室に戻り、学校に行く準備をして下りて来た。そして玄関先で待つ小型バスに、次々と乗りこんでいく。

あっ、そうか。

その光景を目にした奈津江は、自分の思惑がはずれたことを知った。朝のうちに三紀弥を捕まえて、灰色の女について話を聞くつもりだったからだ。

ところが、彼だけがバスに乗らない。運転用の制帽をかぶったヘイタも、彼を待たずにバスを発車させてしまった。

小学校に行かないの？

みんなを見送る三紀弥の横顔を、そっと見つめる。事情は分からないが、これはチャンスかもしれない。他の子供がいないのだから、誰に邪魔される心配もない。

「ちょっといい？」

しかし奈津江が三紀弥にかけようとしたのと、まったく同じ台詞《せりふ》を、先に深咲からかけられた。

「は、はい」

二人で園長室に行くと、隆利から小学校の話をされた。

転校についてである。でも今の奈津江の頭の中には、一刻も早く三紀弥と二人きりになりたい、という思いしかなかった。

あまりぐずぐずしていられない。

汐梨や学人は遅いかもしれないが、由美香と喜雄は昼過ぎには帰って来ることも考えられる。みんなの通う小学校の時間割は知らないけれど、低学年の帰宅は曜日によって早くなるからだ。

特に由美香ちゃんが帰って来たら——。

おそらく寝る直前まで、三紀弥と二人になれる機会はやってこない。明らかに由美香は、奈津江の世話を焼きたがっている。それも、どうやら深咲や汐梨に対するあこがれが理由らしい。これまでは自分が一番下の妹だった。そこに奈津江という妹ができた。彼女が張り切るのも分かる気がした。

とにかく早く話が終わるようにと、ひたすら祈った。

「ただね——」

隆利が小学校の説明をしたところで、深咲が少しためらいがちに、

「なっちゃんは大丈夫だろうけど、三紀弥くんは通いはじめて数週間で、もう行きたくないって言い出したの」

とたんに興味を覚えた。ただし理由を尋ねると、いじめられたらしい。それも祭園の子供ということで、仲間はずれにされたという。

「先生と話し合って、二度と起こらないようにするって、ちゃんと約束してもらった。でも三紀弥くんは嫌だって、どうしても行かないの。それで仕方なく、しばらく様子を見ているところでね」

いじめられたら当然やり返すし、仲間はずれにされても自分ひとりで遊ぶので、奈津江は何とも思わない。だが、これは使えると秘《ひそ》かに喜んだ。

「私も少し考えます」

「えっ？」

予想外の答えに、かなり深咲は驚いたらしい。

「……そ、そうね」

しかし気を取りなおすと、

「ここの生活にも、まだ慣れていないしね。うん、来週くらいまで、ゆっくり考えるのがいいかもしれないわ」

「三紀弥くんにも、小学校のこと訊《き》いてみます」

「……ええ。あまり彼は、良い話をしないと思うけど……」

「分かりました」

「なっちゃんなら、ちゃんと判断できるだろうから、そうしてみて」

隆利も承諾したので、たちまち園長室での話は終わった。

奈津江は二人に一礼すると、すぐ三紀弥を捜しはじめた。まず居間と視聴覚室、それに学習室とゲーム室とを覗き、洗面所を確認してから食堂とキッチンに顔を出したが、どこにもいない。念のため客間と事務室、スタッフルームまで見るが同じである。ついで二階の彼の部屋を訪ねたが、いくらノックしても返事がない。

もう、どこに行ったのよ。

とほうに暮れるというより、むしろ怒りを覚えていると、いきなり声をかけられた。

「三紀弥くんを捜してるの？」

見ると廊下の端に、シマコがタオルを持って立っている。どうやら洗面所の交換のために、二階へ上って来たらしい。

「はい、そうです」

すかさず返事をした。居場所を知っているなら教えて欲しい。そう頼もうとして、奈津江は口ごもった。

じーっとシマコが、こちらを見ている。そんな視線など昨日から一度も向けられていないのに、なぜか奈津江をひたすら凝視してくる。

シマコさんと二人だけになったのは、今がはじめてだけど……。

だからなのか。こうなる機会を、ずっと彼女は待っていたのか。隆利や深咲がいっしょではなく、子供たちも側にいないときを。

でも、どうして？

シマコの眼差《まなざ》しは、なんとも不思議だった。睨《にら》んでいるわけではない。まるで何かを確かめている。そんな感じがある。

いったい私の何を？

今にも彼女の口から、とんでもない言葉が発せられるのではないか、と奈津江が身構えていると、

「三紀弥くんなら、きっと東館よ」

訊きたかったことを、あっさり教えてくれた。

「ありがとうございます」

礼を述べつつ横を通り過ぎるときも、階段を下りはじめても、シマコは視線をはずさなかった。ずっと奈津江を見続けていた。

普段の彼女なら面と向かって、「何ですか」と訊いていたかもしれない。だが今は、とにかく三紀弥に会うことしか考えられない。

本館一階の東側の扉を出ると、渡り廊下が延びている。屋根と左右に壁はあるが、外気が入ってくるため屋内とは言えない。両側の壁は地面から三分の二の高さしかなく、屋根との間が開いているからだ。

東館のほうが高台に建つせいで、廊下はゆるやかな登りになっていた。途中に段数は少ないながら階段も三ヵ所ある。そのうえ、まっすぐ延びずにジグザグを描いているので、けっこう歩いていても楽しい。

山の中にいるため、ひっきりなしに鳥の鳴き声が聞こえる。このまま渡り廊下から出て、奈津江は祭園の敷地を散歩したい気分になった。

そんな暇はないけど。

最後の角を曲がったところで、廊下の終わりに東館の扉が現れた。本館のガラス戸とは違い木材が使われている。図書室の入口にふさわしい重厚感がある。

実際に扉は、ずっしりと重かった。やや苦労して開けると、奈津江は薄暗いホールへと足をふみ入れた。

とたんに鳥の鳴き声が消えた。木々が風にざわめく音も、まったく聞こえない。館内には、ただ静寂が満ちている。

キュ、キュ、キュ……と、彼女が歩くと耳ざわりな物音がした。靴の底がゴムのためだろう。この静けさを自分の足音が乱していると思うと、なんとも落ち着かない気持ちになってくる。おのれが場違いな人間に感じられてしまう。

ホールの正面の壁に、ぽっかりと開いたアーチから、一階の図書室に入る。ちなみにホールの右手には洗面所の扉が、左手には二階へ上る階段が見える。

図書室は右手の五分の一ほどに、ビデオとDVD、それにCDの棚が並んでいる以外は、すべて書籍の本棚だった。部屋の中央にはソファが置かれ、読書スペースになっている。しかし、どこにも三紀弥の姿はない。

二階かな？

ざっと眺めただけだが、一階の蔵書はどれも大人向きの難しそうな本ばかりである。子供用の本は、きっと上にあるのだろう。

奈津江はホールに戻ると、階段をのぼりはじめた。キュ、キュ、キュ……と、相変わらず変な足音が響く。ここに来るときは別の靴にしようと決める。

途中で一度だけ折れ曲がった階段をのぼりきると、二階の踊り場の壁に、階下と同じく出入口のアーチが見えた。潜ると二階の図書室で、中央に机と椅子がかたまっている他は、みんな本棚で埋めつくされている。

最初に机と椅子がある学習スペースを覗《のぞ》くと、ひとつの机の上に『シャーロック・ホームズの冒険』が置かれていた。名探偵が出てくるミステリだ。それくらいは彼女も知っている。ただ子供向けの本とはいえ、けっこう漢字も目につく。すべてにふりがながふられていたが、ちょっと難しそうである。

三紀弥くんは読めるんだ。

思わず感心しかけたが、肝心の本人がいない。別の本をとりに行ったのかと思い、児童書のコーナーを捜してみたが、そこにも見当たらない。

おかしいなぁ。

奈津江が本棚の間で、首をかしげたときである。ふっと背後に何かの気配を感じ、思わずびくっとした。とっさに昨夜の狐顔が、まざまざと脳裏によみがえる。

まさか、そんな……。

恐る恐るふり返ると、本棚の端から三紀弥が顔を出していた。

「もう！　脅かさないでよ」

安堵《あんど》すると同時に、怒りが噴き出す。

「それは、こっちが言いたいんだけど……」

ところが、三紀弥に言い返された。

「どうして？　私は何もしてないでしょ」

「変な足音をさせて、一階から二階へと、ぐるぐる歩き回っていたじゃないか」

弱々しい口調ながら、彼は精一杯の主張をした。

「だって、あなたを捜してたんだもの」

「そんなこと、僕に分かるわけないよ。いきなり変な足音が聞こえて、こっちに近づいて来るんだから……」

どうやら彼を、いたずらに怖がらせてしまったらしい。しかし二度も「変な足音」と言われて、奈津江はちょっと腹が立った。

「この靴が、ここの床と合わないの。東館に来るのは、これがはじめてなのよ。それこそ、そんなこと私に分かるわけがないでしょ」

「一階に下駄箱があっただろ」

「えっ……」

「ここに来たら、スリッパにはき替えるんだ」

彼の足下を見ると、確かにスリッパをはいている。

「はじめて図書室に来たとき、僕はちゃんとはき替えたよ。もちろん、誰かに教えてもらったわけじゃない。自分で気づいたんだ」

「な、何よ」

カチンときたが、どうにも分が悪い。気弱そうな男の子だと思っていたのが、意外にもしっかりしているので、よけいに調子が狂う。

「そんなことは、どうでもいいの。私、あなたに話があるの」

何についてなのか、すでに分かっているのだろう。ゆっくりと小さかったが、彼がうなずく仕草をした。

「時間がかかると思うから――」

三紀弥が机と椅子に向かいかけたので、奈津江は一階のソファに行こうと提案した。あそこのほうが、きっと座り心地が良いに違いない。

「だったら、本を持って行こう」

「読まないのに？」

「誰かが来たとき、本を読んでるふりができるだろ」

つまり二人の会話は、とても秘密めいた内容になるわけだ。そう考えた奈津江は、急に胸がドキドキしはじめた。でも無理に平気な顔をすると、

「いいわよ。でも、どの本を持って下りるの？」

「僕は『シャーロック・ホームズの冒険』だけど、そうだなぁ……」

しげしげと奈津江を眺めたあと、彼は本棚から一冊の本を取り出し、彼女に差し出した。その表紙には『長くつ下のピッピ』というタイトルがあった。

なぜ三紀弥がその本を選んだのか、奈津江は少し気になった。だが、あえて訊《き》かなかった。彼をうながすと、本を持って一階へ下りる。

「灰色の女って何なの？」

ソファに座ってすぐ、単刀直入に奈津江は尋ねた。

「…………」

向かいに腰を下ろした三紀弥は、うつむいたまま黙っている。

「どうして私に、あんな紙切れを渡したの？」

「…………」

「渡しただけで放っておくなんて、ちょっとひどくない？」

「だけど君は、由美香ちゃんや汐梨さんといっしょだったから……」

「お風呂《ふろ》のこと？」

「話そうにも、できないだろ」

つまり三紀弥も、奈津江を捕まえたかったらしい。ただ、いかにも彼女のせいで、その機会がなかったと言われている気がして、再びカチンときた。

「そう言うあなたも、学人さんや喜雄くんといっしょに、お風呂に入ったんでしょ」

「いいや、僕はひとりだよ。ここに来たときから、ずっとひとりで入ってる」

まるで奈津江が、ひとりでは風呂を使えない小さな子供だと、暗に言われている気がして、三たびカチンときた。

「あのね、別に私は――」

嚙《か》みつきそうになったが、今はそれどころではない。

「あの紙の話に戻るけど、ベッドで眠るなってことは、灰色の女は夜になると現れるの？」

「………」

またしても三紀弥は黙っている。

「どうしてあなたが、そんなこと知ってるの？」

「………」

「ねぇ、何か答えてよ」

「………」

「灰色の女の正体って、狐の憑《つ》き物《もの》なの？」

いつしか下を向いていた三紀弥が、がばっと顔をあげた。

「も、もう出たの？」

「もう……って、どういうことよ。あっ、あなたの部屋にも現れるのね！」

うん、うん、うんと彼は、立て続けに三度もうなずいた。

「やっぱり寝ているとき？」

「そう……」

「いつから？」

「はじめて出たのは、ここに来て十日くらい経ったときだった」

奈津江のところには、初日の夜から現れたのに。

「やっぱり狐だったの？」

こっくりと首を縦に動かしてから、ぷるぷると彼は横にふった。

「どっちなの？」

「しばらくは、顔なんて……」

見る勇気がなかった、ということらしい。

「でも、見たことあるんでしょ？」

「……狐だった」

奈津江の部屋に入って来たあれと、やはり同じものなのだ。

「これまでに、何回くらい現れてるの？」

「最初のうちは、週に一回くらいだった。それが二、三日に一回になって……。そのうち毎晩のように出はじめて……」

「今は？」

「こっちが忘れたころに、ふっと出ることはあるけど……」

「前ほどじゃないのね」

「うん。八月くらいからかな……、あんまり出なくなったのは」

三紀弥が祭園に来たのは約半年前である。ということは、少なくとも数十回は見ているに違いない。

「あれが何なのか、あなたは知ってるの？」

「……」

「知ってるんでしょ？」

「あのね」

二人の他には誰もいないのに、三紀弥は声をひそめると、

「深咲さんには、とても歳の離れた妹がいたんだ」

奈津江の問いかけには答えずに、そう囁《ささや》いた。

「へぇ……」

ドキッとした。それでも、なんとかあいづちを打つ。彼が不審がっている様子はないが、自分の顔色が変わっていないか彼女は心配した。

「ところが生まれてすぐ、その子は捨てられた」

違うわ！　根津のお父さんとお母さんの子供になったのよ——という言葉を、奈津江は呑《の》みこんだ。三紀弥に告白する気がなかっただけでなく、捨てられたと言われても仕方のない仕打ちを小寅と隆利にされたのは、確かに事実だったからだ。

「どうして？」

「呪われた子だったから……」

「どういう風に？」

「そこまでは分からないよ」

ほぼ真実に近い噂が現在にまで伝わっていると知り、奈津江は驚いた。

「だけど小佐紀さんは、ひとりで女の子を捜しはじめた。捨てたのは小寅お婆さんと園

長だったからなんだ」

「ふーん」

「でも、見つけることができない」

「女の子は、どこに捨てられたの？」

「さぁ、このあたりの山らしいんだけど」

あのね……と心の中で突っこむ。どうやら彼女は、本当に捨てられたことになっているらしい。

「そのうち、小佐紀さんがおかしくなってきた」

三紀弥は恐ろしそうな顔をしながら、

「狐使いのほうも、上手《うま》くできなくなって……。小佐紀さんが狐を使うんじゃなくて、狐に使われるようになったんだって」

「それは……問題よね」

「だから廻《まわ》り家《や》も、もう閉めてしまった。そのころからなんだ。本館の子供部屋に、夜な夜な灰色の女が出るようになったのは……」

「えっ……それって、小佐紀さん？」

「うん。子供たちの間に、女の子がいるんじゃないかって、捜し回るようになったらしい。特に新しい子がやって来ると、何度も現れて――」

「おかしいじゃない。捜しているのは、赤ちゃんでしょう？　歳が合わないし、子供の中には男の子もいたはずよ」

「変になってたから、そういうことは、もう分からなかったんだよ」

こんな話は深咲から聞いていない。とはいえ教えてくれなかったのも無理はないかもしれない。

「ここを逃げ出す子も出てきた。部屋に現れるだけでなく、灰色の女が触ろうとして、パジャマを脱がそうとするから……」

きっと左肩の痣《あざ》を、陰の狐火を確かめるためだろう。

「園長は止めなかったの？」

「灰色の女が小佐紀さんだとは、なかなか誰も気づかなかったんだ。それに小寅お婆さんが、廻り家を使わなくなったせいで、変なものが迷い出てるって――そう言ってたからね」

「例の灰色っぽいもの？」

「たぶん同じものじゃないかな」

「けど、そのうち灰色の女は、小佐紀さんだと分かった？」

「なんとなく自然に、みんなが知ったんだって」

「どういうこと？」

「ぶかぶかの服の下にいるのが人間らしいって、誰もが気づき出したんだ」

「なるほどね」

そうなると疑われるのは、やはり小佐紀しかいない。

「……えっ、ちょっと待ってよ」

いったん納得しかけた奈津江は、それゆえに慌てた。

「そのときの灰色の女は、小佐紀さんだった。それはいいわ。じゃあ、あなたと私が見たのは、いったい誰なの？」

「…………」

「小佐紀さんは、二年前に死んでるんでしょ」

「…………」

「まさか……」

そこで奈津江は、とても厭《いや》な想像をしてしまった。

「小佐紀さんの幽霊なの……」

九　奇っ怪な死

自分の部屋に現れたあれの正体に思い当たったとたん、ぞっとする悪寒が奈津江の背筋を走りぬけた。

「……ううん、違う」

だが、すぐに自分で否定すると、

「フードの中には、狐の顔があったもの。白狐《しろこ》か黒狐《くろこ》かは知らないけど、きっと狐の憑《つ》き物《もの》が――」

「あれは、お面だよ」

三紀弥の指摘に、あっ……と奈津江は気づいた。のっぺりとした白っぽい顔は、言われてみれば面である。本物の狐なら、もっと獣らしかったはずだ。

「……狐のお面」

「そうだと分かったのは、あれが何回も現れてからだけどね」

まだ一度しか目にしていない奈津江が、面だと認めるのは無理だと、どうやら三紀弥はなぐさめているらしい。いつもの彼女なら、ちょっと気分を害するところだが、今はそんな余裕すらない。

「なら、あれは誰なの？」

「たぶん、元は小佐紀さんだったもの……だと思う」

ぞわぞわぞわっ……と首筋が粟立《あわだ》った。自分でそうだと考えながら、あっさり否定してしまったため、改めて言われるとよけいに怖い。

「な、何があったの、小佐紀さんに？」

「この話は、汐梨さんと学人さんに聞いたんだけど――」

これまで三紀弥が口にした話は、ほとんど二人から教えられたものだという。もちろん二人も、すべての出来事を自分たちで見聞きしたわけではない。祭園の大人たちの間で交わされる噂を耳にしたり、小佐紀の相談者たちとお喋《しゃべ》りをしたり、それとなく深咲から聞き出したりと、彼らなりに情報収集をしたらしい。

ただし小佐紀の死に関しては、なんと汐梨も学人も目撃者だと聞いて、奈津江は驚きつつ慄《おのの》いた。

「小佐紀さんが祭園の中をうろついて、それを深咲さんが捜して連れ戻す。そんなくり返しが毎日のようにあったころ、小佐紀さんが廻り家に入るところを、汐梨さんと学人さんが部屋から見ていたことがあった」

「二人は二階の自分の部屋に、別々にいたわけね」

「うん。それで学人さんが一階に下りたら、深咲さんが小佐紀さんを捜してるところだった。だから廻り家にいるって教えて、深咲さんといっしょに行くことにした。ところが廻り家に入っても、小佐紀さんがいない……」

「八つの部屋のどこにも？」

「部屋にも廊下にも、塔屋にもいない。廻り家の中には、誰もいなかった……」

「二人が行く前に――」

「出て行ったに違いないって、そう学人さんは思った。けど汐梨さんが廻り家を見張っていたと、あとから分かるんだ」

「小佐紀さんが入ってから、深咲さんと学人さんが行くまで、汐梨さんは廻り家から目を少しも離さなかったのね」

「ずっと見てたって」

　本館から廻り家までは距離がある。そのうえ間には樹木が生えているため、建物の全景を目にすることはできない。それでも二階から眺めると、小山の上に建つ廻り家の玄関と廊下の一部が目に入る。顔の見分けはつかないかもしれないが、そこに誰かがいれば間違いなく分かるはずである。

「その間、小佐紀さんは？」

「ぐるぐると廊下を回ってたらしいよ」

「狐に憑かれていたのかな」

「たぶんね。でも、その姿が消えて、いつまで経っても現れなくなった。何をしてるんだろうって汐梨さんが思ってると、深咲さんたちが廻《まわ》り家《や》に向かう姿が見えた」

「……なのに廻り家の中は、空っぽだった」

三紀弥がうなずく。

「出入口は？」

「玄関だけ。本館の二階から、とてもよく見えるよ」

「廊下の窓は？」

「どこも開かないんだ。最初から、そういう窓みたい」

いわゆるはめ殺しの窓である。

「深咲さんは、どうしたの？」

「学人さんが声をかける前と同じように、祭園の中を捜した」

「それって、二人が嘘をついたと――」

「ううん、見間違いだと思ったみたい。汐梨さんは、廻り家に絶対いるはずだって強く言った。けど学人さんは自分で中を調べてるから、いないって分かってる。どっちも自分が正しいと思ったわけ」

「それから、どうなったの？」

「夕食の時間になっても、小佐紀さんは見つからない。それで園長が念のためにって、廻り家を調べに行ったら――」

「いたのね」

「こっちから見て反対側の北の廊下に、ばったり倒れてたって」

「もう死んでたの？」

「うん……」

「どうして死んだの？」

「首の骨が折れてたみたい……」

　意外な死因に奈津江は驚いた。

「それって事故？」

「塔屋から落ちたんだって」

「階段を落ちたのね」

「扉が開いていて、廊下に転がり出ているのを、園長が見つけたんだ」

「ということは、ずっと塔屋に……」

「いたわけないよ。深咲さんたちが、ちゃんと覗《のぞ》いてるんだから」

「階段は二つあるでしょ」

「うん。あの階段を使えば、上手《うま》く逃げることはできるよ。けど深咲さんは、小佐紀さんが逃げてる、隠れてると思ってた。だから南の階段から学人さんが、北の階段から深咲さんが、同時にのぼるようにしたんだって」

「それじゃ逃げも隠れもできないか」

「汐梨さんも見てたしね」

「小佐紀さんが廻り家の中で消えて、見つかったときには死んでいたことを、警察はどう考えたの?」

この不可解な謎に対して、奈津江は純粋に好奇心から尋ねたのだが、

「そこの部分は、園長が言わなかったらしいよ」

「えっ……」

「学人さんが言うには、まず園長と親しいお医者さんが呼ばれて、小佐紀さんを本館に運んでから、警察には連絡したんだって」

「……本館の階段から落ちたことにしたとか」

「警察は廻り家も調べたらしいから、それは違うんじゃないかな。ただ園長とお医者さんが、どう警察に話したのか、学人さんも知らないって。でも小佐紀さんは、事故で死んだことになったみたい」

そういう結論が出るように、おそらく隆利が裏で手を回したのだろう。きっと学人も同じように考えたのだ。

「深咲さん、きっと悲しかったろうな」

「ああ、うん」

そのときの彼女の心境を考え、思わず奈津江はつぶやいた。それなのに三紀弥は、ほとんど上の空であいづちを打っている。

「ちょっと、お母さんが死んだのよ」

「分かってるよ」

私のお母さんも……と、つい口にしそうになって奈津江は慌てた。本当は養母だったわけだけど。

しかし、そんな彼女の様子に、まったく彼は気づいていないようで、

「小佐紀さんが死んでから、だけど――」

そのまま話を続けようとした。まだ何かあるらしい。

「死んでから、どうしたの？」

だから奈津江も、そのまま三紀弥に喋らせることにした。

「灰色の女が現れなくなった」

「その正体は、やっぱり小佐紀さんだったから」

「なのに……」

彼の顔が急に歪《ゆが》んだかと思うと、

「ぼ、ぼ、僕の部屋に……で、出るようになって……」

今にも泣き出しそうな表情である。

「もう今は、出ないんでしょ？」

「う、うん……」

「ならいいじゃない。それに私が入ったんだから、どう考えてもこっちに出るわよ」

「そ、そうだよね」

ほっとした安堵《あんど》が伝わってくる。

「ちょっと、何を喜んでるの？　私の身にもなってよ」

「だ、だから、ちゃんと知らせたじゃないか」

「あんな訳の分からない紙切れ一枚で、偉そうに言わないの」

「別に偉そうになんか……」

泣き顔から一転して笑顔になりかけ、今またふくれっ面になった彼を見て、ふっと奈津江は笑いそうになった。

「ところで――」

しかし、ぐっと笑みをこらえると、

「あなたが祭園に来る前には、一度も出てないの？」

「そうらしいよ」

「喜雄くんも見てない？」

「それが妙なんだ。いくら訊《き》いても、そんなの部屋に来たことないって言うんだけど、嘘をついてるみたいな気がして……」

「どうして？」

「……分かんない。でも、たぶん……」

新入りにいじわるをして、わざと教えなかったのか。廻り家の肝試しの件で、奈津江に対して不快な笑みを浮かべたのと同じである。

感じたままを言うと、三紀弥は首をかしげながら、

「僕が来たとき、喜雄くんは大人しかったよ。そんな様子はなかったと思う」

「なのに灰色の女についてだけは、どこか変だった？」

「うん」

「小佐紀さんが死んでから、ここに来たのは喜雄くんと三紀弥くんだけでしょ」

「今いる中ではね」

「出て行った子もいるわけ？」

「よくは知らないけど、いると思うよ」

「その子たちは、見てないのかな？」

「学人さんは、もし灰色の女が出たんだったら、自分や汐梨さんに助けを求めたはずだって」

「三紀弥くんは？」

「なかなか言えなかったけど、様子が変なのを学人さんが気づいて……」

「どうしたのって訊かれたんだ」

　こっくりと三紀弥はうなずきながら、

「そのとき、小佐紀さんのことを教えてもらった。けど、とっくに亡くなってるから、灰色の女が出ることはない。悪い夢を見ただけだから、心配しなくてもいい。そう言われた」

「幽霊は信じないのか」

「僕が出るんだよって言い続けたら、学人さんが自分の部屋と替えてくれた」

「それで？」

「どっちにも出なかった」

「………」

「しばらく部屋は替えてたけど、いつまでも出ないので元に戻したら、また現れるようになって……」

そこに何か意味があるのか。灰色の女の謎を解く鍵《かぎ》のようなものが……。そう奈津江は考えたが、よく分からない。

「汐梨さんには？」

三紀弥が首をふった。

「なぜ言わなかったの？」

「十三歳の誕生日を過ぎてから、なんか変になって……」

「……思春期だって、学人さんは言ってた」

「どういう風に？」

「とにかく言える様子じゃなかったのね」

「うん……。前から静かな人だったけど、もっと大人しくなって——。それでさ、まるでその代わりのように、学人さんのお喋《しゃべ》りが増えて……。おまけに、とても物知りになって……」

二人に何があったのか、と思ったところで、何とも言えない妙な感じがした。ここに来てから鳴りをひそめているある種の感覚が、急に目覚めたような気分である。だが、それ以上は何も分からない。

とりあえず奈津江は、話を進めることにした。

「深咲さんには、相談しなかったの？」

「……うん」

答える三紀弥の声音が弱々しい。

「彼女なら、きっとどうにかしてくれたのに」

「だって――」

彼は怒ったような口調で、

「小佐紀さんは、深咲さんのお母さんじゃないか」

その幽霊が出ると言えば、深咲は傷つき悲しむに違いない。そんな風に考えた彼は、とても口にすることができなかったのだろう。

「へぇ、優しいんだ」

三紀弥を見なおした奈津江がまじまじと眺めると、彼が慌てて目をそらした。

「それで良かったのかも」

「や、やっぱり？」

「深咲さんの気持ちを考えてもそうだけど、あなたしか見ていないんじゃ、ちょっと信じてもらえないかもしれないしね」

「そうだよなぁ……」

特に三紀弥が言ったのでは、臆病《おくびょう》な彼が悪い夢を見ているだけではないか、と判断されても仕方がない。そう奈津江は思ったのだが、さすがに口には出さない。

「そうだ。喜雄くんが言ってたでしょ」

「えっ……」

「廻《まわ》り家《や》の廊下を回るものがいるって」

「……ああ、あれか」

「見たことは？」

「あるよ。ここで本を読んでいて、夕方になったから戻ろうとして、渡り廊下の途中まで来たとき、ふっと廻り家のほうを見たら……」

「いたの？」

「何かが廊下を動いてた。左から右へ……。木が邪魔になって、はっきり見えたわけじゃないけど、右のほうへ消えたと思ったら、しばらくして左から現れて……」

「ぐるぐる回ってたんだ」

「うん。夕方だし、廻り家の中は暗かったし、木の間から覗《のぞ》いてたから、それが何かは分からない。でも確かに、廊下をうろついていたんだ。何かが……ね」

「灰色の女じゃない？」

「……かもね」

奈津江は大人のように両腕を組みながら、しばし考える表情をしたあと、

「三紀弥くん、ちょっと協力して」

「な、何を？」

あからさまに警戒する彼の様子に、彼女は苦笑を浮かべながら、

「由美香ちゃんと喜雄くんが、そのうち帰って来るでしょ」

「ううん、今日は夕方になるよ。午前中で学校が終わるのは、月曜と金曜だけなんだ」

「汐梨さんと学人さんは？」

「もっと遅くなる」

「ならいいわ。由美香ちゃんと喜雄くんが帰って来たら、きっと彼女が私につきまとうと思うから、それとなく引き離して欲しいの」

「どうして？」

「喜雄くんに話を聞きたいからよ。灰色の女について」

「けど由美香ちゃんに、何て言ったらいいの？」

「それくらい考えなさいよ。十分か二十分くらい、彼女の相手をしてくれればいいんだから、そんなに大変なことじゃないでしょ」

「別に僕が、君に協力しなけりゃならない理由なんて、何も――」

「灰色の女の正体を、知りたくないわけ？」

「関係ないもの」

「自分の部屋に出なくなったから？　いつまた現れるかもしれないのに？」

「……も、もう出ないさ」

「どうして分かるの？　灰色の女の正体も、なぜ現れるかも知らないくせに」

「とにかく僕は、ちゃんと君に注意しただろ」

「あとは私ひとりで、勝手にやれって言うわけね。いいわよ。あなたが灰色の女のことを、私に喋ったって、学人さんに言うから」

「なっ……」

「肝試し前によけいな話をしたって、きっと怒られるでしょうね」

思いっきり冷たい口調で言い放つと、ぷいっと奈津江はそっぽを向いた。

「そ、そんなの、別に……」

平気だと言いたいらしいが、明らかに三紀弥は困っているように見える。

二人が黙ると、たちまち図書室に静寂が訪れた。しーんとした室内は妙に薄ら寒く、何でも良いから奈津江は声を出したくなった。

だめよ、だめ！

本当は三紀弥の様子をうかがいたかったが、それも我慢する。ひたすら視線をそらしたまま、黙《だんま》りを決めこむ。

すると、しばらくしてから大きなため息が聞こえた。

「……分かったよ」

「ほんと？」

奈津江が顔を戻す。

「由美香ちゃんを、どうにかすればいいんだろ」

「やってくれる？　ありがとう！」

しぶしぶ首を縦にふる三紀弥に、にっこりと微笑みながら彼女は礼を言った。そのとたん、今度は彼が横を向いた。照れたような表情で。

昼食のあと、三紀弥は図書室に向かった。由美香と喜雄が学校から帰る前に、奈津江も東館の一階に行く手はずになっている。自分たちの姿が本館に見えなかったら、きっと二人は図書室を覗くに違いない。そう彼が言ったからだ。

本館の居間で三紀弥と別れ、奈津江は洗面所に入った。出ようとしたところ深咲が廊下を通りかかったので、とっさに扉を閉めてやり過ごす。

なぜならこれから、ひとりで廻り家へ行くつもりだったから……。

十　廻り家

深咲の後ろ姿が去ったところで、奈津江は洗面所から出て本館の北へ延びる廊下に向かった。そして突き当たりの大きなガラス戸の前まで来ると、ふり返って誰にも見られていないことを確認して、素早く外へ出た。

目の前には三本の土道が延びており、本館の裏に広がる薄暗い雑木林の中へと消えている。敷地内に作られた散策コースといった感じである。

真ん中の道の、さらなる先に目をやると、こんもり盛り上がった山の樹木の間から、ひょっこり顔を出した四角い塔と建物の一部が見えた。

あれが廻り家の塔屋……。

肝試しの前に下見をしてはいけないと、特に言われたわけではない。とはいえ、みんながいるときに廻り家には行きにくい。誰もいない今のうちに、こっそりと確認しておこう。そう奈津江は考えた。

迷うことなく中央の道に足をふみ入れる。左右へ折れる途中の枝道には見向きもせずに、まっすぐ歩いて行くと、やがて前方に小さな山が現れた。一面に木々の茂った山の麓《ふもと》まで土道を辿《たど》り、そこから先は木製の階段をのぼる。傾斜が急なため、半分ほど上ったところで、もう息が荒くなる。

ようやく山の上に顔が出たところで、いきなり廻り家の異様な全景が、ぱっと視界に飛びこんできた。山の後ろに広がる黒々とした森を背景に、異形の木造建造物が禍々《まがまが》しい空気をまとって建っている。

……思ってたより大きい。

深咲が紙に描いた、八つの部屋を寄せ集めた図が頭にあったせいか、こぢんまりした一軒家をイメージしていた。しかし眼前に出現した建造物からは、むしろ集合住宅と言ってよい大きさと雰囲気が感じられる。

東西に延びた長方形の建物と言えなくもないが、南面の壁に凹凸があり、かなり歪《いびつ》である。階段をのぼりきった地点から、再び土道が玄関のある南西の角までカーブを描きながら延びているが、あえて右手へ進み、ぐるっと一周してみた。

すると南面だけでなく、あとの三面の壁も同じ状態だと分かった。ただ凹凸の場所や規模に統一感はなく、まったくバラバラである。きっと八つの部屋の大きさと形も、それぞれ異なっているのだろう。そもそも室内が四角いとは限らない。やはり凹凸のある異形の空間ではないか。そのため本来なら四角形になるはずの廊下が、何度も折れ曲がる結果になった。そんな推測ができた。

外を回った感じでは、北と南の辺の長さが、東と西の二倍ほどに思える。ただし凹凸のせいで、正確な対比はつかみにくい。

「ほんとに変な家ねぇ」

わざと口に出したのは、建物の構造そのものが薄気味悪くて仕方なく、黙っているのが怖かったからだ。

「家が変だと、玄関もおかしいのね」

普通は家屋の中央、または左右いずれかの端にあるものだが、この家は南西の角をけずり、そこを玄関口にしている。学人から聞いてはいたが、実際に目にするとかなり妙である。外壁の凹凸が激しいため、家屋全体で見ると溶けこんでしまい、さほど奇妙に映らない。それでも玄関の前に立つと、やはり異様に感じる。

そっと扉に手をかけたが、鍵《かぎ》はかかっておらず呆気《あっけ》なく開いた。そのまま手前に引いて、上半身を入れかけたところで、はっと奈津江は身構えた。

……屋内の空気が変わった。

それまであった何かの気配が、ぴたっと止まった。ぐるぐると廊下を回り続けていたものが、ふいに立ち止まった。そんな感覚に突然、彼女は囚《とら》われた。

まさか……。

恐る恐る内部を覗《のぞ》くと、扉の内側には玄関の三和土《たたき》に当たる空間が存在せず、すぐ廊下が左右に延びている。ただ少し進んだところでどちらも曲がっているため、見通しは悪い。廊下の外側にはガラス窓がいくつか見えるが、内側は板だけが広がる壁で、なんとも殺風景な眺めである。

　じっと耳をすます。何も聞こえない。屋内は森閑としている。静寂だけが家の中に充ち満ちている。

　……気のせい？

　しかし、その静けさが不自然に感じられる。扉を開けて上半身を突っこむ寸前まで、ここには何かの気配があったように思えてならない。

　おかしいなぁ。

　奈津江は首をかしげた。そうしながらも扉を閉めて、きびすを返したくなった。内部を検《あらた》めたいという気は、とっくに失《う》せている。

　でも――。

　まったく未知の状態で、夜中にひとりでここに入ることを考えると、やはり下見はしておきたい。一度でも日中に廊下を歩き、おおよその構造を把握しておけば、たとえ暗闇の中を進むにしてもかなり違うはずである。

　けど今日じゃなくてもいいかも……。

　仮に明日《あした》の夜、肝試しを行なうにしても、恐らく午前中は使える。由美香と喜雄が学校から帰宅するまでに、ここを見て回ればすむのだから。

　ただ、それが言い訳に過ぎないことを、奈津江は自分でも分かっていた。単に逃げているだけである。また明日の朝、廻り家の下見を必ずできるとは限らない。隆利や深咲に話があると言われて、午前中がつぶれるかもしれない。肝試しを土曜に延ばしても、結局は同じ問題がついて回る。

……やっぱり今しかない。

再び耳をすます。しばらく屋内の様子をうかがう。何の物音も聞こえない、何の気配も感じないのを確かめてから、奈津江は廻《まわ》り家《や》に足をふみ入れた。

後ろ手に扉を閉めた瞬間、あたかも巨大な虫籠《かご》の中に、自分を閉じこめてしまった気分になる。根津屋の常連だった友西に教えてもらった、「飛んで火に入る夏の虫」ということわざが思い出され、どうにも厭《いや》な気分を覚える。

「さっさと見て回ろっと」

ことさら明るく声に出すと、学人に注意された通り、奈津江は右手へ進んだ。すぐに廊下が右、左、左、また右と折れたところで、左手の壁に扉が現れた。そこには「壱」という漢字が記されていたが、彼女には読めないし意味も分からない。

八つの部屋のひとつかな。

好奇心にかられて扉に手をかけると、抵抗なく内側へ開いた。室内はとても薄暗かった。右手に窓があるだけで、あとは壁だからだろう。しかも窓は小さく、その外側に廊下が通っているせいで、あまり外の光も入ってこない。

小ぶりの机と椅子、クローゼットとベッドがあるだけで、かなり素っ気ない。それでも四方の壁という表現ができないほど、凹凸のある変化に富んだ壁に囲まれているせいか、妙に落ち着かない。もし、ここで何日も何週間も暮らすはめになったら、次第に精神が病んでいきそうで、なんとも恐ろしい。

室内を見回していた奈津江は、左手の壁の上部にある奇妙なものに目を留めた。

あっ、あれが祠《ほこら》ね。

大人でも手を伸ばさないと届かない高さに、小さな祠が祀《まつ》られている。両開きの扉が見えるため、あそこを開いて相談事を記した和紙を入れるに違いない。ついでに中を覗きたかったが、椅子を使っても無理そうである。

扉を閉めて戻り、カクカクと折れ曲がり続ける廊下を先へ進む。やがて左手の壁に窓が現れる。おそらく先ほどの壱の部屋のものだ。少し歩くと、別の窓が顔を出す。もう次の部屋に近づいているらしい。そうこうするうちに、二つ目の扉に行き着く。今度は「弐」とある。やはり読めないし意味も不明で、ちょっと不安になる。

部屋の名前なのかな。

八つもあるため区別する必要があるのかもしれない。弐の部屋の中も、室内の形こそ違うものの調度と祠は壱と同じである。

なおも進んで行くと、三つ目の扉が現れた。ただし今度は、どこにも奇妙な漢字が見当たらない。二つの扉にはなかった鍵穴も、それには存在している。

あっ、もしかすると——。

外開きの扉を開けた先は、暗がりだった。ちょうど背後に窓がないため、外の光が直接は射しこまない。おっかなびっくり顔を入れると、短い廊下のような空間がある。あとはその先に、急な傾斜の階段が延びていた。

塔屋に続いてるんだ。

両側の壁に押しつぶされそうな錯覚に陥るほど、階段の幅がせまい。閉所が苦手でない彼女でも、息苦しさを感じるほどである。

先にのぼろうかな。それとも廊下を一周したあとで――。

奈津江が迷っていたとき、廻り家のどこかで、ふっと何かの気配がした。

えっ……。

思わず身動きを止めて、ひたすら耳をすます。

……何も聞こえない。

と思ったのも束の間、反対側の廊下で何かが蠢《うごめ》いている……そんな気がした。しかも何かは廊下を反時計回りに動いている……ように感じられた。

こっちに近づいてる？

慌てて廊下に戻って扉を閉め、いつでも奥へ走り出せるように身構える。もし彼女のほうにやって来る気配を感じたら、このまま一周を回って玄関から逃げよう。と奈津江は判断したが、もう怖くて仕方がない。

灰色の女……。

昨夜のあれが現れたのか。それとも白狐《しろこ》と黒狐《くろこ》が混ざったような、得体の知れない憑《つ》き物《もの》なのか。

いずれにしろ会いたくないものであることは間違いない。こちらへ回って来るようなら、脱兎《だっと》のごとく逃げるだけである。

さらに奈津江が耳をすましていると、意外な気配が伝わってきた。

……扉が？

玄関の扉が開閉したらしい、そんな物音が聞こえたのだ。

廻り家から出て行った？

逃げようとしていたのは彼女なのに、どうやら実際に逃げたのは向こうだった、と気づいた。玄関まで走って戻りそうになり、はっと思い留《とど》まる。

くれぐれも逆には回らないように――。

学人の忠告が、はっきりと脳裏に響く。でも反時計回りに走ったのでは、恐らく間に合わない。玄関に着く前に、相手は小山の階段に達しているだろう。そして彼女が階段を見下ろすころには、もう雑木林の中へ逃げこんでいるに違いない。

一瞬のうちに、目まぐるしく頭を働かせた奈津江は、近くの窓に飛びついた。階段の下り口が目に入る外壁の窓に。

いかに向こうが全速力で走っても、玄関から出たばかりなのだから、彼女に見られずに逃げることは絶対にできない。横顔なり後ろ姿を必ずさらすはずである。

ところが、何も見えない。玄関の方向から階段へと、走り去る何ものの姿もない。いつまで待っても、いつまでも経っても、誰も何も逃げて行かない。

もしかして裏の森に……。

あとは逃げ出したとしか考えられない。黒い森の奥に棲《す》んでいるものが、廻り家を訪れていたのか。そして侵入者を嫌って出て行ったのか。

私の父……と考えそうになって、慌てて首をふる。あれは小寅の妄想なのだ。そんなことあるわけがない。

ただ理由はどうあれ、これで今この中にいるのは、奈津江ひとりである。

……ほんとに？

思わず浮かぶ疑いと恐れを、急いで否定する。自分を脅しても仕方ない。さっさと屋内を見てしまおうと、彼女は先へ歩きはじめた。

左手の壁には窓、「参」と書かれた扉、再び窓と続く。三つ目の部屋を過ぎ、カクカクと折れ曲がる廊下を進むと、さらに「肆」と記された扉が現れる。そこからは、しばらく窓も扉もない壁だけが続いたので、玄関の反対側まで来たらしいと分かる。

やがて「伍」とある扉を目にしたところで、一連の難しい漢字はやっぱり数字ではないのか、と奈津江は考えた。伍の字には「五」がふくまれている。普通の漢数字なら彼女も難なく読めた。

昔の数字で部屋の番号が書いてあるとか。

そう言えば深咲が描いた簡単な見取り図には、一から八まで部屋番号がふられていたではないか——と思い出しているうちに、北の廊下に入ったらしい。窓、「陸」と書かれた扉、窓と通り過ぎて、再び塔屋へとのぼる扉の前に立った。

ここで小佐紀さんが……。

厭な光景を想像する前に扉を開ける。すぐに短い廊下があり、急な階段が延びているのは、南側とまったく同じだった。両側の壁に両手を当てながら、ほとんど真っ暗な細長い空間を、ゆっくりと上りはじめる。

階段の天辺《てっぺん》まで辿《たど》り着くと、目の前に丸い穴が現れた。大人なら屈《かが》まないと入れない大きさである。穴の内部は小さな円形の薄暗い部屋で、床には四角い茣蓙《ござ》が敷かれているだけで、大人だと五、六人が座れるくらいの広さしかない。

これが塔屋？

いささか拍子ぬけしつつ、穴の縁に足をかけたところで、ずるっとすべった。どんっと茣蓙の上に前のめりに倒れながら、ぞっとした。

どうして小佐紀が階段から落ちたのか、はっきりと理由が分かったからだ。奈津江がのぼって来たばかりの階段で、小佐紀が転落して死んでいる事実を改めて思い出し、何とも言えぬ気持ちになる。

茣蓙がかなり分厚かったお陰で、幸いにも怪我をせずにすむ。気を取りなおして立ち上がったところで、大きな鈴が目に入った。天井から延びた太い縄の先に、鈴がぶら下がっている。その正面の壁には、小さな祠が祀られていた。

この鈴は小佐紀が儀式をしたときに、ずっと鳴らし続けたもので、そうしながら目の前の祠に……と考えたところで、それが奈津江の前だけでなく、ずっと左右に連続していることに気づいた。ずらずらと祠が連なって、塔屋の内部の壁を一周している。

祠の上部の天井付近には、明かり取りの窓が四つ見える。きっと東西南北の方向に、ひとつずつあるのだろう。しかし祠の数は、一べつしただけでは分からない。たとえ数えはじめても、どれがひとつ目だったか、たちまち混乱しそうである。

どれが本物なの?

奈津江が首をかしげたのも無理はない。ひとつの場所に多数の祠が祀られている光景など、まず通常の宗教施設ではお目にかかれない。

やっぱり、なんか変……。

根津屋の近くにあった小さな小さな森の、あの稲荷《いなり》の祠を怖いと感じたのは、例の灰色象男のとき一度きりである。しかも恐れと同じほどの畏《おそ》れも、あのときは同時に覚えた。もちろん彼女に、その違いが理解できたわけではない。ただ直感的に似てはいても異なる二つの感情の意味を、ちゃんと悟っていた。だからこそ稲荷の祠から色々なお告げを受けることに、何の抵抗も覚えなかった。

だけど、ここは別……。

急いで塔屋から出ようと思い、向かいの穴を潜ろうとして、左手の壁のそれに気づいてギョッとした。

お狐様……なの？

ぐわっと大口を開けた狐の顔が、にゅうっと壁の下部から突き出ている。狐の面よりは立体的で、むしろ神社に見られる狛犬《こまいぬ》に近い。そんな狐の首が、ぐいっと顔をあげる恰好《かっこう》で、垂れ下がる鈴を睨《にら》んでいるように見える。

後ろの穴をふり返ったが、左右のどちらにも首はない。念のため塔屋内の壁を隅々まで確かめてみたが、どこにも見当たらない。南側の穴の左手の、壁の少し下のほうにだけ、その異様な狐の首は突き出ていた。

……変なの。なんか気味悪い。

そのまま塔屋から出かけて、あっと思った。南側の階段を下りてしまえば、また北側の扉まで半周しなければならない。そこで回れ右をして、のぼって来た階段を下りることにした。

再び廊下に出てからは、窓の他に「漆」と「捌」の難しい漢字の記された扉を通り過ぎ、ようやく玄関まで戻れた。

廻《まわ》り家《や》の外に出て奈津江は驚いた。思っていたより下見に時間がかかったらしく、予想以上に太陽がかたむいている。

急がなくっちゃ。

山から下りる階段だけは慎重だったが、あとは走った。それでも本館に入ったところで、玄関ホールから「お帰り」という微《かす》かな深咲の声と、「ただいま！」という元気の良い由美香の返事が聞こえてきた。

うわっ。

ためらわずに靴を脱いで片手に持ち、さらに足音を忍ばせつつ全速力で駆ける。本館の東側の渡り廊下に出てからも、とにかく走り続ける。そして東館に飛びこみ、一階の図書室に入ったのだが、三紀弥の姿が見えない。

えっ……。どこへ行ったの？

二階かと思ったが、一階で待っている約束だった。それとも単に、別の新しい本を取りに上っているだけだろうか。

急いでホールに戻って二階を見上げ、荒い息を整えながら、

「三紀弥くーん！」

「ここだよ」

後方で小さな声がした。ふり返るとソファの側に彼が立っている。

「ちょ、ちょっと……、ど、どこにいたの？」

「あそこの本棚の裏」

「ど、どうして……、隠れる、わけ？」

息もたえだえの奈津江を、不思議そうに三紀弥は見つめながら、

「だって……、すごい勢いで何かが入って来たから――」

「わ、私でしょ」

「そんなの、分かるわけないよ」

「あのね……。いえ……、それどころじゃ、ないの。二人が、帰って来たの」

「僕はいいけど」

なおも彼女を眺めながら、

「でも、きっと変に思われるよ」

奈津江の様子を冷静に指摘した。由美香たちがやって来たら、二人で何をしていたのかと間違いなく訊《き》かれるだろう。奈津江だけの息が荒く、三紀弥は平静にしているのだから、どう見ても不自然である。

「ど、どうしよう……」

奈津江が焦っていると、やれやれという感じで三紀弥が、

「なんとかしてくるよ」

そう言って図書室から出て行った。玄関ホールの扉を開けたようなので、渡り廊下で由美香たちを迎えるつもりらしい。

……大丈夫かな。

たちまち心配になったが、妙に自信あり気な彼の態度を思い出し、少しおかしくなった。あれで案外、頼りになるのかもしれない。

しばらくすると喜雄ひとりが現れた。由美香もいっしょだったのに、東館から来た三紀弥に用事があると言われ、二人で本館に戻ったという。

やるじゃない。

奈津江は彼を見なおした。考えてみれば祭園に着いたときから、彼女を助けようとしてくれている。やり方は不器用だったが、彼なりに精一杯だったに違いない。

きつく当たり過ぎたかな……。

反省しかけて、今はそれどころではないと思いなおす。

「何してたの？」

さっそく喜雄に訊かれた。

「三紀弥くんと、本を読んでた」

「ふーん」

五人の中で喜雄だけが、なぜかとっつきにくい。最初から苦手意識がある。それは相手も同じらしい。

それでも彼は、まるで探りを入れるような口調で、

「まだ来たばかりだけど、ここはどう？」

「そうね、悪くないよ」

「……淋《さび》しくない？　そのうー、静か過ぎない？」

「うん。前に住んでたとこに比べると、そんな感じね。でも、ここは山の中みたいなものでしょ」

「まぁね。ちょっと建物から離れると、もう暗い森しかないからな」

「自然がいっぱい」

「他には何もないところだから……。ちょっと怖いくらいだよ。特に夜は……」

「そうかも」

「はじめのうちは、ひとりで寝るのが嫌だったな」

「へぇ」

「慣れてないせいもあったけど……」

「それだけじゃない？」

問いかける奈津江に、そのまま喜雄が返してきた。

「君はなんともないの？」

「ええ、別に」

「ほんと？」

「どうして疑うの？」

「い、いや、そういうつもりじゃ……」

「本当は怖い目に遭ってるだろ――って、そう訊きたいの？」

はっとした表情を浮かべ、喜雄が黙った。どうやら図星だったらしい。

「そんな風に、なぜ考えるの？」

「な、何のことさ」

「だから、私が怖い思いをしてるって、どうして分かるわけ？」

「そんなこと、一言も――」

「灰色の女が、あなたの部屋にも出たのね」

またもや図星だったのか、喜雄は目を白黒させている。

「そうなんでしょ？」

「……………」

「でも学人さんに言われた。灰色の女は確かにいたけど、その正体は小佐紀さんで、彼女は死んでいる。だから、そんなものが出るはずないって」

「……………」

「なのに夜になると、それは現れる」

当時の記憶がよみがえったのか、ぶるっと喜雄が身震いした。

「そのうち祭園に、三紀弥くんが入った。すると灰色の女は、あなたの部屋ではなく、彼のところに出るようになった」

「……………」

「三紀弥くんから相談されたとき、どうして何も知らないふりしたの？」

「……………」

「新入りを怖がらせるなって、学人さんに怒られるから？」

そこで喜雄は、はじめて強く首を横にふると、

「……連れて行かれるから」

「えっ？」

「灰色の女のことを喋《しゃべ》ると、暗い暗いところへ連れて行かれて、もう二度とここへは戻れなくなるから……」

十一　二日目の夜

喜雄の部屋にあれが現れた最後の晩、彼の耳元で、私のことを喋ると……と灰色の女に囁《ささや》かれたらしい。だから三紀弥に尋ねられたときも、何も知らないふりをしたのだと彼は打ち明けた。

さらに奈津江が話を聞こうとしたところへ、由美香が現れた。彼女の後ろから、得意そうな顔をした三紀弥の顔が覗《のぞ》いている。

まだ早いわよ。

肝心の話はこれからなのだ。ようやく喜雄が口を開いて、いよいよという場面だっただけに、奈津江はがっかりした。

一方の三紀弥は、妙に晴れ晴れしい表情をしている。おそらく自分の役目を立派に果たしたと、彼は思いこんでいるのだろう。だが奈津江が文句を言いたそうな眼差《まなざ》しを送ると、とたんに不安げになった。そのまま見つめ続けていると、たちまちオロオロしはじめた。

結局、喜雄と二人で話をする機会は、その後まったく訪れなかった。由美香が彼女の世話を焼きたがり、ほとんど側を離れなかったせいもあるが、喜雄に避けられたことも大きかった。きっと話し過ぎたと思ったのだろう。

今や灰色の女の恐怖は、喜雄から三紀弥へ、三紀弥から奈津江へと移っている。とはいえ戻って来るかもしれない、い、い、い……と想像しただけで、喜雄の口は自然に閉じてしまうに違いない。

就寝前、洗面所に行こうとした奈津江は、たまたま三紀弥とはち合わせした。

「夕方はありがとう」

相手が何か言う前に、まずは礼を述べる。もっと由美香を引き止めて欲しかったと不満に感じたのは事実だが、彼なりに一生懸命やってくれたのだと、あとから彼女は少し反省した。

「……う、うん」

三紀弥は面喰《めんく》らったらしい。てっきり怒られるとでも考えていたのか。そう思うとおかしいが、なんとなく癪《しゃく》にもさわる。奈津江自身そんな己の気持ちが、よく理解できなくて困った。

「それで何か分かったの？」

廊下に誰もいないことを確認しながら、彼が小声で尋ねた。

「やっぱり喜雄くんの部屋にも、灰色の女は出ていたみたい」

「えっ、そうなんだ」

声が大きくなる三紀弥を「しぃぃっ」とたしなめつつ、階段の踊り場まで移動する。ここの陰にいれば、部屋から誰かが出て来ても見つかることはない。

「だけど三紀弥くんが来たので、もう喜雄くんの部屋には現れなくなったのよ」

そう続けた奈津江は、彼に話すのはここまでと決めた。灰色の女が最後に出た夜、喜雄の耳元で何を囁いたのか……を教えたら、震え上るのは目に見えている。

「どうして喜雄くんは、僕には何も言ってくれなかったんだろう」

「怖がらせると思ったからじゃない」

「誰に言っても信じてもらえず、そんなのいないって言われて、ひとりぼっちになるほうが、よっぽど怖いよ」

「私には最初から、三紀弥くんがいたからね」

目を丸くして驚いたあと、彼は心持ち胸を張りながら、

「……そ、そうだよ」

「新入りに注意したのって、あなたがはじめてかも」

「ど、どうかなぁ」

とたんに自信をなくす姿が、なんとも彼らしい。しかも、あくまでもフェアな考え方をしようとする。

「次の人が入って来る前に、出て行った子もいたみたいだから……。そもそも、そういったチャンスがなかったのかもしれない」

「喜雄くんにはあったわ」

そう言ってから、しまったと奈津江は悔やんだ。なぜ喜雄は何も話してくれなかったのか、と再び三紀弥が考えてしまう。急いで話題を変える。

「今夜だけど、また出ると思う？」

「前に言った通り、最初のうちは一週間に一度くらいだよ」

「じゃあ、今週は安心ね」

「ただ——」

相手の意識をそらすために、とっさに口にした問いかけだったのに、それに彼のほうが引っかかったらしい。

「どうしたの？」

「僕が怖がるのを、あれは楽しんでいた……。そんな気がするんだ」

「…………」

「でも君は、立ち向かおうとしている」

「そこまでは——」

買いかぶり過ぎだと首をふったが、三紀弥は真剣な表情で、

「怖くて震えるだけで何もできなかった僕に比べたら、そう見えるよ。女の子なのにすごいなぁ……って、僕は感心してるんだ」

「あ、ありがとう」

同年代の男の子を相手に、珍しく奈津江は照れた。しかし、いったい彼が何を言いたいのか、さっぱり分からない。

「こんなこと言ったら、脅かすようだけど……」

「いいよ。意地悪してるなんて、絶対に思わないから」

ためらう三紀弥に、真剣な口調で応《こた》える。

「……うん。僕の考え過ぎかもしれないし」

「何のこと？」

「つまり、君の平気な様子にあれが気づいたら……、もっと恐ろしいことが起こるんじゃないかって、それが心配なんだ」

「平気って――そんなわけないでしょ」

「そ、そう？」

「当たり前じゃない」

「けど図書室で、僕にあれのことを訊《き》いたとき、まったく怖がってなかった」

「だって朝だもの」

「じゃあ、あれが出たときは……」

「怖くて震え上ったわよ。そんなの決まってるでしょ」

「へぇぇ」

なんとも気の抜けた三紀弥のあいづちに、思わず脱力しそうになる。

「私が何ともなかったと思ってるわけ？」

「……そ、そうじゃなかったんだ」

どれほど強い女の子と見られているのか。しかし今は腹を立てている場合ではない。

「で、何が起こると思ってるの？」

「分からない……。ただあれは出るたびに、こっちの様子を見ながら、少しずつベッドに近づいて来た」

昨夜はそうではなかった。初日から灰色の女は、なぜか奈津江のベッドの枕元に立ったことになる。

私が小佐紀さんの、本当の子供だから……。

頭に浮かんだ理由は黙ったまま、昨夜の状況だけを話す。すると三紀弥が、彼独自の解釈を述べはじめた。

「ほら、やっぱりそうだよ。きっと喜雄くんや僕より、君がしっかりしていると、あれは気づいた。だから最初の夜から、そんなに近づいたんだ」

「逆に言うと、喜雄くんと三紀弥くんの場合は二人が慣れるまで、灰色の女は待ったことになるわね」

「えっ……」

まったく考えてもみなかった逆の見方を示され、ひどく驚いたらしい。

「で、でも、何のために？」

ついで理由が知りたくなったのか、興奮した口調で問いかけてきた。

「悪いけど、それより先に――」

そんな彼を、奈津江はあっさりかわすと、

「ベッドの側まで来たら、次はどうなるの？」

「…………」

「ただ、そこに立ってるだけなの？」

「……触ってくる」

ぞわっと二の腕に鳥肌が立つ。そう言えば生前の小佐紀が灰色の女だったとき、子供のパジャマを脱がせようとした、という話を彼がしていた。

「三紀弥くんも、触られた？」

こっくりと彼がうなずく。

「それって、肩じゃなかった？」

「く、首をなでるんだ……」

うなじに寒気を覚えた奈津江は、思わず両手で首筋をさすった。その恰好《かっこう》のまま、灰色の女の真意を想像した。

首から左肩へと、痣《あざ》を探すため？

「ねぇ」

考えこんでいると、非難するような三紀弥の声がした。

「どうしてあれは、喜雄くんや僕は待ったのに、君にはそうじゃないの？」

「二人が怖がるから――」

「そんなのおかしいよ。あれは子供が怖がるのを、きっと楽しんでる。なのに気をつかうなんて、変じゃないか」

「私に言われても困る」

何か知ってるんだろ――という三紀弥の顔に、ちくりと罪悪感を覚えながら、「おやすみ」を言って部屋に向かった。

……ごめん。

背中に彼の視線を感じる。心の中で詫《わ》びつつ廊下を歩く。自分の出生の秘密を教えて良いものか、今は冷静な判断ができない。

部屋へ戻ると、まずベッドの準備を整えた。そして眠らないように気をつけながら、ひたすら扉を注視する。なんとなく背中が寒いため、これなら寝てしまう心配はないと思う。すうすうした冷気が少しあるほうが、きっと眠気を覚えずにすむ。

ところが、そのうち睡魔に襲われ出した。うとうとっ……として、はっと目を覚ます。そのくり返しをしているうちに、どうやら眠ってしまったらしい。

……気がついたのは、ぞくっと悪寒がしたからだ。

慌てて薄目を開けると、扉の横にあれがいた。フードのついたガウンのような衣服をまとった、灰色の女が立っていた。

やっぱり出た……。

最初のうちは一週間に一度くらいしか現れない、と三紀弥は言っていた。どうやら奈津江に、その法則は当てはまらないらしい。

灰色の女は身じろぎもせず、じっと扉の側にたたずんでいる。部屋が暗いうえに、フードの陰になって分からないが、じーっとベッドを凝視しているように思える。とにかく動かずに、奈津江の様子をうかがっている。そんな風に映る。

そのうち不安になってくる。本当に身動きひとつしないため、ぼうっと暗がりに浮かぶ人影は幻ではないのか。目覚めているつもりが実は夢の中にいて、あの影は悪夢が見せるまやかしなのかもしれない。そう奈津江が疑いかけたときである。

ぬっ……とそれが少しだけ蠢《うごめ》いたかと思うと、そろそろそろっ……と音もなくベッドへ迫りはじめた。

一度は幻覚かと考えただけに、実際に動き出した灰色の女には、とてつもない恐怖と圧倒的な戦慄《せんりつ》を覚えた。

ほ、本物だ……。

自然に身体が震え出す。こらえようとしても、ぶるぶると勝手に震えてしまう。

お稲荷《いなり》さん、お守り下さい。

とっさに祈ったのは、小さな小さな森の稲荷の祠《ほこら》に祀《まつ》られた、あのお狐様だった。それが聞き届けられたのか、ぴたっと震えが止まった。

それに合わせるかのように灰色の女が、ちょうどベッドの枕元に立った。

再び動きが止まる。西洋の幽霊か死神に見える姿で、それはたたずんでいる。ベッドの側にいるため、まるで死にゆく人の枕元に立っているみたいである。

……私の？

縁起でもない想像が、ぱっと頭の中に広がる。ただの連想に過ぎないのに、まるで今にも命を奪われかねない恐怖を感じる。

もこもこもこっ……と、だぶだぶの衣服がゆれ出した。さらに布の一部が、ぬうっと前へ出る。まるで布が生きているように動いている。その中から白い腕が伸びてきた。ベッドの上の布団へと、にゅう……と一本の腕が伸びていく。そして布団の端をつかむと、そろそろろっと静かにめくりはじめた。

あっ……。

奈津江は心の中で声をあげた。すると少しずつはがされていた布団の動きが、急に止まった。次の瞬間、一気にはがされた布団の下から、縦に寝かされた細長い枕と大きな鞄《かばん》が現れる。部屋に戻ってから、すぐに準備をした彼女の身代わりが――。

灰色の女は呆然《ぼうぜん》と立ちつくしている。そんな風に見えた。

やがて、ゆっくりと室内を見回す仕草をすると、いきなりベッドの下を覗《のぞ》いた。なかなか顔をあげないのは、暗くて見えにくいからだろう。

やっぱりね。あそこは一番安全じゃないと思ったんだ。

読み通りだったことを喜んだのも束の間、執拗《しつよう》にベッドの下を検《あらた》めるそれの姿に、言い知れぬ恐怖を覚えた。とたんに絶望的な気分になる。

しばらくして灰色の女が、ゆっくりと立ち上った。それからクローゼットの前まで進むと、両手を観音開きの扉にかけて、じわじわっと手前に開けていく。完全に両扉を開いたところで、その中を調べはじめる。

ベッドの次はクローゼットか。

また読みが当たった。おそらく三番目は――と奈津江が考えていると、灰色の女が机の下を覗き出した。

そっちか。

彼女が予想したのは、クローゼットや本棚の上である。子供なら段ボール箱や紙袋などで身体を隠して、そこで横になれそうである。

同じことに気づいたのか、再び立ち上った灰色の女が、しきりに室内の上部へ視線を向けはじめた。天井まで眺めたのは、天井裏の存在を疑ったからだろう。

そこから灰色の女は最初の場所へ――扉の横へ――移動すると、じーっと室内を注視し出した。まず右端から左端まで、ついで天井から床上まで、再び右端から……という風に、ゆっくりと、じっくりと見つめ続けている。

……奈津江と目が合った。

いや、そう感じた。だから今すぐ、彼女が隠れているところまで、ずずずっとあれが寄って来る。近くまで来て、きっと自分を見つける。そして……と考えたとたん、ぞぞぞっと悪寒がたちまち背筋を伝い下りた。

……厭《いや》だ、……来るな。

思わず祈りかけて、はたと考える。この状況で強い念を送ったら、逆に気づかれるかもしれない。ここは頭も心も無にして、ひたすら気配を消すべきではないか。

奈津江は覗くのをやめると、思いきって目を閉じた。次に開けたとき、目の前にあれの顔があるのでは……と想像しかけて、急いで心の中で首をふる。

そんなことない。

とにかく何も考えず、ただ静かにじっとしている。そんな無防備な状態でいるのが、正直とても恐ろしい。でも怖がってはいけない。彼女が発する恐怖の匂いを、きっと灰色の女は嗅《か》ぎとるに違いない。

何ともない……大丈夫……何ともない……。

どれほどそうしていただろうか。ふっと空気のゆらぎを感じて目を開けると、ちょうど扉が閉まるところだった。

……出て行った。

奈津江はカーテンの陰から身を乗り出すと、出窓から飛び下りた。隠れるには窮屈なうえに、カーディガンを着こんでいても窓を背にするため少し寒い場所だったが、だからこそ盲点になったのだろう。

一瞬ためらったものの、すぐさま扉まで急ぐ。途中で椅子を倒したのは、やはり興奮していたからか。だが無理もなかった。なにしろ灰色の女のあとを、今から尾《つ》けるのだから――。

今夜あれの再訪を予測したときから、奈津江は決心していた。どこへ戻るのかを突き止め、その正体を暴いてやろうと。

扉を開けて廊下を覗くと、常夜灯のぼんやりとした明かりに照らされて、灰色の女の後ろ姿が、階段の踊り場に消えるところだった。

靴を手に持ったまま走って、廊下が終わる手前で立ち止まる。そこで様子をうかがうと、一階へと下りて行く気配がする。

汐梨に助けを求めるべきか、とっさに迷う。彼女の部屋は踊り場の側にある。このまま飛びこんで事情を話せば――と考えているうちに、灰色の女が遠離《とおざか》って行く。

いきなり言っても、信じてもらえないか。

そう判断するが早いか、慌てて階段を駆け下りる。そして一階の床の上で靴をはき、じっと耳をすます。すると廊下を移動する気配がした。どうやら北の方向へ進んでいるらしい。

――廻《まわ》り家《や》へ。

別に意外ではない。むしろ当然と言える。だが、その当たり前過ぎる状況が、とても怖くてたまらない。

……部屋に戻る……行きたくない……ベッドに入る……もうやめたい……。

くじけそうになるのを必死に我慢しながら、できるだけ足音を殺しつつ一歩ずつ廊下を進む。そして北の大きなガラス戸へ通じる廊下の角まで、あと少しという地点まで来たときである。

とたんに足取りが鈍った。あの角を曲がってしまったら、もう引き返せない。廊下の突き当たりの扉から、真っ暗な闇の中へと出て行かなければならない。

……今なら、まだ戻れる。

でも、ここまで来て……。

逡巡《しゅんじゅん》している間、実は願っていたのかもしれない。あれが北の扉を出て、さっさと彼女の前から姿を消してくれることを。

奈津江は大きく深呼吸をした。それから忍び足で曲がり角まで進むと、思いきって北の扉へと延びる廊下を覗き、あっと声をあげそうになった。

灰色の女が後ろ向きに立っていた。

廊下の途中で北の扉のほうを向きながら、あれがたたずんでいる。まるで奈津江が追いつくのを待っているかのように。

……どうしよう。

今にも灰色の女がくるっとふり返って、こちらに迫って来るのではないか。そんな事態になったら、どこに逃げれば……。

「なっちゃん？」

背後から声をかけられ、もう少しで飛び上るところだった。

「何をしてるの？」

彼女がふり返ると、深咲の怪訝《けげん》そうな顔があった。

「眠れないの？」

「……そ、そうなんです」

とっさに返事をしたが、こんな場所になぜいるのか、まったく説明になっていない。

「そっちを見てたけど――」

奈津江の横を通り過ぎて、深咲は北へ延びる廊下に近づくと、

「誰かいるの？」

何のためらいもなく角から、その向こうを覗いた。

あっ……。

心の中で奈津江が発した悲鳴を、深咲が本物の叫びとしてあげるのでは……と身構える。しかし何も起こらない。

「誰もいないじゃない」

慌てて奈津江が角から顔を出すと、がらん……とした淋《さび》しい廊下が、突き当たりの扉まで延びており、灰色の女の姿は消えていた。

深咲お姉ちゃんと話してる間に、北の扉から出て廻り家へ帰った……。

奈津江が扉の向こうに広がる闇を見つめつつ、あれの行方を推測していると、深咲が廊下を突き当たりまで歩いて行き、また戻って来た。

「扉には鍵《かぎ》がかかってるから、誰も出ていないのは確かよ」

「えっ……」

そんな馬鹿な……という言葉が、もう少しで口から出そうになった。

ならば灰色の女は、いったいどこへ行ったのか。

彼女たちがいる廊下は、ちょうど「T」の字を描いている。横棒の左手が東で、灰色の女、奈津江、深咲たちが来た方向だ。もちろん横棒の右手は西になる。そして縦棒の下部が北となり、突き当たりに大きなガラス戸がある。ちなみに縦棒の廊下は本館の中を通っているため、窓がひとつもない。

もし灰色の女が北の扉から外へ出たのでなければ、いったん縦棒の廊下を戻って、横棒の西へ逃げたとしか思えない。そんなことができたのは、奈津江が西の廊下に背中を向けて、深咲と話していたときだけである。

しかし、それでは深咲に見られてしまう。また奈津江にしても、自分の後ろを通る気配を察したに違いない。つまり二人に気づかれることなく、縦棒から横棒の廊下には入れなかった。東西のどちらであろうと、それは不可能だった。

でも、北の扉には鍵がかかっている……。

この北の廊下は、どこにも窓がない……。

にもかかわらず灰色の女は、わずか一分あまりのうちに、どこにも逃げ場のない廊下から消えてしまったのである。

十二　消えるもの

やっぱりあれは小佐紀さんの幽霊だったのか……。

それとも廻り家に出る灰色っぽい何かだったのか……。

優しく深咲にうながされるまで、奈津江は北の扉の先にある奇妙な建物の方向を、ずっと見つめながら震えていた。

「居間に行きましょ」

そう言って背中に手をそえられて、ようやく動くことができた。ただし廊下を歩いていても、どことなく現実感がない。夢の中で夢を見ているのだと分かる、あの変な感覚に似ていたかもしれない。

「ちょっと待ってて。ホットミルクを作ってくるから」

居間のソファに奈津江を座らせると、すぐに深咲が出て行った。

「灰色の女……」

昨夜に引き続き今夜も、あれは確かに現れた。なんとなく予感はあったが、三紀弥や喜雄の話を聞いて、その可能性が高いと思ったのも間違いない。だから手を打つことに

ってしまう。このまま怯《おび》えているだけでは何の解決にもならない。場合によっては手遅れにな
した。
　そんな風に奈津江が今夜の就寝前に決心したのは、ほんの少しながら心のどこかで、
灰色の女を疑っていたからかもしれない。それの実在を――ではない。その正体につい
て――である。
　夜な夜な三紀弥と喜雄の部屋に出て、二人を恐怖のどん底にたたき落としたのは事実
だろう。でもよくよく考えてみると、ほとんど何もしていない。左肩の痣《あざ》を探すのが目
的ならば一度ですむ。何回も検《あらた》める必要はない。仮に相手が幽霊であっても、それは同
じではないか。
　僕が怖がるのを、あれは楽しんでいた……。
　この三紀弥の言葉が引っかかった。怖がらせて面白がるのは、いかにも人間らしい。
喜雄から三紀弥へ、三紀弥から奈津江へと、つねに新入りの部屋に灰色の女は移って行
く。そして相手の反応によって、あれの現れる頻度が変わる。
　灰色の女って、誰かの悪戯《いたずら》じゃないのかな。
　新入りの子に対する、いじめなのかもしれない。
　ここは非常に特殊な場所だが、言わば子供のための寮であることに変わりはない。な
らば普通に悪戯やいじめがあっても、少しもおかしくない。
　けど、いったい誰が？

そう考えたとたん、急に訳が分からなくなった。

まず汐梨だが、こういった悪戯を一番しそうにない。むしろやめなさいと、たしなめるほうだろう。逆に学人は喜んでやるかもしれない。子供とは思えない知的な面を見せる一方で、年齢相応の稚気も持っていそうに見える。

でも彼は、喜雄くんに注意した。

小佐紀が亡くなり廻《まわ》り家《や》を使わなくなってからも、あそこで灰色の得体の知れぬものが彷徨《さまよ》っていると喜雄が口にしかけたとき、学人は怒ってさえぎった。もし新入りに対する悪戯が目的なら、ここぞとばかりに脅すのではないか。

それに学人を灰色の女とするには、あれから発せられる気配が、あまりにも禍々《まがまが》し過ぎる。ただの悪戯やいじめではすまない、明らかな悪意が、あれからにじみ出ていたように感じられてならない。

由美香の場合は、汐梨とは別の意味であり得ない。良くも悪くも、もっと単純というかストレートな性格だからだ。また仮に彼女が灰色の女だとしたら、おそらく汐梨か学人が気づくに違いない。

……子供じゃない？

奈津江はひとりずつ、大人の顔を思い浮かべた。

まず隆利だが、養子にした子供を、わざわざ怖がらせるだろうか。チョウさんも除外できると思う。もちろん深咲も同じだ。問題はヘイタとシマコである。

いったい何のために？

動機がまったく分からない。こんなことをして、どんな得があるというのか。そこまで考えを進めた奈津江は、もうひとり残っていることに気づいた。

……小寅のお祖母《ばあ》さん。

風呂《ふろ》の中で聞いた由美香の言葉がよみがえる。

たまに自分のことを、小佐紀さんだと思いこんだりしてね。

灰色の女の正体が小寅だとすれば、すべてに説明がつくのではないか。この発見に興奮した奈津江は、ならば自分で突き止めようと決めた。だから窮屈な出窓に這《は》い上り、カーテンの隙間から室内をうかがうことにした。

ところが、あとを尾《つ》けた灰色の女は、北の廊下で消えてしまう。扉から外へ出た気配はなく、廊下を戻った事実もない。細長く延びる廊下の途中で、まるで別の空間へ入りこんだかのように、忽然《こつぜん》と消失してしまった。

やっぱりあれは人間じゃない……。

深咲によって北の廊下から居間へと連れて来られるまで、奈津江の頭の中ではそんな思いが渦を巻いて、ぐるぐると回り続けている。

「ごめんね。遅くなって」

そこへ深咲が戻って来た。盆にはカップが二つある。

「さっ、これを飲んで」

手渡されたカップの温《ぬく》もりが、少しだけ彼女を現実世界に引き戻した。さらに口をつけると、ミルクの熱さと甘さによって、次第に自分が覚醒《かくせい》していく気分を味わう。

「美味《おい》しい……」

「ほんのり甘いでしょ。ちょっとだけ蜂蜜《はちみつ》を入れてあるの。歯みがきしたあとだけど、今夜は特別よ」

深咲と二人で、ふうふうとホットミルクを冷ましながら、ゆっくり少しずつ飲んでいるうちに、ようやく奈津江も落ち着き出した。まるで悪夢の世界に囚《とら》われかけていたのが、そこを抜け出し無事に戻って来た感じである。

そんな彼女の変化を認めたのか、深咲がさり気なく、

「さっきはどうしたの？」

正直に話すべきかどうか奈津江は迷った。仮に打ち明けるにしても、どこまで言うのか。なかなか難しい問題である。

「誰かといっしょだった？」

イエスであり、またノーでもある。

「ないしょにしないといけないこと？」

関係者である深咲に話すのが、はたして良いのか悪いのか。その判断ができない。

「じゃあ、これだけは教えて。なっちゃんは今、困ってる？」

明日《あした》の夜以降もあれが現れるのであれば、もちろん非常に困る。出窓の隠れ場所も、

そのうち見つかるに違いない。その前に睡眠不足で倒れるかもしれない。

「……はい」

じっと返事を待つ深咲に、ようやく奈津江が答えると、

「その問題は、自分で解決できそうかな？」

思わず首を横にふる。

「私なら、どうだろう？」

そうだ——と奈津江は思った。狐火の痣が薄れているとはいえ、深咲には狐使いの力があるのではないか。たとえ灰色の女が小佐紀の幽霊でも、得体の知れない灰色のものでも、彼女なら立ち向かえるかもしれない。

その期待が、どうやら顔に出てしまったらしい。

「私が協力できることなら、何でもするけど」

「…………」

「途中まで私が手伝って、あとはなっちゃんが——という方法もあるわよ」

奈津江の自主性を尊重しつつ、手を差し伸べようとしている。

「……あのね」

とりあえず自分の部屋に出た、あれの話をすることにした。灰色の女とは言わずに、あくまでも正体不明の存在として、昨夜はじめて目にし、今夜もまた現れたので、あとを尾けたのだと説明した。

　深咲は静かに耳をかたむけていたが、

「灰色の女のこと、誰かから聞いたの？」

　話が終わるのを待って、尋ねるというよりは完全に確認する口調で、奈津江の顔を見つめた。

　……バレてる。

　つい奈津江も素直にうなずいてしまう。もちろん深咲が口にした「灰色の女」とは、生前の小佐紀のことである。

「そうなの……。仕方ないわね」

　深咲はため息をつくと、

「いずれは教えるつもりだったけど、こんなに早く知る必要はなかったのよ」

「……小佐紀さんだったんですか」

「ええ、そうなの」

　肯定すると同時に深咲は、

「お父様の前では、絶対に話題にしちゃだめよ。小佐紀お母様のことも、できるだけ口にしないように気をつけてね」

「はい、分かりました」

　しばらく深咲は何か考えているようだった。どういう風に話せば良いのか、言葉を選んでいるみたいに見える。

「ここに来る前に——」

やがて奈津江を気づかうような表情で、

「なっちゃんが生まれたときのことを、一通り話したでしょ。もちろん、とてもショックだったと思う。でも、あなたは立派に受け入れた。ただね、だからといって、まったく気にならなくなったわけじゃない。自分では感じてなくても、無意識に——心の中のことよ——それについて考えているかもしれないの」

言わんとしている意味は分かったが、なぜか奈津江は嫌な予感がした。

「そういう状態のときに、よりによって灰色の女の話を聞いてしまったら、大人でも影響を受けるかもしれない」

深咲は慎重に言葉を選びながら、彼女の部屋に現れた灰色の女について、極めて現実的な解釈を行なった。つまり、すべては奈津江が見た悪夢、または幻覚という説明である。決めつける言い方はしなかったが、そう結論づけているのは明らかだった。

夢か幻だったら、本当にいいのに……。

だが残念ながら違うことは、本人が一番良く知っている。自分自身を誤魔化しても何の解決にもならない。

昨夜の体験だけなら、きっと深咲の意見に納得しただろう。ベッドの中で薄目を開けて、震えながら見ている有り様だったからだ。しかし今夜は部屋で、あれの動きを確かに目にしてから、あとまで尾けている。

……灰色の女は本当にいた。

悪夢や幻覚という話を、まったく奈津江が受け入れていないことに、そのうち深咲も気づきはじめたらしい。少し間を開けてから、

「……はっきり見たの？」

「はい」

「あとを尾けたら、北の廊下に入ったのね」

「そうです」

「私が来る前まで、それは廊下の途中に立っていた」

「なのに次に見ると、もう消えていて……」

「廊下を戻ったはずはない。それなら絶対、私の目に入ったもの」

「だから扉から出たと……」

「最初は私もそう思った。誰かがなっちゃんの部屋に入って――悪戯《いたずら》か何かで――それで追いかけられたから、逃げたんだろうって。でも扉を確認したら、ちゃんと鍵《かぎ》がかかっていた。それで――」

「夢か幻じゃないかって……」

「うん。あなたは年齢からは考えられないほど、とてもしっかりした子よ。そのうえ本当にかしこい。でも、まだまだ小さな女の子なの。そういう部分は普通にあるの。さっきも言ったけど、大人でも幻を見ることがある。まして感じやすい子供なら、少しも不

思議じゃないの」

奈津江は真正面から、じっと深咲の顔を見つめながら、

「昨日の夜は夢だった……かもしれません。けど今夜のあれは本物でした。私の部屋から北の廊下まで、あれが動いている後ろ姿を、はっきり見ました」

「間違いなさそうね」

再び深咲が考えはじめたので、思いきって奈津江は、

「あのう―、あれって、小佐紀さんの……」

「えっ、お母様？」

「幽霊……ということは、ないんでしょうか」

「なるほど」

深咲は感心したように、

「灰色の女は確かにいたけど、行き止まりの廊下で消えてしまった。だから人間じゃないと考えたわけね」

「はい」

「そこまではいいけど、どうして小佐紀お母様だと思うの？」

「……廻《まわ》り家《や》のほうに行ったみたいだから」

「だからなっちゃんは、灰色の女の話から小佐紀お母様を連想した。けどお母様は亡くなってる。それで幽霊じゃないかと考えた。筋は通ってるわ」

いったん深咲は言葉をきると、ついで鋭い指摘をした。

「とはいえ、いきなりお母様の幽霊って、ちょっと発想するかなぁ。もしかするとそう考えた理由が、何かあるんじゃない？」

「それは……」

奈津江は迷った。三紀弥と喜雄の体験を話すべきかどうか。

「他の子の部屋にも出た……とか」

続けて深咲は、さらに鋭い探りを入れてくる。

結局、奈津江は少しずつではあったが、三紀弥と喜雄の件だけでなく汐梨や学人たちとした会話も、ほとんど深咲に喋《しゃべ》るはめになった。別に告げ口になるような内容ではない、と判断したせいもある。

ただし肝試しのことだけは黙っていた。あれは祭園の子供たちの間に存在する、言わば伝統みたいなものだ。一種の通過儀礼とも言える。たとえ相手が深咲であれ、大人に教えて良いとは思えない。それに言えば、絶対に止められるに決まっている。

もし中止になったら、きっと怖くなって逃げたんだ……って、私が笑われる。灰色の女が現れて忽然《こつぜん》と消えているのに、わざわざ肝試しをするのは、とても愚かなことかもしれない。まして舞台は、あの廻り家なのだ。

でも、それとこれとは別……。

何より奈津江のプライドが許さない。もっとも彼女の誇りの問題だけではなかった。

廻り家で肝試しをすれば、何かが起こるかもしれない。灰色の女が出て来てもおかしくない。そんな状態を望む気持ちが、彼女の心のどこかにあった。

もちろん遭遇したいわけでは決してない。ただ、あれから逃げられるとは少しも思っていなかった。その正体が何であれ、きっと自分に関わりのあるものだろう。ならば立ち向かうしかない。そういう強い考えが、はっきりと彼女の中に芽生えていた。

「そんなことがあったの」

深咲は複雑そうな表情で、

「廻り家に出る灰色のものの話に加えて、三紀弥くんと喜雄くんの体験談も聞いたのなら、ますます灰色の女の幻を見てもおかしくない、と私は思うの。ただし――」

奈津江が否定する前に、

「おそらく三紀弥くんも喜雄くんも、灰色の女のことは知らなかったんじゃないかな。今の話を聞く限り、事前に学人くんが教えたとは思えないもの。それなのに二人とも、灰色の女を目にしている。その訪問を受けている」

「…………」

「つまり祭園の中を、夜な夜な何かが彷徨《さまよ》ってるのかもしれない」

奈津江は背筋に、ぞっとする寒気を覚えた。すでに自分でも認めているのに、改めて深咲に言われることで、自然に戦慄《せんりつ》が身体を走った。

「しばらく我慢できるかな？」

「……………」

「何が起こってるのか、私も少し調べてみるから」

「このことは――」

「もちろん誰にも言わないわ。なっちゃんも、ないしょにしておいてね」

「分かりました」

居間の扉の前で、カップをキッチンへ運ぶという深咲と別れて、先に奈津江は部屋へ向かった。

ずいぶんと遅い時間である。さすがに眠気を覚える。明朝は――もう今日だ――ちゃんと起きられるだろうか。そんな心配をしながら、彼女が階段をのぼっていたとき、二階の踊り場で何かの気配を感じた。

とっさに駆け上って、顔を出して覗《のぞ》くと――、ある部屋の扉がゆっくりと、ちょうど静かに閉まるところだった。

十三　肝試し

「誰の部屋だったの？」

昨夜の体験を伝える奈津江に、身を乗り出して三紀弥が尋ねた。

金曜の朝、二人はみんなを送り出すと、さっそく東館の一階に向かった。昼過ぎには由美香と喜雄が帰って来る。三紀弥と話す機会は午前中しかない。

昨夜の出来事は秘密にしておく約束だったが、彼だけは例外である。訳の分からない紙切れ一枚とはいえ、少なくとも彼女を助けようとした。その後も微力ながら彼なりに協力してくれている。これで何も教えなかったら、単に自分の都合の良いように、相手を利用しているだけではないか。そう奈津江は思った。

もっとも出生の秘密に関しては別である。いずれ時機がきたら……と考えるものの、まだまだ心の準備が必要かもしれない。

「ねぇ、誰の部屋だったの？」

三紀弥に重ねて尋ねられ、奈津江は答えた。

「汐梨さん」

「そんな……」

「ほんとなの」

「そ、それじゃ汐梨さんが……、灰色の女……」

呆然《ぼうぜん》とする三紀弥に、奈津江は首をふった。

「えっ、違うの？　だって今──」

「扉が閉まったのは、確かに汐梨さんの部屋だった。だけど一階からのぼる階段の途中で、彼女を見かけたわけじゃないもの」

「どういうこと？」

「私が階段の下に立ったとき、汐梨さんが真ん中くらいを上っている最中だったら、あのタイミングで扉は閉まったかもしれない」

「そういう意味か。けど君より先に上っていて、トイレに入ってたとしたら？」

「ならトイレから誰かが出て来たって、きっと分かったはずよ」

「二階の踊り場に誰かいると感じて、君が階段をのぼったら、汐梨さんの部屋の扉が閉まるところだった──」

「うん」

「だったら、どこから……」

「三階しかないよね」

そう結論づけながらも、なぜ夜中に汐梨が三階へ上っていたのか、という謎については見当もつかない。

「やっぱり汐梨さんじゃないんだ」

しかし三紀弥は、ほっとした表情を浮かべている。

「そうだね」

「よく考えると、もし汐梨さんが灰色の女だったら、君が深咲さんと居間にいたとき、いくらでも部屋に戻れたんだもの」

「廻《まわ》り家《や》へ行ってたのかもしれない」

「鍵《かぎ》のかかった北の廊下の扉から出て？」

「……だよね。つまり灰色の女は、誰でもないってこと。人間じゃないんだ」

安堵《あんど》していた三紀弥の顔が、すっと曇る。

「やめたほうがいい」

「えっ？」

「肝試しさ。やっぱり嫌だって言えば、きっと無理にはやらせないと思う」

「でも、喜雄くんも三紀弥くんもやったんだし、私も同じようにするべきよ」

「君は女の子だから――」

「そういう理由はおかしいでしょ」

「べ、別に……」

奈津江の声音に不穏な響きを感じたのか、彼が口ごもる。

「それに私、灰色の女の正体を探る、これはチャンスじゃないかと考えてるの」

「…………」

あまりにも理解不能な発言だったらしく、三紀弥はあんぐりと口を開けたあとで、

「な、何を言ってるんだよ。そんなこと、できるわけないじゃないか」

「どうして？」

絶句する彼を前に、実は奈津江も困惑していた。威勢の良いことを言ったものの、そんな展開を漠然と思い描いているだけで、具体的なアイデアは何もない。むしろ完全に行き当たりばったりである。

だが、こうして三紀弥と話すうちに、やっておくべき作業を思いついた。

「肝試しは、今夜するつもり」

「…………」

「学人さんが帰って来たら、そう言うわ」

「もう決めてるみたいだから、これ以上は止めないけど……」

「うん。それでね、お願いがあるの」

「またぁ」

とたんに彼が警戒する顔をした。

「私が廻り家に入ってる間、みんなが部屋にちゃんといたか、それを調べて欲しいの」

「何のために？」

「もし灰色の女が出た場合、誰にアリバイがあって誰になかったのか、三紀弥くんにチェックしておいてもらえば分かるじゃない」

「みんな？　全員ってこと？」

「そう、祭園にいる人すべてよ」

「おかしいじゃないか。だって灰色の女は、人間じゃないんだろ？」

「おそらく……。でも、そうだと分かったわけじゃないから」

「疑《うたぐ》り深いんだなぁ」

確かに念の入れ過ぎかもしれない。しかし昨夜、奈津江の部屋に現れたあれには、それほど確固たる存在感があったとも言える。幽霊ではない生身の実在感が……。そこに彼女は、どうしても引っかかった。

「やってくれる？」

「みんなって――」

「やってくれるの？」

「――大変じゃないかなぁ」

「やってくれるよね？」

「……いいけどさ」

不承不承といった感じながら、ようやく三紀弥は承諾した。だが、そこから急に真面目な口調になると、

「ただし、ひとつ約束して欲しい」

「どんなこと？」

「絶対に無理はしない。ヤバいって思ったら、すぐに逃げ出すこと」

「うん、分かった」

「そんな軽いノリじゃだめだ。ちゃんと誓うんだよ」

何かの映画で見たのだろうか、彼が右手のひじを曲げながら、てのひらを開いた状態であげたので、彼女もまねをしつつ、

「決して無理はしません。危ないって感じたら、すぐに逃げます。そのことを私は、三紀弥くんに誓います」

それから二人は、全員のアリバイ調べについて話し合った。とはいえ三紀弥に求められるのは気づかれることなく、本人が部屋で寝ている、あるいは部屋で音楽を聴いているなど、その姿の確認になる。彼の任務が困難か容易かは、相手の状況によって変わるため、事前に対策など立てられそうにもない。

結局こっそり部屋を覗《のぞ》いて確かめ、もし見つかったときには、何か適当な言い訳をすると決まった。肝心の言い訳を考えるのは、もちろん三紀弥の役目だ。

それから彼にも手伝ってもらい、廻り家の扉に書かれていた「壱」の文字の意味を、辞典をひっくり返して調べた。その結果、漢数字の「一」と同じだと分かった。「弐」は「二」である。どうやら奈津江が想像したように、扉には一から八までの部屋番号が

ふられているらしい。

　午後からは、小学校から帰って来た由美香と喜雄の四人で遊んだ。それとなく喜雄の様子をうかがってみたが、特に変わったところはない。もっとも由美香が一輪車に、喜雄が竹馬に乗って遊び出したので、ゆっくり彼を観察している暇がなかった。どちらも乗った経験が奈津江にはないからだ。

「コツが分かればできるよ」

　二人から教わっている最中の三紀弥に言われ、負けん気に火がついた。汐梨と学人が帰宅する夕方まで、彼女は熱中してしまった。

　奈津江が肝試しの件を伝えると、

「やっぱりやるの？」

「一番早い日を選んだのは、君がはじめてだ。見こみ通りの大した子だよ」

　心配する汐梨と感心する学人と、二人の反応が見事に分かれた。奈津江の決心がかたいと感じたのか、もう汐梨もあまり止めようとはしない。

　夕食後、学人のすすめで奈津江は仮眠をとり、みんなも自分の部屋で休んだ。大人たちに不審がられないかと思ったが、仮に居間や学習室やゲーム室に誰もいなくても、どこに行ったのか――と干渉される心配はないという。基本的に放任主義らしい。早々とベッドに入った奈津江は、少しも眠れないのではないかと不安になった。三紀弥や学人には、とても勇気があるように思われている。しかし怖くないわけがない。肝試しの直前まで何か別のことをしていれば、それもまぎれたかもしれない。でも、ひとりでベッドに寝ていると、よけいな雑念にどうしても囚《とら》われる。おまけに少しでも休んでおかないと……と思えば思うほど目が冴《さ》えていく。

……なんだかドキドキしてきた。

実際に、いつもは聞こえない心臓のドックンドックンという鼓動が、今はうるさいくらい耳につく。

これじゃ眠れないよ。

ただ幸いなことに、いくらも経たないうちに彼女は寝入っていた。初日の晩に灰色の女が現れ、二日目には追跡までしたのだから、完全に睡眠不足だったらしい。そのため本人の心配をよそに、深い深い眠りに落ちることができた。

「……ちゃん、起きる時間だよ。なっちゃんてば」

肩をゆすられて目覚めると、枕元に由美香が立っていた。

「……もう？」

ベッドに入ってから、まだ十数分しか経っていない感覚がある。

「もうすぐ午前零時だから」

そんな時間に起きていた経験は、大晦日《おおみそか》くらいだろうか。しかも眠くて仕方なかった覚えがある。

「待って。すぐに着替えるから」

ところが今は、すっきりして眠気もない。四時間ほどだったが、おそらく熟睡できたためだろう。

「動きやすいように、下はジーンズがいいよ。外はかなり寒いから、上着を忘れないようにね」

由美香のアドバイスを聞きながら、手早く衣服を選ぶ。

「お待たせ」

着替えが終わると、二人で廊下に出る。足音を忍ばせながら踊り場まで進み、静かに階段を下り、そのまま北の廊下へ向かう。

昨日の夜と同じことをしてるみたい。

奈津江は不思議な気分になった。だが、それも北の扉の前で待っている、みんなの顔を目にするまでだった。

「よく眠れた？」

「はい、ぐっすり」

「やっぱり大物だよ、君は」

学人とのやり取りに、まず由美香が笑った。汐梨も少し微笑んでいる。三紀弥だけが不安でいっぱい、という表情である。

「あれ、喜雄くんは？」

そこで奈津江は遅まきながら、ひとりいないことに気づいた。やはり緊張していたからだろうか。

「それが、あいつ……」

学人の笑みが苦笑へと変わる。

「自分が肝試しをするわけじゃないのに、急に怖《お》じ気づいてさ」

「えっ」

「僕が起こしに行ったんだけど、ベッドから出ようとしないんだ」

とたんに奈津江は嫌な予感を覚えた。彼に何かあったのだろうか……と考えた。しかし午後からいっしょに遊んだとき、別におかしなところはなかった。

まさか……。

夕食後の仮眠の最中に、喜雄の部屋に灰色の女が出たのだろうか。祭園に三紀弥が来たあと、あれが最後に現れたとき、自分のことを喋《しゃべ》ると暗い暗いところへ連れて行かれて、もう二度とここへは戻れなくなる。そう喜雄の耳元で囁《ささや》いたという。

だから再び、彼の前に出て来たのかも……。

「どうしたんだ？　やっぱり怖くなった？」

喜雄に何があったのか、と考えている顔が、肝試しをためらっているように映ったらしい。学人が半ば心配しながらも、半ば面白がっている眼差《まなざ》しで、奈津江を見つめている。

「違います。ちょっと別のことを――」

「へぇ、余裕だなぁ」

口調とは裏腹に、学人は感心するというよりも、どこか不審がっている様子である。それは汐梨も由美香も同じらしく、なんとも複雑な表情をしている。三紀弥だけが相変わらず不安げだった。

「喜雄くんは、大丈夫なんですか」

「君が彼の心配をするなんて、ほんとは逆だろうけど」

学人は肩をすくめると、

「仕方がないので、本当なら汐梨さんがやる見張り役を、喜雄に任せることにした」

「二階から廻《まわ》り家《や》を？」

「ここだと、まったく玄関が見えないからね」

廻り家で小佐紀が消えたときの状況と、なんとなく似ている気がして、奈津江は厭《いや》な感じがした。

これで私が戻って来なかったら……。

そして廻り家の中で死んでいるのが見つかれば、完全に小佐紀と同じである。そんな奈津江の慄《おのの》きを察することなく、

「よし、改めてルールを説明しておこう」

場を仕切りなおす調子で、学人が口を開いた。

「すでに玄関と、玄関の反対側の廊下の壁際には、例の五円玉を積んである。この紐《ひも》を

渡すから――」

彼はお尻《しり》に鈴が結びつけられた一本の紐を、奈津江に差し出しながら、

「廻り家に入ったら、まず玄関の五円玉を一枚だけとって通す。それから右のほうへ、つまり反時計回りに廊下を歩き出す。玄関の反対側でも同じように五円玉をとり、あとはこれをくり返しながら、ぐるぐると廊下を回る。廊下での最後の一枚を紐に通したとき、君は玄関の反対側にいるはずだ。そこから玄関に向かう途中で北側の階段から塔屋にのぼり、祠《ほこら》のひとつに置いた五円玉をとって、南側から下りる。さらに反時計回りに六分の五周して玄関まで戻り、廻り家を出る」

学人は自分たちのいる北の扉の内側を指さしつつ、

「すべての五円玉を通した紐を持ち、ここに戻って来る。僕に紐を渡したところで、肝試しは終わりとなる。いいかな？」

小首をかしげる彼に、こっくりと奈津江がうなずく。具体的な手順を頭の中で思い描くうちに、少しずつ落ち着きを取り戻していた。

「最後の塔屋だけややこしいけど、あとは廊下を回りつつ、五円玉をとるのを忘れなければ問題はないよ。それで話は前後するけど――」

学人は思わせぶりに、いったん言葉をきってから、

「廻り家に入ったら、まず扉の内側にある掛け金をかけて欲しい」

そんなものありましたか――と尋ねそうになり、危うく彼女は口を閉じた。何も下見

のことを、わざわざ話す必要はない。なぜ掛け金を下ろすのか、単純に尋ね返すことにしたのだが……。

「どうして鍵《かぎ》をかけるんですか」

「こんな山の中だから、ホームレスが入りこむとは考えられない」

「……そうですよね」

「夜中に祭園の誰かが、あそこに行くとも思えない」

「……はい」

「とはいえ、掛け金はかけておいたほうがいい」

「…………」

「五円玉を置いたのは、由美香が君を起こしに行く少し前だ。そのとき廻り家の中で危ないところがないか、念のため一通り調べておいた。それから君を待つ間、あそこには誰も近づいていない。もちろん入った者はいない。ずっと喜雄が見張っていたからね。そんなヤツが万一いれば、絶対に彼が気づくはずだ」

学人の話を聞いているうちに、奈津江の耳朶《じだ》には下見のときに遭遇した、あの気配がまざまざとよみがえっていた。

またあれが入りこむかもしれない……。

後ろの深くて暗い森の奥から現れて、廻り家の廊下を彷徨《ほうこう》するのではないか。いや、すでに夜な夜な徘徊《はいかい》していてもおかしくはない。

「分かりました。扉に鍵をかけておきます」

「うん。何か質問は？」

「……ありません」

「それじゃ、これを――」

鈴のついた紐といっしょに、学人から懐中電灯を手渡され、自分が何の準備もしていなかったことに、はじめて奈津江は気づいた。

平気ぶってたけど、ほんとはそうじゃなかった。

当たり前の反応ながら、それが彼女にはショックだった。とはいえ今さら、どうすることもできない。

でも、いいか。懐中電灯があれば……。

他に必要なものは特に思いつかない。もっとも役に立つのは、きっと下見したことではないだろうか。そう考えるようにした。

「それでは、行って来ます」

ひとりずつの顔を見ながら言うと、

「ちゃんと気をつけて」

「応援してる。頑張ってね」

「幸運を祈る」

汐梨、由美香、学人からは言葉をかけられ、三紀弥は黙ったままだったが、とても力強い眼差しで見送ってくれた。

扉を開けて外に出ると、ひんやりとした夜気に包まれる。肌寒いとは感じないが、心地好《よ》いとも思えない。空を見あげると、どこまでも雲におおわれている。月明かりも星明かりも望めそうにない。

天気のこと、まったく考えてなかったな。

改めて後悔の念が脳裏を過《よぎ》る。気持ちばかりが先走って、大切な下準備が本当に何もできていない。

目の前に延びた道の先には、ぽつん、ぽつんと街灯が立っている。それは右手の雑木林の中にも設置されていて、暗闇に沈む本館の北側の緑地帯を、ぼんやりと浮かび上らせていた。周囲に集合住宅や家屋の外灯、また店舗や自動販売機の明かりなど、光源となるものが何もないため、街灯の輝きが非常に弱々しく映る。今にも闇に呑《の》まれて、ふっと消えてしまいそうにしか見えない。

そうなったら真っ暗だ……。

数メートルほど歩いたところでふり返ると、ガラス戸の向こうの明かりが、やたらと温かそうに見えた。とっさに戻りたいと思う気持ちをふり払い、そのまま二階に視線を転じた奈津江は、窓際に人影らしきものを認めて、ドキッとした。

……喜雄くんか。

そこは確かに彼の部屋だった。ほっとしたものの、いったい彼に何があったのか再び気になった。

　やっぱり灰色の女が……。

　と想像しそうになり、慌てて首をふる。

　懐中電灯を点《とも》すと、北側の小山へ向かって、てくてくと土道を歩き出す。明かりを向ける。自分の足下だけにする。まわりの闇を照らして、見たくもない何かを目にするのは厭だから。

　お昼に来たときと、これじゃ違い過ぎる……。

　夜になれば、もちろん暗くなると分かっていた。しかし、ここまで圧倒的な闇に包まれるとは、とても想像できなかった。本館の裏に広がる暗闇の濃さは、彼女の予想をはるかに超えていた。

　やがて小山の下に着く。一段ずつ注意しながら階段をのぼる。すると山を包んでいる闇そのものが、次第に黒くなっていく気がした。上に行けば行くほど、周囲の暗がりの濃さが増していく。

　そんな風に思えるだけ……。

　錯覚に過ぎないと考えたところで、階段を上りきった奈津江の瞳《ひとみ》に、真っ暗な山頂に蹲《うずくま》る朧《おぼろ》な家屋の影が、ぼんやりと映った。

　……廻り家。

　小さな山の上には街灯がひとつもない。ただ暗黒の広がりだけがある。のぼるに連れて暗さが増すと感じたのは、実際にその通りだったからだ。小山の上と下では、明らかに闇の濃淡が違っていた。

ふと気づくと、ひざがガクガクと震えている。自分ではどうにも止められない。まるで機械仕掛けのように、勝手に動いてしまう。

もはや日中の予想とは異なっている、というレベルではない。目の前にあるのは、下見したときに見た光景とは完全に別物だった。濃厚で禍々《まがまが》しい暗がりの中に、より黒々とした忌まわしい廻《まわ》り家《や》の影が、ぼうっと浮かんでいる。

こんなんじゃなかった……。

一歩も足が前に出ない。それどころか回れ右をして階段を下りたくなる。とっさに奈津江はきびすを返していた。ほとんど本能的な動きだった。

ところが、ふり返って本館の一部を目にして、はっと思い出した。

……喜雄くんが見てるんだ。

本館の二階から見張るのなら、双眼鏡を使っている可能性がある。まさに逃げ帰ろうとしている彼女を、この瞬間にも、じっと覗《のぞ》いているかもしれない。

とたんに奈津江の負けん気が、むくむくと頭をもたげた。喜雄も三紀弥も少なくとも家の中には入ったのだ。山の上に立っただけで、のこのこと逃げ出すことなどできるわけがない。

階段に背を向けると、懐中電灯の明かりを頼りに、彼女は歩き出した。まるでホラー映画に登場する幽霊屋敷か、化物が棲《す》む廃屋か、殺人鬼の住処《すみか》へでも近づいている気分を味わいながら、それでも歩を進めていく。

歩きながら南面の窓に目をこらす。だが漆黒の闇に塗りつぶされて、屋内の様子はまったく分からない。仮に見えたとしても廊下を認めるだけだろう。とはいえ窓そのものが黒々としている光景は、まるで家の中が真っ黒な闇だけで満たされているようで、なんとも無気味である。

玄関の前に立っても同じだった。扉を開けるやいなや、廊下に溜《た》まっている濃密な暗闇が、どっと一気にあふれ出して来て、彼女をおおいつくしそうな気がする。そうなったら、きっと暗黒に呑まれるに違いない。それとも廻り家に食べられてしまうのか。

ここでも奈津江の背中を押したのは、喜雄に見られているという意識だった。ひょっとすると彼にしても三紀弥にしても、誰かが――汐梨の可能性が高いか――本館の二階から見ていると思えばこそ、ありったけの勇気をふるい起こして、この扉を開けたのではないか。

これじゃ私も、あの二人と同じじゃない。

臆病《おくびょう》そうな彼らと自分がいっしょになるのが、奈津江には我慢ならなかった。扉のノブに手をかけると一瞬ためらったものの、あとは勢いよく開き、ほとんど飛びこむように中へ入る。

……いよいよね。

本館の北の扉を出てから、けっこうな時間が経った気がする。でも実際はおそらく十数分に違いない。

奈津江は扉を閉めると、学人との約束通り内側の鍵《かぎ》をかけた。大きくて頑丈そうな掛け金は、静寂の闇の中で派手な物音を立てながら、ガチャガチャと下りた。

そのとき、妙な気配がした。

彼女の動きが、ぴたっと止まる。

……な、何、今のは？

身じろぎもせずに、じっと耳をすます。もう何も聞こえないし感じない。しかし鍵をかけた瞬間、確かに家の中で変化があった。

あたかも廻り家が、吐息をもらしたかのような……。

十四　再び廻り家へ

廻り家の内部は寒々としていた。ただし夜気の冷たさではない。自然の空気とは違う何かが、この家の屋内に籠《こも》っている。

昼間とは逆だ。

下見に来たときは扉を開けて入ったとたん、それまで存在していた気配が消えた。ふっと急になくなった。それが今は扉に鍵をかけると同時に、妙な気配を覚えた。この差はいったい何なのだろう。

……気のせい？

あのときも、そう思った。だが、しばらくすると何かが廊下の北側を移動して、玄関から外へ出て行った。今回も同じ現象が起きるのか。

でも、扉には鍵をかけたから――。

外へ出るには少し手間取るだろう。その間に彼女が玄関まで駆けつければ、それの正体を目にできるかもしれない。

だけど……。

ここには何の異状もなかったと、学人たちが事前に検《あらた》めたはずではないか。

下見のときの出来事は、彼女が廻り家を訪れる前に、実は誰かが入りこんでいて、自分以外の侵入者に驚いて逃げたのだ――と考えれば説明はつく。何人《なんぴと》であれ出入りは自由だったのだから。

だけど、今回は違う。

学人たちによって調べられ、その後もずっと見張られていた。今も見張られ続けている。誰も入れるわけがない。

懐中電灯の光を扉の向かいに当てると、壁の真ん中を左右に走る長い板が、明かりの中に浮かび上った。その出っ張り部分に、ちゃんと五円玉が積まれている。あって当たり前だが、実際に目にすると、なんとも変てこな眺めである。

奈津江は一番上の硬貨を一枚だけ指でつまみ、上着から取り出した紐《ひも》に通した。

……ちりん。

紐の先の鈴が鳴り、ギクッとする。と同時に学人の言葉を思い出す。

小佐紀さんはお伺いを立てている間、鈴をふり続ける。それが鳴り終わるまでは、何が訪ねて来ても絶対に扉を開けてはいけない。

そう彼は言っていた。もしかすると紐の先に鈴がついているのは、肝試しの間中、得体の知れぬ灰色のものを寄せつけないためか。山に入った者が鳴りもので音を立てて、熊が近づくのをふせぐように。

彼女は右手に懐中電灯を持ち、左手にぶら下げた紐を意識的にゆらしながら、廊下を右方向へ歩き出した。

当初は早足で廊下を回り、すべての五円玉を回収して、さっさと廻り家から出るつもりだった。しかし真っ暗な闇の中で、せまくて曲がりくねった廊下を進むのは、予想よりはるかに大変である。明かりを前方に向けても、照らし出されるのは壁か窓ばかり。まっすぐ廊下を進んでも、すぐに左右のどちらかに曲がってしまう。ぼうっとした懐中電灯の光が、廊下の曲がり角を浮かび上らせるたびに、その向こう側から、ひょい……と何かが顔を出しそうで、もう怖くてたまらない。角を曲がる瞬間に心臓がドキッとする。

……ちりん、……ちりん。

おまけに魔除《まよ》けの役目を果たすはずの鈴の音が、次第に恐ろしくなってくる。かといって上着のポケットに紐を入れると、しーん……と静まり返った屋内が、とたんに無気味に感じられる。そのまま無音で歩いていると、今にも廊下の反対側から何かが自分を目指して、いきなり追いかけて来そうな気がする。慌てて紐を取り出して、再び鈴を鳴らしはじめる。

そうこうしているうちに、第二の五円玉回収地点に着いていた。玄関の反対側だ。途中の壱《いち》から肆《よん》まで記された扉も、塔屋に通じる南の扉も、満足に認めぬまま通り過ぎてしまったらしい。一枚だけ五円玉をとって紐に通す。

……ちゃりん、ちりん。

硬貨がぶつかる音と、鈴の音色が連続で響く。お金の触れ合う物音が、これほど無気味に聞こえるのも珍しい。たちまち身体がすくむ。

まだ一周目の半分なのに……。

そもそも夜中にひとりで、こんな場所に入るのがおかしい。今すぐ出て行くべきだろう。みんなの前で見せた強気な態度は、完全に消し飛んでいる。むしろ自分が無力な子供に過ぎないことを、彼女は嫌というほど思い知った。

それなのに身動きできない。恐ろしさのあまり進むことも逃げることも、どちらも叶《かな》わない状態に陥っている。

どうしよう……。

奈津江が絶望的な気分を覚えていると、またしても廻《まわ》り家《や》が息づいたような、ぞっとする気配を感じた。

……な、何？

じっと身構えつつ、ひたすら耳をすます。しかし、もう収まっている。背後の黒い森が夜風にゆれる物音が、ざわざわっと微《かす》かに聞こえてくるだけで。

これが一種のショック療法となって、彼女の足は再び動きはじめた。伍《ご》から捌《はち》までの部屋と、北の階段に入る扉も無視して、とにかく廊下を進む。ようやく玄関まで戻ると、五円玉を紐に通す。硬貨の音色に怖気《おぞけ》を覚えながらも、二周目を回りはじめる。

決して急ぐことはしない。下手に焦ると、もっと怖くなる。すると早足になり、ついには走り出してしまう。その行為が、さらに恐怖心を煽《あお》る。そこまでいくと、もうパニックに陥る一歩手前である。せまくて細くて真っ暗な廊下で、そんな状態になれば、ただではすまない。きっと怪我をするだろう。

落ち着きを取り戻した奈津江は、おのれに降りかかる危険を、ほぼ本能的に悟っていたのかもしれない。

幸い三周目を終えたあたりから、無我の境地に近い心持ちで廊下を回るコツを、ようやく会得しはじめた。もちろん暗闇も曲がり角も、依然として怖かった。それでも自らが置かれた状態をできるだけ意識せずに、とにかく右回りに歩き続け、五円玉を一枚ずつ集めることに神経を集中させた。よけいな思考はいっさい行なわずに、ただ無心に硬貨の回収のみに専念した。

その努力のお陰で、四周目に入ると足取りが安定し出した。このまま進めば、すべての五円玉を難なく紐に通せそうである。

ところが、玄関で九枚目の五円玉を手に取ったとき。三たび廻り家が、ふっと吐息をついた気がした。

また？

しかも今度は、とっさに立ち止まった奈津江の耳に、なんとも言えない奇妙な物音が聞こえてきた。

……ずっ。

つい先ほど通り過ぎた北側の廊下から、微かながらも響いてくる。

……ずっ……ずっ。

それは板敷の廊下を、何かがすっているような音だった。

……ずっ……ずっ……ずっ。

いや、それはすり歩いていた。しかも少しずつ彼女のほうへ近づいて来る。

灰色の女……。

あれが出たのだろうか。もし現れることがあれば、正体を突き止めてやろう。そんな決心など、たちどころに吹き飛んだ。

こ、こっちに来る！

……ずっ……ずっ……ずっ……という物音が、次第にはっきりと聞こえ出した。もう捌の扉の前まで達していそうである。

奈津江は一瞬、玄関扉の掛け金を外して、廻り家の外へ逃げ出しそうになった。それなのに家の奥へと、五周目へと突入したのは、いったいなぜなのか。まだ心のどこかで灰色の女との対決を望んでいるからか。

思わず駆け出した彼女は、たちまち窓や壁に身体をぶつけた。後ろから近づくそれとの間に、できるだけ距離をおきたい。そう強く願うあまり、がむしゃらに前進したためである。

走っちゃだめ。

自分に言い聞かせるが、勝手に足が動く。彼女の子供らしからぬ理性よりも、人として感じる恐怖のほうが、今ははるかに勝っていた。

とはいえ、さすがに身体がもたない。ぶつけた腕や肩、打った腰や足が、次第に痛み出した。

このままじゃ倒れてしまう。

自然に動きが鈍くなったところで、玄関の反対側に着いていた。反射的に五円玉をとって紐に通したのは、三周目までにかけた自己暗示のせいか。

……ちゃりん、ちりん。

はじめは戦慄《せんりつ》を覚えた音色が、皮肉にもここで彼女を正気づかせた。闇雲に逃げることは、もうやめなければならない。それの気配をうかがいながら、追いつかれないだけの距離をたもつようにする。

そんな風に冷静に考えられたのも束の間、

……ずっ……ずっ……ずっ。

床の上をするおぞましい物音を耳にすると、何が何でも走り出したくなる。玄関扉から外へ逃げなかったことを、奈津江は心の底から後悔した。

あと半周したら──。

玄関まで戻れるので、今度こそ逃げ出そうと思った。もはや肝試しでも何でもない。

いくら喜雄が見張っていても、何の役にも立たない。外部から侵入者があったわけではなく、それは家の中から現れたのだから。

歩きながら背後の気配を探る。ほぼ一定の間隔をたもって進んでいるらしく、……ずっ……ずっ……ずっ……と途切れもせず、速まりもせずに、つねに禍々《まがまが》しい音が背後から響いてくる。

足音？

本館の部屋でも廊下でも、こんな奇妙な物音はしなかった。ということは灰色の女ではないのか。

白狐《しろこ》と黒狐《くろこ》が混ざった得体の知れぬ灰色のもの。

裏の黒い森から現れた正体不明の恐ろしい何か。

そう考えたとたん、ぞわぞわっと首筋が粟立《あわだ》った。

もちろん灰色の女は怖い。その正体が小佐紀の幽霊なら、それも恐ろしい。しかし、まったく訳の分からない謎の存在に比べると、少しはましかもしれない。あくまでも少しだけは……。

玄関までの半周が、とにかく長く感じられる。いくつも角を曲がっているのに、なかなか懐中電灯の明かりの中に、左壁の出っ張りに積まれた五円玉と、右側の玄関扉が浮かび上らない。部屋の扉に記された漢字を確かめれば良いのだが、そういう余裕がまったくない。身体をぶつけずに廊下を進むだけで精一杯だった。

それでも前進するうちに、ようやく玄関まで戻って来る。反射的に五円玉を紐《ひも》に通しながら、近づくそれの気配を探る。

……ずっ……ずっ……ずっ。

相変わらずの調子で、愚直なまでに奈津江を追いかけて来る。

……どうして？

もしかすると相手は廊下を回っているだけではないのか。ぐるぐると反時計回りに、夜な夜な廊下を辿《たど》り続けているだけだとしたら――。

逃げ出す必要はない。床の上をすりながら移動しているため、ひょっとすると走れない可能性もある。だとすれば決して追いつかれる心配もない。

ためらっている間に、それが捌の部屋あたりまで達した気配がした。彼女の視線がほんの数秒の間に、玄関扉と廊下の先を何度も往復する。

気がつくと奈津江は、廻り家から逃げることなく六周目を選んでいた。

ただし、やや急ぎ足で進む。それとの距離を半周分は開けておきたい。もしもの場合の用心である。

そこからは、とても異様な二人の行進がはじまった。ジグザグに曲がりくねった廻り家の廊下で、ほぼ半周分の差をつけながら、どちらも歩き続ける。つねに奈津江とそれは、ほとんど廊下の反対側に分かれる恰好《かっこう》で移動している。

……ずっ……ずっ……ずっ。

そのため微《かす》かにしか、床をするような足音は聞こえない。だからといって慣れることはない。同じ建物の中に得体の知れないものがいて、自分と同じ方向に移動している。そう認めるだけで二の腕に鳥肌が立ってしまう。

しかし、あとは彼女の背後にそれが迫り過ぎないように、また逆に彼女のほうが追いつかないように、用心するだけである。お互い相手に干渉はせず、自分の目的のみに目を向ける。そんな関係が両者の間に、自然とできたような気がした。

やがて七周目を終えて、五円玉も半分以上を紐に通した。八周目に入ったところで、このまま最後までいけそうだと確信する。ただ残念なのは、それの存在を学人たちに証明できないことだ。

きっと信じてもらえない。

逆に臆病《おくびよう》者と笑われるだろうか。実際は勇気をふりしぼり、逃げ出さずに肝試しを続けたのに。その点が評価されそうにないのが、ちょっと悔しい。

それにしても廊下の反対側にいるのは……。

いったい何なのか。自分に脅威が降りかからないとなると、無性に気になってくる。その正体が知りたくなる。

私にかまわないってことは、やっぱり灰色の女じゃないのかな。

奇妙な足音の件もあるが、この二日の夜の経験から考えて、相手があれだった場合、今ごろは激しく追いかけられている気がした。少なくとも彼女に近づこうとするのではないか。確かに昨夜は逃げたように映った。だが今夜は、あれの領域内にいるようなものなのだから、きっと彼女を捕まえようとするだろう。

やっぱり灰色っぽい何かが……。

廊下の反対側を動いているのか。そう改めて思ったとたん、初日の夜に学人たちと話した会話の断片が、次から次へと脳裏に浮かんだ。

まだ小佐紀さんが塔屋にいるうちに、もう廊下を回っているものがいる……。

何が訪ねて来ても絶対に扉を開けてはならない。

廊下を回っているものを見た人によると、それは灰色っぽい何からしい。

そのまま救急車で運ばれた人もいたはずよ。

とはいえ、病院でちゃんと治ったとは思えないな。

灰色っぽいものは、この白狐と黒狐が混じった状態とも考えられていたの。

ある意味もっとも危ない存在かもね。

どっちつかずなわけだからな。

廻《まわ》り家《や》を使わなくなってからも、廊下を回ってる灰色っぽいものを見た人が、ちゃんといるんだ。

塔屋にも部屋にも誰もいないのに、ぐるぐると廊下を回ってるものが、廻り家にいたんだって。灰色っぽい――。

次第に怖さがつのり出す。それの気配を感じたときに覚えた慄《おのの》きが、少しずつ舞い戻りはじめる。そして新たな恐怖と戦慄に、いつしか奈津江はすっぽりと包まれていた。もはや無事に肝試しを終えられる自信など、とっくに消え失《う》せている。

で、でも……。

それとの間に一定の距離があれば、何の問題もないではないか。と思ったところで、床をする足音が聞こえないことに気づいた。

えっ？

伍と記された部屋の前で立ち止まり、じっと耳をすます。何の物音もしない。廻り家の中は深閑として、静寂と闇だけに満たされている。

……消えた？

現れたのは突然だった。いきなり去ったとしても、別におかしくはない。そう考えるのだが、先ほどまで耳朶《じだ》を打っていた足音が急にやんで、しーん……とした状態に戻ってしまった今、これはこれで無気味である。あの響きそのものは、もちろん忌まわしかったが、ふいに聞こえなくなると取り残された気分になる。

なんとも不思議な感覚に奈津江は囚《とら》われた。

……消えたのは、うれしいけど。

理由が分からないため、とても不安な気持ちになる。それでも彼女は、そろそろと歩き出した。

玄関に着く。聞き耳を立てながら、ゆっくりと進む。

玄関に着く。五円玉を紐に通す。九周目に入る。足取りは慎重なまま、真っ暗な廊下を辿る。すると突然、ふと厭《いや》な予感が脳裏を過《よぎ》った。

それの足音がやんだのは、どこかで立ち止まっているからで、実は奈津江が来るのを待ち伏せているのではないか。行く手のどこかの曲がり角で、それはじっと息を潜めている。そして彼女が角を曲がった瞬間、ぬっと暗がりから襲いかかってくる。そんなつもりだとしたら……。

またしても廊下の角が、たまらなく怖くなった。その向こうに潜むものを想像するだけで、お腹がキュッと痛くなる。懐中電灯の明かりを、たえず曲がり角の上から下まで当てる。それが顔をどこから出しても、すぐに認められるように。

とにかく恐ろしいのが、角を曲がる瞬間だった。できる限り右側の壁や窓に背中をつけながら、恐る恐る廊下の先を覗《のぞ》く。

この用心のため再び玄関に戻るまで、かなりの時間がかかった。また奈津江自身、どっと疲れた。懐中電灯を持つ右手がだるく、左手の紐も重く感じられる。五円玉が溜《た》まったせいもあるが、この一周はずっと鈴を鳴らし続けていた。鈴の音があってもあれは現れたわけだが、わらにもすがる思いだった。

ほんとに消えたみたい……。

気配がしないのを察してから、ほぼ一周半は回ったことになる。あれは毎晩いつも回っている数に達したので、きっと自然にいなくなったのだろう。もちろん真の理由は見当もつかないが、そう考えることで彼女は納得した。

十周目を進みはじめると、今まで覚えていた緊張感が少しずつ薄れていった。相変わらず暗闇には慣れないが、自分ひとりしかいないのだと分かると、まだ我慢できる。あれが現れた思わぬ効用とも言える。

玄関の反対側で五円玉を手にとる。あと残りは三枚しかない。最後に塔屋がひかえているが、ここまでくれば大丈夫だろう。彼女を脅かしていたものは、もう去ってしまったのだから。

うん、きっとできる──と奈津江は心の中で確信した。

ところが、伍の部屋の前を通り過ぎ、陸《ろく》の扉を認めてから、いくつか角を曲がったときである。いきなり行く手の廊下に、壁が立ちふさがった。

な、何……これ？

思わず立ち止まり、その壁の前に呆然《ぼうぜん》とたたずむ。

下見を入れると、廻り家の廊下は十回以上も歩いている。こんな壁など一度も見たことがない。そもそも途中に壁があれば、廊下を回り続けることなどできない。

どういうこと？

当初の驚愕《きょうがく》から覚めた奈津江は、懐中電灯の光で壁を照らしはじめた。そのうち壁ではないと、どうやら分かり出した。

それは扉だった。なぜか一枚の扉が廊下をふさいでいた。

……でも、どうして？

壁が扉に替わっただけで、問題は何も解決していない。依然として目の前には、謎の障害物が立ちふさがっている。

あっ……。

扉のノブに当てていた明かりを、奈津江が左へずらしたとたん、すべてが分かった。そこにぽっかりと四角な穴が開いていたからだ。

これって北側の……。

塔屋に通じる階段の扉が、ほぼ直角に開け放たれているらしい。八つある部屋の扉は内開きだったが、南北二つの階段のものは外開きである。そのため階段に通じる短い廊下に対して九十度の開け方をすると、あたかも家屋の廊下をふさぐ形となり、まるで壁ができたような状態になる。

その正体が分かり、ほっとしたのも束の間、

なぜ開いてるの？

と疑問に感じるのを待っていたように、左手の真っ暗な穴の中から、とても無気味な物音が聞こえはじめた。

……ずっ……ずっ……ずっ。

階段の下に設けられた短い廊下のような暗がりの空間から、それは少しずつこちらへ出て来ようとしていた。

やがて奈津江の目の前に現れたのは、灰色の女だった。

ひぃぃ……。

深いフードの中は見えないが、昨夜と同じ衣服らしい。それが姿を見せた瞬間、思わず懐中電灯の明かりをそらしたので、確かなことは分からないが、きっと間違いないだろう。

奈津江の背中が、どんっと壁に当たる。

えっ……。

どうやら知らぬ間に、後ろに下がっていたらしい。そこからは壁伝いに左手へ逃げるのが精一杯だった。

灰色の女は完全に廊下まで出てから、すうっと彼女のほうに向きなおった。わずか数メートル先に、それが立っている。

……ずっ……ずっ……ずっ。

すり足のような動作がはじまった。彼女に少しずつ近づいて来る。

もしも一気に襲いかかられていたら、おそらく奈津江も脱兎《だっと》のごとく逃げ出していただろう。それが非常に緩慢とも言える動きで距離をつめられるせいか、自分もわずかしか身動きできない。じりっ……じりっ……と左へ横這《よこば》いするのが精一杯で、とても駆け出せそうにもない。

……ずっ……ずっ……ずっ。

暗闇の中から灰色の女が次第に迫って来る。

……じりっ……じりっ……じりっ。

それから逃れようと、奈津江は蟹《かに》のように横へ移動する。

しかし両者の距離は、どんどん縮まっているように見える。相手は確実に接近しているのに、彼女は満足に動けていない。灰色の女は姿を現したときよりも、ずいぶんと大きく思える。それほど近づいている証拠ではないか。

……このままじゃ捕まる。

と焦るのに俊敏な動作ができない。意識すればするほど身体がすくむ。ますます動きが鈍くなる。

……ずっ……ずっ……ずっ。

今や灰色の女は、もう目の前にまで迫っていた。腕を伸ばせば届きそうな距離まで、もう少しのところまで達している。

……に、逃げなきゃ。

でも身体が相変わらず反応しない。横に移動するよりも、背後の壁に背中を押しつける力のほうが、はるかに強くなっている。なかなか横這いの距離がかせげない。頭では分かっているのに、どうすることもできない。

……ずっ……ずっ……ずっ。

こちらに近づきながら、灰色の女の右側の部分が、ゆらゆらと蠢《うごめ》きはじめたと思ったら、ぬっと右手が伸びてきた。

……い、い、厭だ。

奈津江が身体を強張《こわば》らせた瞬間、彼女の左手が壁の角を探り当てた。

曲がり角だ！

間一髪で灰色の女の魔の手を逃れると、彼女は脱兎のごとく廊下を駆け出した。そのとき反時計回りではなく、逆回りになってしまうと怯《おび》えかけたが、そんなことを気にしている場合ではない。そもそも怪異は、もう現れているのだ。今さら作法を守って、何の役に立つというのか。

最初は一気に玄関を目指しかけた。もはや肝試しを続けるつもりも、灰色の女の正体を暴くつもりもない。臆病《おくびよう》者の烙印《らくいん》を押されてもかまわない。ここから出ることしか考えられない。

にもかかわらず肆の扉の前まで走ったところで、いったん立ち止まった。とても恐ろしい可能性が、ふっと脳裏を過ったせいだ。

南側の廊下で待ち伏せしていたら……。

北から南へ塔屋を通れば、いくらでも先回りができる。あの緩慢な動きで、そんな敏《びん》捷《しよう》な行動がとれるとも思えないが、相手は化物である。油断はできない。

奈津江は五円玉を通した紐《ひも》を上着のポケットに入れると、懐中電灯を両手でかまえながら、そのまま慎重に廊下を辿《たど》りはじめた。

角を曲がるたびに、あれが立っているのではないかと慄《おのの》く。これまでのように想像上の恐怖ではない。そのためか、いつしか口の中がからからに渇いている。心臓の鼓動も異様な速さで、本当に胸がドキドキした。

参の扉を過ぎると、さらに緊張が高まった。塔屋に通じる南側の階段の扉が、もうすぐ現れる。待ち伏せているとすれば、やはりあそこだろう。

忍び足で進みつつ、角に来ると素早く先を覗《のぞ》く。それをくり返す。できれば相手よりも早くこちらが見つけたい。

灰色の女を認めたら、やることは決めてある。できるだけ速く廊下を戻るのだ。もしあれが追いかけて来れば、そのまま引き離す。再び北の階段扉に先回りするようなら、向こうが辿り着くよりも早く、扉の前を駆け抜ける。いずれにしろ廊下を六分の五周して、玄関から逃げる計画だった。

上手《うま》くいくか分からないが、それ以外に助かる方法を思いつかない。そもそも塔屋に通じる急な階段と、ジグザグに曲がる廊下と、どちらのほうが素早く動けるのか、まったく見当がつかない。それでもお互いが走り出せば、自分のほうが有利だろうという勝算が彼女にはあった。

きっと勝てる。

何度も心の中でくり返していると、廊下の行く手に壁が現れた。先ほどと同じように南側の階段扉が、廊下をふさぐ形で直角に開かれている。北側と違うのは、扉の手前に階段へ通じる穴がないことだ。扉は右開きのため、こちらでは扉の陰に通路が隠れてしまう。

ゆっくりと扉が閉まりはじめて、ぬっと廊下に立つ灰色の女の姿が、少しずつ現れ出した。

やっぱり――と心の中でつぶやくが早いか、奈津江は回れ右をして可能な限り速く走り出した。ただし廊下が曲がりくねっているため全速力は出せない。それでも壁や窓に身体がぶつかるのを恐れることなく、とにかく走り続けた。

玄関の反対側の地点を過ぎる。予想よりも早い気がする。あちこちに腕や足をぶつけてしまうが、ほとんど痛みを感じない。あれよりも先に北の階段扉に着かなければ、痛いどころではすまない目に遭う。

東から北の廊下へ入る。確認している暇はないが、おそらく間違いない。もうしばらく走れば、あの扉の前だ。

お願い！

絶対に自分のほうが早いと念じていたのが、いつしか祈りに変わっている。

と突然、目の前に北の扉が現れた。先ほどと同じように開いた状態で、完全に廊下をふさいでいる。

さっと左手の短い廊下に懐中電灯を向ける。あれの姿はない。

勝った！

喜んだ瞬間、ある可能性が脳裏を過《よぎ》る。もしかすると扉の向こう側に、灰色の女はいるのではないか。そして奈津江が扉を閉めて廊下を進もうとするのを、じっと息を潜めて待っていて、一気に襲いかかるつもりではないのか。

だが、もう今さら止められない。すでに彼女は、その扉に向かって突っこんでいる。左手を伸ばしてノブをつかむと、まるで廊下の途中にある扉を開けるように――実際は階段扉を閉める恰好《かっこう》で――思いっきり左側へスイングさせた。

扉の先が見える刹那《せつな》、思わず両目をつぶりそうになる。それが自殺行為だと理解しながら、反射的に閉じそうになる。

だめっ！

ありったけの勇気をふりしぼり、前方を凝視した彼女の瞳《ひとみ》に、真っ暗な闇が映った。そこには廻り家の廊下に充ち満ちた暗がりが、これまで通り続いていた。

私のほうが早かった！

飛び上りたいのを我慢して、とにかく走り続ける。今にも灰色の女が、後ろの扉から現れるかもしれない。無駄なことをしている場合ではない。彼女は玄関を目指してラストスパートをかけた。

北の廊下の残り半分を進み、西の廊下に入る。きっと間違いない。もう少しで玄関に辿り着く、というときだった。

……ひたひたひたっ。

自分に向かって近づいて来る何かの気配がした。それも前方から……。

十五　決死の脱出

……先回りされた？

南の階段から塔屋を経て、北側へと灰色の女は動いたのではないのか。そう奈津江が読むと考え、廊下を逆回りする道を選択したのか。

そんな……。

いや、それよりも大変な問題がある。あれの動作が、もはや緩慢ではないことだ。ほとんど普通に移動している。

間に合わない！

すでに向こうは玄関に達している気配があった。このままでは、すぐにもはち合わせしてしまう。

奈津江は立ち止まって回れ右をすると、急いで来た廊下を戻りはじめた。そうしながら必死に考えた。どうすれば廻《まわ》り家《や》から逃げ出せるのか。ただし悠長に策をねっている暇はなさそうだった。

……ひたひたひたっ。

背後の廊下から、あれが追いあげて来る。……ずっ……ずっ……と床をする歩き方とは完全に違う。とてつもない気配がすぐ後ろまで迫っていた。

懐中電灯の明かりの中、右手に北の階段扉が浮かび上る。とっさにノブをつかむと手前に引き、自分は内側に入りこみながら勢いよく扉を開け放つ。と同時に短い廊下を走って、目の前の階段を奈津江は駆け上った。

下のほうで大きな物音がした。彼女が廊下まで開いた扉に、あれがぶつかったのかもしれない。

やったぁ！

喜んだのも束の間、だっだっだっ……と物凄《ものすご》い響きを立てて、あれが一気に階段をのぼって追いかけて来た。

わあぁぁぁっ！

心の中で悲鳴をあげながら、眼前に見えた塔屋の丸い出入口を潜ろうとして、彼女の足が穴の縁ですべった。下見をしたときと、まったく同じ失敗をしてしまう。

とっさに鈴のついた縄をつかもうとして、するっと右手が宙をきる。どんっと床の茣《ご》蓙《ざ》の上に、そのまま倒れこむ。

「ううっ……」

思わず口から、うめき声が漏れた。しかし背後には、あれが迫っていた。今すぐにでも塔屋に飛びこんで来そうだった。

すかさず奈津江は莫蓙の上を這《は》うと、反対側の穴から南側の階段に出て、あとは転げ落ちるように下りはじめた。

小佐紀のように階段から落ちて死ぬ恐怖が、ちらっと脳裏を過る。だが、あれに捕まったら何をされるか分からない。どうなるのだろうと考えただけで、たちまち全身に鳥肌が立つ。

どたどたどたっ……と凄《すさ》まじい足音に交じって、上のほうから再び大きな物音が聞こえてきた。もしかすると灰色の女も、彼女と同じようにつまずいたのか。だとしたら今が、廻り家から逃げ出す最大のチャンスだろう。

なんとか無事に階段を下りきると、一気に短い廊下を駆け抜けて、開けられたままの扉から廊下へ飛び出し、あとは脱兎《だっと》のごとく玄関を目指す。もう背後は気にしない。とにかく廊下を走る。逆方向から先回りされる心配は、普通ならほとんどない。だが相手は化物なのだ。とにかく彼女のほうが早く着かなければならない。

お願い！

再び祈る。神仏か、亡き育ての両親か、お狐様か、祈る相手は分からない。とにかく祈りながら駆けていると、ようやく玄関が見えてきた。

扉に飛びつき掛け金に手をかけながら、廊下の反対側に目をやる。そこには暗闇しかないが、今にも真っ暗な中から、わあっと灰色の女が現れそうに思える。カチャカチャと掛け金は鳴るだけで一向にはずれない。左手が震えているせいだ。慌てて懐中電灯を持ち替えて、右手で鍵《かぎ》をすべらせる。

扉を開けて外へ出たとたん、ひやっとした夜気を肌に感じた。ここに来る途中、特に気持ち好《よ》さなど覚えなかったのに、今は清々《すがすが》しい気分である。

……生き返る。

廻り家の中に入ったとき、空気は寒々しかった。それが廊下を回っているうちに――それとも灰色の女が現れてからか――すっかりよどんでしまったらしい。

後ろをふり返ることなく、なおも小山の階段まで走る。そこで恐る恐る背後を確かめて、ほっとため息をつく。あれの姿はどこにもない。

棒のようになった両足をいたわりつつ、ゆっくり階段を下りる。もしあのまま駆け続けていたら、段を踏みはずして転落していたかもしれない。さすがに肉体的にも精神的にも、もう限界に近づいていた。

ふらふらになりながら本館の北の出入口まで戻ると、びっくりした様子で学人が飛び出して来た。

「どうした？」

彼に支えられながら扉から廊下に入ったところで、奈津江は床の上にへたりこんだ。

「だ、大丈夫？」

「怪我はしてない？」

由美香と汐梨に続けて訊《き》かれ、まず彼女はうなずき、そして首をふった。三紀弥は無言だったが、とても心配そうな顔をしている。

「居間に行こう」

奈津江は再び学人に支えられると、みんなと居間へ向かった。その途中で汐梨だけ姿を消したが、やがて盆にホットミルクをのせて戻って来た。

「さぁ、これを飲んで」

深咲が作ってくれたものとは違い、甘味のない普通のミルクだったが、今の彼女には何よりもおいしく感じられる。

「で、いったい何があったんだ?」

奈津江が落ち着いたところで、重ねて学人に訊かれた。そこで廻り家で体験したすべてを、ありのままに話した。

「……うーん」

学人がうなり声をあげつつ、汐梨に目をやる。その彼の様子が、とほうに暮れて意見を求めたように見える。

「そんなことが……」

ただし当の汐梨も戸惑っているようで、まったく言葉が続かない。奈津江の話を素直に受け入れて良いものか、二人とも明らかに困惑している。

「恐ろしい目に遭ったのねぇ」

由美香はストレートな物言いをした。

「それで灰色の女は？」

「……分かんない」

「そりゃそうよね」

　その間も学人と汐梨は顔を見合わせていた。この状況にどう対処すべきか、無言で相談しているみたいだった。

「とにかく怪我はないのね？」

　再び汐梨に尋ねられ、もう一度うなずく。本当は身体のあちこちが痛かった。いくつか打ち身もあるに違いない。でも、ちゃんと休めば治りそうな気がする。

　それよりも問題は、廻り家に現れたあれである。

「信じてもらえないんですか」

　奈津江がまっすぐ学人を見つめると、彼は困った表情を浮かべつつ、ちらっと汐梨に目をやってから、

「君が嘘をついてるとは、もちろん思ってない。廻り家の廊下を回って、五円玉を集めるのが怖くなったので、そんなことを言ってるなんてね」

　彼女は上着のポケットから、紐《ひも》に通した五円玉を取り出し、それを彼に差し出した。

「ここまで集めたのか」

　学人は素直に感心したらしい。

「だったら、よけいに嘘なんか言う必要はないわけだ」

「それじゃ信じて――」

しかし彼は首を横にふると、

「いくら君が勇敢でも、夜中に廻り家の廊下を回ったんだから、怖くなるのは当たり前だよ」

「…………」

「どこかで物音が聞こえた。何かの気配を感じた。そんな風に思ったとしても、まったく無理はない。恥じることなんか――」

「違います。本当に出たんです」

そのとき三紀弥が、つぶやくように尋ねた。

「はっきり見たの？」

「もちろん真っ暗だったけど、懐中電灯の明かりを向けたから……」

「いたのは間違いないわけだ」

「うん。絶対に何かがいた」

三紀弥が興奮した面持ちで、すぐさま学人に目を向けた。信じてもらえなかった自分の体験の、これが裏づけになると思ったからだろう。

とっさに奈津江は、二晩にわたって部屋に現れた灰色の女についても、ここで打ち明けようかと考えた。そこまで目撃談がそろえば、さすがに学人と汐梨の疑いも少しは薄れるだろう。だが深咲には、みんなには伏せておくと約束している。

「……あのさ」

遠慮がちに口を開いた三紀弥を見て、奈津江は悟った。なぜ自室での出来事を話さないのか――と、まさに彼は言いたいのだ。

どうすれば良いのか分からず彼女が焦っていると、

「分かった」

その場をまとめるように学人が、

「とりあえず今夜は、おしまいにしよう。明日《あした》、廻《まわ》り家《や》を調べてみるから」

今すぐ検《あらた》めないと意味がない、と思ったものの奈津江は黙っていた。これから廻り家に戻る気力も体力も、これっぽっちも残っていない。

「肝試しのあり方について、再考したほうが良さそうね」

汐梨の言葉に非難の色は少しもなかったが、ふと学人がうつむいた。自分の責任だという自覚が強いのだろう。

「もう遅いわ。部屋に戻りましょう」

そんな彼をいたわるように、汐梨がうながした。

奈津江は三紀弥と話したかったが、今夜は二人きりになれそうもない。みなが「おやすみ」「明日は寝坊しても平気よ」「ゆっくり休んで」と声をかけてくれるのに対し、彼女は「はい、おやすみなさい」と返しながら、彼には「また明日」とさり気なく伝えられただけである。

部屋に戻ってベッドに入ると、あっという間に寝入ってしまった。とてつもなく疲れていたらしい。

目覚めたとき、何か妙な感じがした。どうして起きたのだろう……と、ぼんやり考える。次の瞬間、ベッドの枕元に何かがいると気づき、ぞっと総毛立った。

「ひぃぃっ……」

思わずかぶった布団の上から、その何かが触れてくる。

あっち行け！　消えろ！

必死に心の中で叫ぶ。すると何やら声が聞こえてきた。ためらいつつも布団に隙間を作って覗《のぞ》くと、自分を見下ろしている三紀弥の顔があった。

「……ふうっ」

大きく安堵《あんど》のため息をついた奈津江は、しかしすぐに起き上ると、

「何してるのよ！」

とっさに声を殺しながらも彼を怒鳴りつけた。起きた瞬間、身体のあちこちが痛んだものの、顔には出さないように我慢する。

「だって昨日の夜、また明日――って言ったじゃないか。あれは、みんなが起き出す前に、二人で話をしようっていう合図だろ」

「そ、それはそうだけど……。女の子の部屋に忍びこむなんて――。しかも寝起きを襲うなんて――」

「誰も襲ってないよ」

「私が行くまで待ってればいいでしょ」

「寝坊すると思ったから」

「あのね――」

「とても疲れてるみたいだったから……」

「……うん、まぁ」

しょげる三紀弥を見て、怒って悪かったかなと奈津江は思った。

「着替えるから、あっち向いてよ」

それでも口調は変えずに扉のほうを指差しつつ、ベッドから下りてクローゼットへと急いだ。

「それで、みんなのアリバイはどうだった？」

手早く服を選びながら、時間を無駄にしないようにする。それでも打ち身のせいで、着替えるのに手間取ってしまう。

「先に言っちゃうと、全員が部屋にいたよ」

まず三紀弥はトイレに行くふりをして、西館に向かったらしい。外側の窓からカーテン越しに部屋を覗いたり、そっと扉を開けて室内の様子をうかがったりして、スタッフ三人を探った。その結果、チョウさんことコックの長谷三郎は寝ており、ヘイタこと雑用係の内平太は飲酒の最中で、シマコこと家政婦の島本和香子は何やらお祈りをしていたという。

「シマコさんが？」

「うん。よく聞きとれなかったけど、オサキ様って言ってたような……」

彼女は小佐紀の熱心な相談者だった。つまり今は、狐使いだった小佐紀その人に対して信心をしている、ということなのだろうか。

そう三紀弥に訊《き》いてみたが、まったく分からないと首をふりながら、

「けど灰色の女と、何か関係があるの？」

「……そうね。今は全員のアリバイについてよね」

奈津江は引っかかりを覚えたが、彼の話を先に聞くことにした。

次に三紀弥は、なんだか寒くなったので上着をとりに行くと断わり、本館の二階と三階に向かった。

「へぇ、なかなかやるじゃない」

「ほんとに寒かったんだよ」

せっかく彼女がほめたのに、あくまでも三紀弥は正直である。

ただし今度は、窓から覗く手が使えない。そのうえ三階の部屋には、それぞれに浴室や寝室があるため、けっこう大変だったらしい。

その結果、喜雄は自室の窓際で、頭から毛布をかぶって廻り家を見張っていた。小寅はベッドでいびきをかいていた。園長の隆利も寝室にいたらしいが、あいにく姿は確認

できなかった。でも確かに気配はあった。深咲は居間で本を読んでいた。ということが分かったくらいである。

もちろん汐梨たち三人も、ずっと北の廊下から離れなかったはずだ。そもそも三紀弥が西館や本館の上階を調べている間、誰かがトイレのふりをして、廻り家まで行って帰ることは無理である。北の扉は使えないため、別の出入口から外へ出ることになる。しかも奈津江が辿《たど》った小山までの道は通れない。他の二人の目があるからだ。そのうえ喜雄も見張っていた。だから遠回りをする必要が出てくる。

いや、そもそも誰であれ廻り家に入るのは、絶対に不可能だったはずだ。なぜなら奈津江が玄関扉に、あのとき内側から掛け金を下ろしたのだから。

「やっぱり人間じゃなかったんだ……」

これまで何度も同じ想像をしてきたが、それが恐ろしくも証明されたことになる。

「この部屋にまた現れたら、どうする？」

「えっ……」

「だって灰色の女は、とても君を気にしてるだろ」

三紀弥の言葉に、奈津江はぞくっとした。指摘されなくても分かっていたが、やはり改めて言われるとこたえる。

「それは……」

自分が小佐紀の実の娘で、灰色の女の正体が彼女の幽霊だからなのか。

「ねぇ」

彼が何を言いたいのか、すぐに察することができた。

「何か隠してるでしょ？」

「…………」

「こっちは協力してるんだから、ないしょにするなんてずるいよ」

もっともだと奈津江も思った。

「そのうち話すから、ちょっと待って」

「ほんとに？」

「うん、約束する」

「君の約束は当てにならないからなぁ」

「どうして？」

むっとして奈津江が尋ねると、やれやれという表情で三紀弥は、

「肝試しで無理はしないって誓ったのに、君は逃げなかった」

「ええっ⁉　逃げ出して来たじゃない」

「灰色の女に追いかけ回されて、ようやくだろ」

「あれが現れなかったら、別に逃げる必要ないでしょ」

「最初に変な感じがしたとき、すぐに戻るべきだったんだ」

「あのさ、三紀弥くん」

「な、何だよ？」

「学人さんが言ってた、肝試しで廻《まわ》り家《や》に入ったものの、玄関の扉の裏から一歩も動けなかった人は、あなたじゃないの？」

「……ぼ、僕だけじゃないさ。喜雄くんも……」

やっぱり二人ともだったのだ。だからといって彼らが弱虫だとは思わない。少なくとも三紀弥は、第一印象とは違ってきている。

そのとき廊下で、朝のあいさつが聞こえた。みんなが起き出してきたらしい。

「あっ、じゃあ、またあとでね」

そう言うと奈津江は、廊下に誰もいないことを確認してから自室に戻るように、と早口で三紀弥に釘《くぎ》を刺してから、さっさと先に部屋を出た。呆気《あっけ》にとられた彼ひとりを室内に残したままで――。

洗面をすませて食堂に行くと、三紀弥と喜雄の他は全員の顔があった。汐梨と学人と由美香の三人は、明らかに眠そうである。特に学人は、げっそりして見える。昨夜の肝試しの結果が、きっと影響しているのだろう。

少しして三紀弥が姿を現した。子供たちの中では一番早起きしたせいか、今にも寝てしまいそうなほど目をしょぼつかせている。

「喜雄くんは？」

誰にともなく深咲が尋ねる。

「さぁ……」

学人が答えたものの、どこか不自然だった。

「まだ寝てるのかしら？」

彼の様子に気づいた風もなく、深咲は席を立つと食堂を出て行った。その後ろ姿を学人は目で追うと、ついで汐梨に視線を向けた。彼女は相変わらずおっとりしていたが、いつもより落ち着きがないように映る。

いったいどうしたんだろう？

自分の体験だけが原因ではなさそうだと、ようやく奈津江は察した。

「おかしいわね」

そこへ深咲が戻って来た。

「喜雄くん、部屋にいないのよ。洗面所にもいなかったし、どこに行ったんだろ。誰か何か聞いてない？」

学人をはじめ、五人が首をふる。だが、そうしながらも奈津江の頭の中では、灰色の女のことを喋《しゃべ》るとどうなるか、喜雄が口にした言葉が響き続けていた。

暗い暗いところへ連れて行かれて、もう二度とここへは戻れなくなる……。

十六　連れて行かれる……

「朝食に顔を出さないなんて、はじめてじゃないか」

隆利が怪訝《けげん》そうな顔をしている。ほとんど子供たちに干渉しない園長でも、喜雄の件は引っかかったらしい。

「ええ、一度もありません」

心配そうな口調で深咲が応《こた》えると、すぐさまヘイタが立ち上った。

「捜して来ます」

「シマコさんもお願いします。三人で手分けしましょう」

深咲は誰がどこを捜すかを決めながら、内平太と島本和香子の二人をともなって食堂を出て行った。

その後ろ姿をみんなが見送る中、ひとりだけ視線を別に向けるものがあった。小寅である。しかも、じっと奈津江を見つめている。

「……はじまった」

そしておもむろに、そうつぶやいた。

えっ？

何のことか、もちろん奈津江には分からない。彼女以外は小寅の言動に気づいていないのか、誰も反応しない。

「災いが降りかかってくる……」

そこで隆利が、ようやく老婦人に顔を向けた。

「どうしたんです？」

「あの娘が帰って来たから……」

なおも老婦人は、なまりのある口調で続ける。

「はぁ？」

「あの娘が、わしらに災いをもたらす！」

誰もがギョッとした目で小寅のほうを向き、ついで奈津江を見やった。なぜなら老婦人が眼光鋭く、キッと彼女を睨《にら》んでいたからだ。

「お、お義母《かあ》さん……」

「わしが言うた通り、あれは忌むべきもの」

あれとは自分のことだと奈津江は理解できた。彼女にとってあれとは、灰色の女をはじめ得体の知れないものを指すのだが……。

隆利はあからさまに、おろおろしている。出入口のほうを見ているのは、深咲に助けを求めたいのだろう。

　そのときチョウさんが、まるで何事もなかったかのように、

「さぁさぁ、冷めんうちに食べよう。朝はしっかりとらんと、一日を元気に過ごせへんからな。喜雄くんの分は、あとで温かいのを作るから、みんなは何の心配もいらんよ」

「そ、そうだな」

　コックの長谷三郎の言葉に、隆利が飛びついた。

「みんな先に食べなさい。喜雄くんを捜す手伝いは、それからでも間に合う」

　どうして間に合うのか、本人にも分かっていないのは明らかだった。しかし誰も反論することなく、無気味なほどの静寂の中で、みなは黙々と朝食をとりはじめた。小寅も同じである。ひょっとすると自分がどんな発言をしたのか、もうすっかり失念しているのかもしれない。

　ほとんど全員が食事を終えかけたころ、深咲たちが戻って来た。だが結果は聞かなくても、三人の顔を目にするだけで充分だった。

「どこにもいないのか」

　隆利の問いかけに、深咲が力なくうなずく。

「ちょっと待って下さいね。今すぐ温めなおします」

　チョウさんが三人の料理をキッチンに運ぼうとすると、

「私は――」

　朝食そのものを深咲は断わろうとしたらしい。それが彼には分かったのか、

「こんなときこそ、ちゃんと食べなあきません」

優しく彼女をたしなめると、手早く三人分の朝食を整えた。

深咲たちは食べながら、ひとりずつ捜索の模様を話した。本来なら隆利だけに報告すればすむのだが、今さら子供たちを蚊帳《かや》の外に置くわけにもいかないと、おそらく彼女は思ったのだろう。

三人は祭園の隅から隅まで、すべて調べ回った。にもかかわらず喜雄はどこにもいない。彼が自らの意思で隠れていれば別だが、そうでない場合、この祭園内にいないのはまず間違いなさそうだという。

「かくれんぼうをしているわけでもないのに、自分で身を隠すなんて変だろ」

「だから心配なんです」

隆利のもっともな指摘に、深咲が事の重大さを訴える。

「仮にそうでも、三人で捜したんだ。普通は見つかるんじゃないか」

「いえ。北側の深い森の中に入られたら、とても捜しきれません」

「そうだな」

隆利は少し考えこむと、

「喜雄は普段から、祭園を出たいと口にしていたのか」

ひとりひとりの子供に顔を向けた。

「お父様、それは私があとで――」

やんわりと深咲が止めたところで、三人の食事がすんだ。

その後、隆利とチョウさんとヘイタが手分けして、祭園の中を再び調べることになった。深咲は居間で、子供たちから話を聞く手はずである。みんなが席を立つ前に、またしても小寅が不穏な発言をしたため、老婦人の世話がシマコに任せられた。

居間には歳の順に、汐梨、学人、由美香と呼ばれた。それから三紀弥になり、奈津江は最後だった。

「聞いたわ、肝試しのこと」

奈津江がソファに腰を下ろすのを待って、すぐに深咲が本題に入った。

「学人さんから？」

「その前に、まず汐梨さんが話してくれた。ただし詳しいことは、やっぱり彼から聞く必要があったけどね」

「それで喜雄くんは――」

「なっちゃん、どうして黙ってたの？」

口調は平静だったが、深咲は怒っているらしい。

「肝試しのことですか」

「やらされそうだって、昨日なぜ相談してくれなかったの？」

「自分でやるって決めたんです」

「みんながやっているから、あなたもやるべきだ――って言われたんでしょ？」

「断わることもできました」

「そうなの？」

「はい」

深咲は疑わしそうな顔をしたが、

「――分かった。あなたの意思は、もちろん尊重するわよ。ただし、自分の手には負えないと、つまり、どうにもできないと思う問題は、絶対に相談してね」

「そうします」

奈津江が約束すると、彼女はにっこり微笑み、すぐ喜雄の話をはじめた。

「彼は自分の部屋で、廻《まわ》り家《や》を見張ってたみたいなの」

「本館の北の扉から裏の小山に行くとき、窓の側に喜雄くんがいました」

奈津江も目にしたままを伝える。

「学人くんが双眼鏡を貸したらしいから、なっちゃんが歩く姿も、きっと彼は見ていたんじゃないかな」

やはり双眼鏡を使っていたのだ。ということは、おっかなびっくり進む様子を見られてしまったかもしれない。

「そのとき、午前零時過ぎだった？」

場違いにもへこむ奈津江に気づくことなく、深咲が尋ねた。

「……は、はい。十分くらいかもしれません」

「どうやら彼の姿を最後に見たのは、あなたみたいね」

あっ……と奈津江は驚いた。全員のアリバイ調べの件を、三紀弥は黙っていたのだ。その口のかたさに、ちょっと彼を見なおした。しかし同時に、こんな事態になっても口を閉ざしているとは……と呆《あき》れる気持ちもあった。

「あのうー、実は――」

喜雄が行方不明の今、ないしょにしておくことはできない。すべてを奈津江が打ち明けると、今度は深咲がびっくりした。

「あなたが肝試しをやる裏で、三紀弥くんがそんな役目をしていたの」

「だから喜雄くんを最後に見たのは、三紀弥くんかもしれません」

「そうなるわね。何時ごろか聞いた？」

「時間までは、ちょっと彼も分からないと思います」

それでも昨夜の様々な状況から、三紀弥が西館に行ったのが零時二十分から四十分、本館を調べたのが同五十分から一時二十分くらいの間らしい、という見当はついた。

「よく起きていられたわね」

「夕ご飯のあと、みんな眠りましたから」

深咲は苦笑いを浮かべたものの、その苦笑もすぐに薄れて、

「あなたが廻り家から戻って来たのが、学人くんによると一時半くらいだって」

「そ、そんなにいたんですか、あそこに……」

確かに肝試しをしている間は、とてつもなく長い時間に感じられた。しかし終わってみると、ほんの十数分だったような不思議な感覚が残っている。

「居間で話をして、解散したのが二時前ごろ。それから学人くんは、喜雄くんの部屋に行った。でも窓辺に毛布が落ちているだけで、彼の姿がどこにもない」

「えっ……」

てっきり今日の早朝に、どこかに行ったのだ。そう奈津江は思っていた。だが、なんと昨夜のうちにいなくなっていたらしい。

このとき彼女の脳裏に突然、とても忌まわしい映像が浮かんだ。

廻り家の中で自分を追いかけて来たあれが、彼女のあとから飛び出して、まっすぐ本館の二階へと向かっている光景である。

なぜなら喜雄くんが、あれのことを私に喋《しゃべ》ったから……。

ぞくっと背筋が震えた。二の腕には鳥肌が立っている。しかし深咲はうつむいて、じっと考えこんでいるようで、奈津江の様子に気づいていない。

「こうなると誰かに連れ去られた可能性も出てくるわね。喜雄くんがひとりで出かける時間じゃないし、すぐに学人くんが訪ねて来ると、彼には分かっていたはずでしょ」

深咲は顔をあげると、

「でも外部から侵入者があったとは、ちょっと思えないの。祭園の敷地を囲むフェンスには、つねにセキュリティシステムが働いている。もちろん夜は門にもね。ただ、そう

いったん言葉を止めた彼女は、何とも言えない眼差《まなざ》しで奈津江を見つめながら、

「祭園内部の誰かが……ということになってしまう」

「…………」

「ところが昨日の夜、ここにいた人たちの様子を、図らずも三紀弥くんが見ていた」

「みんなにアリバイがある――ってことですか」

「完全にあるとは言えないわ。三紀弥くんが全員の部屋を確認してから、喜雄くんの姿が消えていた午前二時前までの間、西館にいた三人には一時間以上の、本館にいた私たちには四、五十分ほどの、時間の余裕があったわけだから」

「その間に、誰かが喜雄くんを連れ出した？」

「可能性はあるわね。ただ、あまりにも不自然な感じがするの。三紀弥くんは探偵をしているし、みんなは肝試しをやっている。喜雄くんも廻り家の見張り役だった。仮に以前から喜雄くんの連れ去りを考えていたとしても、何もそんな状況の中で、わざわざ実行することないでしょう？」

深咲の言わんとしている内容が、なんとなくだが奈津江にも理解できた。

「昨夜でないと都合が悪かったのかもしれない。でも、そこまでせっぱ詰まって、喜雄くんを連れ去らなければならない人が、ここにいるとは私には思えないの」

ひとりずつ顔を浮かべながら奈津江も考えてみた。その結果、深咲の指摘通りだと納

得しかけたところで、引っかかる人物がいた。

「小寅お祖母《ばあ》さん……」

「えっ、お祖母様？」

つい口に出した名前を、深咲は聞き逃さなかった。

「まさかなっちゃん、小寅お祖母様が――」

「自分を小佐紀さんだと思いこむことがある。そう聞きました。もしかすると夜中に、ふっと起きて……」

「………」

「灰色の女の正体は、小寅お祖母さんじゃないか。そんな風に考えたことも、私あったんです」

「どうして喜雄くんを？」

「……それは、分かりません」

頭がおかしくなっているから、と本当は言いたかったが、さすがに口にはできない。相手は深咲の祖母である。奈津江にとっても同じだが、三日前に会ったばかりでは、肉親の情など抱けるわけがない。まして小寅があれでは……。

「確かにね」

否定するかと思ったが、深咲はうなずきながら、

「小佐紀お母様になりきって、赤ん坊のあなたを捜しているつもりになって、なぜか喜

雄くんがそうだと決めつけてしまい、どこかへ連れて行ってしまった。あり得ることかも――」

「やっぱり……」

「ただ、それなら何か痕跡《こんせき》が残ってるんじゃない？　本人が理性的に、つまり頭がはっきりした状態で、自分のことを分かって行動しているわけじゃないでしょ」

「そうですね」

「一番の問題は、喜雄くんが大人しくついて行ったと思えないこと」

「あっ、そうか」

逆に恐ろしさのあまり、まったく動けなくなるのではないか。硬直してしまった喜雄を、小寅が抱えて連れ去れるわけがない。

それに灰色の女が小寅お祖母さんだったら、廻り家に現れたあれは何？

老婦人でないのは確かだ。彼女にはアリバイがある。ベッドで寝ている姿を三紀弥に見られたとき、すでに廻り家で奈津江は、あれに追いかけられていたのだから。

「どうしたの？」

すっかり考えこんでしまった奈津江に、優しく深咲が尋ねた。

「まだ話していないことがあるとか」

口調は穏やかだったが、相変わらずの鋭さである。

「はい。肝試しをしていたとき――」

最初から言うつもりだったので、すかさず廻り家《まわりや》での体験を伝えた。

「……なるほど。そうだったの」

合点がいったという感じで、しきりに深咲が納得している。しかし、はっと我に返ったようになると、

「三紀弥くんのアリバイ調べが、つまり役立ったわけだけど……。結局、誰も灰色の女ではないと分かり、よけいに謎が深まってしまったわね」

「どういうことでしょう？」

少し迷う素ぶりを見せたあと、深咲はためらいがちな口調で、

「これまでのなっちゃんの話を聞く限りでは――喜雄くんと三紀弥くんの体験もふくめてだけど――ここには人知を超えた存在が……あっ、つまり人間ではない何かっていう意味だけど、やっぱりいるとしか思えないわ」

「灰色の女……ですか」

「姿まで目撃されているから……ね。その正体が、小佐紀お母様の幽霊なのか、得体の知れない灰色の何かなのかは、もちろん分からない」

「喜雄くんは……」

「それに連れて行かれたのかもしれない」

「…………」

「ごめんんね。ここで何が起きているのか、少し調べてみるって言っておきながら、まだ

何もできていなくて……」

「いいんです」

慌てて奈津江は首をふったが、ふと好奇心にかられた。いったい深咲はどうやって、この奇っ怪な出来事の調査をするつもりなのか。

やっぱり狐使いの力で？

この前はそう思った。彼女なら何とかしてくれる。そんな期待があった。

「あのうー、どんな風に調べるんですか」

「うん……」

ちょっと困った表情を深咲は浮かべたが、すぐに苦笑しながら、

「事務室にね、小寅お祖母様と小佐紀お母様の、若いころの写真があるはずなの。お父様と知り合う前の分もふくめてね」

奈津江から見れば、かなり古い時代のものになる。ちなみに事務室には、祭園に関する様々な資料が整理されたうえで、キャビネットに保管されているらしい。

「その中に灰色の女が着ているものと、似た衣服が写っていたような、そんな記憶があるのよ」

「着ていたのは、小佐紀さん？」

「たぶん……。祈禱《きとう》か儀式のときの、特別な装束じゃないかな。装束っていうのは、着物のことよ。その写真を見つけて、なっちゃんに確認してもらおうと思ったの。だから

って何の証明にもならないけど」

それでも灰色の女の正体が、小佐紀または小寅の可能性が出てくる。もっとも生身の人間と幽霊という大きな違いはあるが……。

午前中だけでなく午後からも喜雄の捜索は行なわれた。学人は自分たちも手伝うと言ったが、やんわりと深咲に止められた。仮に捜す範囲を決めておいても、熱中するあまり北の黒い森にでも入りこんで、迷子になったら大変だというのだ。もう建物内部は調べつくしたため、隆利たちも午後からは森へ向かった。

しかしながら学人が注目したのは、意外にも廻り家だった。彼が昼食の席でそう口にしたので、

「なぜ廻り家なんです?」

奈津江は食堂から出たところで、学人を捕まえて訊《き》いた。

「それは……」

珍しく言いよどんでから、しぶしぶといった感じで彼が、

「あの夜、君が変なものに、あそこで出会ったからだよ」

「信じてもらえるんですか」

「喜雄が消えてしまったんだ。何の前触れもなく突然、まったく理由もないのに。あるとすれば、肝試しくらいしか考えられないだろ。そうなると、どうしても君の体験が引っかかってくる」

つねに合理的な思考を行なう学人が、訳の分からない何かの存在を検討する気持ちになるほど、喜雄の失踪《しっそう》は不可解だったことになる。

「廻り家に現れて、私を捕まえようとしたあれが、あのあと喜雄くんの部屋にも出て、彼を連れて行ったんですか」

「……かもな」

「どこへです？」

「それを調べるんじゃないか」

と返したものの、すぐさま彼は囁《ささや》くように、

「簡単に分かるとは思えないけど……な」

「えっ？」

「すでに廻り家の中は、大人たちが確認している」

「そうですよね。なのに？」

「喜雄がいるかいないか、単純にそれだけを見たという意味じゃ、あそこの調べは終わってるよ」

「……でも、他に何を？」

「僕たちがいる世界を普通に捜すだけじゃ、だめなのかもしれない」

「………」

「喜雄が違う空間に、異なる世界に、灰色の女によって連れこまれたとしたら、どうだ

ろう？」

暗い暗いところへ連れて行かれて、もう二度とここへは戻れなくなるから……。

またしても彼の言葉を思い出し、ぞっとするだけでなく、とても厭《いや》な気分になった。その場所を具体的に想像しかけたからである。

「そ、そんなところにいるから……、いくら捜しても見つからないの？」

「……かもな」

断定しなかったのは、学人の考えもゆれ動いているからか。

「ひとつ言えるのは、その手がかりが、あそこにあるんじゃないかってこと」

「廻り家に……」

「喜雄を捜すというよりも、あの家そのものを調べるんだ。けど仮にそう言ったところで、きっとだめって許してもらえないだろ？」

その通りだと奈津江も思った。

「こっそり入りこむにしても、今日は無理だしな」

「まさか夜中に！」

「しぃぃ」

廊下の前後を見ながら学人が焦っている。

「急に大きな声を出さないでくれ」

「すみません……。でも、やめたほうがいいです」

「何を言ってるんだ。君も夜中に行ってるじゃないか」

「だから、やめたほうが……」

「灰色の女が出るからか」

「私の話、信じてもらえたんでしょ？」

「まぁな」

うなずきながら学人は複雑な顔をしている。違う空間や異なる世界という表現をしている以上、灰色の女の存在は認めているらしい。それでも面と向かって言われると、さすがに抵抗があるのか。

よけいなことは、もう口にすまいと奈津江は決めた。おそらく学人なら、きっと大丈夫だろう。

「気をつけて下さい」

「ああ、そうする。ありがとう」

しかし翌日の朝食の席に、学人は姿を見せなかった。喜雄と同じように、彼も忽然《こつぜん》といなくなってしまったのである。

十七　消える子供たち

まったく喜雄が見つからないため、深咲は警察への連絡を考えた。だが隆利が承諾しなかった。これまでにも勝手に祭園を抜け出した子供はいる。もう少し様子を見るべきだと彼は考えたらしい。

その日の夕食後、居間に集まった奈津江たちに、ぽつりと深咲がつぶやいた。

「警察の手に負えるとは、確かに限らないけど……」

みんなが不安げな顔をしたので、慌てて彼女は話題を変えた。しかし、実は奈津江も同じように感じていた。ひょっとすると三紀弥も、そうだったかもしれない。

まんじりともしない夜を過ごした翌朝、みんなが顔をそろえた朝食の席に、なぜか学人だけが現れない。子供たちの中で、いつも一番に座っている彼が、今朝に限ってかなり遅れている。

みんなが次第にざわつき出した。深咲が急いで席を立ったが、数分も経たないうちに戻って来た。

「部屋にはいません。というより、ベッドに寝た形跡がなくて……」

とほうに暮れた顔で隆利を見たあと、

「彼から何か、聞いている人は……」

そう言って全員を見回した。けれど誰もが首を横にふっている。

「園長、警察に――」

「ちょっと落ち着きなさい。学人くんは責任感の強い子だから、自分ひとりで喜雄くんを捜しに行ったのかもしれない」

結局、喜雄のときと同様、手分けして捜すことになった。汐梨は捜索のメンバーに選ばれたが、由美香と三紀弥と奈津江は除外された。もちろん小寅も。老婦人の世話は、昨日と同じくシマコに任された。

大人たちは朝食を手早くすませると、それぞれが割り当てられた場所へ向かった。

「私たちは、ゲーム室で待ってよう」

子供だけが残されたところで、由美香が提案した。ここは自分が、年少者である二人の面倒を見なければと思ったのだろう。

「先に行ってて。トイレと、それから上着をとってくるから」

奈津江は早口で言うと、由美香が口を開く前に食堂を飛び出した。その寸前に三紀弥をちらっと見ると、嘘つき……という顔をしていたので、思わず笑いそうになる。

本館の中をうろつきながら深咲を捜す。すると北の廊下の扉から外へ出た彼女の後ろ姿が、ちょうど目に入った。

あとに続きながら、しかし追いつくことはせず、距離を開けて歩く。どうやら深咲は廻《まわ》り家《や》を調べる担当らしい。彼女が小山の階段をのぼって玄関扉の前に立つのを待ち、奈津江は一気に駆け寄った。

「ああっ、ようやく追いついたぁ」

わざとらしく息をついたが、びっくりしている深咲には、そんな演技など必要なかったみたいである。

「どうしたの？　こんなところに、ひとりで来ちゃいけないでしょ」

「ごめんなさい。でも学人さんのことで――」

昨日の昼食のあと、彼と交わした会話を伝えると、深咲の顔色が変わった。

「違う空間……、異なる世界……」

「はい、そんな風に言ったんです」

「彼らしくないわね」

やはり深咲も同じように感じたらしい。

「それって、お狐様の世界でしょうか」

「いえ、むしろ――」

と口にしたきり深咲が口ごもった。

「な、何ですか」

恐る恐る奈津江が尋ねると、ぽつりと深咲が答えた。

「本当に暗いだけの、闇の世界かもしれないわね」

「…………」

「さぁ、もう戻りなさい」

はっと気を取りなおしたように、深咲が本館のほうを見やった。

「はい」

素直に返事をして玄関扉の前で別れる。そして彼女が右手の廊下に入るのを確認してから、奈津江は小山の階段へ向かった。

途中でふり返ると、予想通り深咲が廊下の窓越しに、こちらを見ている。あくまでも自然な様子で奈津江は手をふった。それに彼女は応《こた》えたあと、壱と記された部屋の中に入って行った。

そのとたん奈津江は回れ右をすると、廻り家の裏手を目指して駆け出した。深咲が部屋から出て来る前に、少なくとも玄関は通り過ぎておきたい。

裏側に回ると、北の方向に広がる黒い森が、いきなり眼前に迫る勢いで飛びこんできた。下見をしたとき、廊下の窓から目にしている。だが、その薄暗さと深さを実感できたとは、とても言えない。目の当たりにして、はじめて分かった。

……こんな中に喜雄くんも学人さんも、絶対に入りこまないよ。

たとえ祭園を逃げ出したい理由があったとしても、この森の中を抜けようとは、普通の子供なら考えもしないだろう。

奈津江がここに来たのは、下見のときに廻り家の中で遭遇した何かが、裏の森に逃げこんだとしか思えなかったからだ。そのため近くで一度は森を見ておきたいと思ったのだが、早くも後悔していた。

この森に出入りできるなんて、やっぱり魔物なんだ……。

それだけ分かれば充分である。深咲に見つからないうちに、早く本館に戻ろうと、奈津江がきびすを返しかけたときだった。

……あれ？

目の前の藪《やぶ》の中に、奇妙な一本の筋を認めた。よくよく近づいて観察すると、どうも人が通った跡のように見える。

でも、こんな道みたいになるのは……。

ここを複数の人が歩いているか、ひとりで何回も行き来しているか、いずれかしか考えられない。

どこに続いてるのかな。

むくむくと好奇心が頭をもたげる。この先に喜雄と学人がいるのではないか。灰色の女の手がかりがつかめるかもしれない。そういった思いに次々と囚《とら》われる。

……少しだけ覗《のぞ》いてみる。

決めかねて周囲を見やったとき、廻り家の裏の廊下に深咲が現れた。部屋をひとつずつ調べながら、北側の廊下まで来たのだろう。

あっ、見つかる！

とっさに奈津江は細い道に隠れた。深咲が怖いわけでは当然ない。ただ心配させたくなかった。

藪の中の道は少し延びたところで、左へ曲がっている。背後をうかがいながら、その先まで進んでみる。今ならまだ、すぐにでも廻り家の裏へ戻れる。そう思ってもう少し歩くと、道が下り坂になった。小山の斜面に差しかかったらしい。でも相変わらず左の方向へ流れている。

山の下くらいまでなら……。

行っても大丈夫だと判断して、奈津江は慎重な足取りで下りはじめた。

斜面を辿《たど》っている間は、ずっと足下に注意した。それで気づくのが遅れたが、やがて平地になったところで、すっかり森に呑《の》みこまれているのが分かった。

……やだ。

怖いと感じたとたん、足がつんのめって転んだ。急いで立ち上る。慌てて戻ろうとしたとき、がさがさっ……と上で物音がした。

深咲お姉ちゃん——。

と期待したが、そんなに早く廻り家を調べ終えられるわけがない。まだ塔屋も残っているだろう。右回りの作法にのっとるのであれば、もっと時間はかかる。

がさがさがさっ……。

斜面を下りる前に進んで来た細い道に、今にも何かが入って来ようとしていた。まるで彼女のあとを追いかけるかのように。

……きっと園長かヘイタだ。森の中を捜すつもりなんだ。

奈津江は冷静に考えようとした。しかし、それの気配が完全に森へと侵入するやいなや、あと戻りはやめて慌てて先へ進む。こんな場所で正体の分からないものと顔をつき合わせたくない。

目の前に延びる筋は一本道ながら、どこに出るのか見当もつかない。とんでもない場所に向かっているのではないか。そう思うと怖くてたまらない。

がさがさがさっ……。

でも後ろからは確実に何かが近づいて来る。それから逃れるためには、この獣道のような筋を進むしかない。

そのうち方角が分からなくなってきた。最初は左手に曲がっていたので、あまり小山から離れないだろうと思った。彼女の左斜め後ろに、廻り家があると理解していた。ところが、あっという間に方向を見失う。両側には背よりも高い草木が鬱蒼《うっそう》と茂り、おおいかぶさらんばかりである。まったく何も見えない。

……まさか森の奥へ、どんどん入ってるとか。

自然に足取りが鈍りはじめる。先ほどより周囲が暗くなっていないか。少しずつ深みにはまっているのではないか。このまま前進を続けていると、もう二度と祭園に戻れなくなるのではないか。そういう恐ろしい想念が、次々と頭に浮かんでくる。

がさがさっ。

そのとき背後で、思いもよらぬほど間近で、それの物音がした。

「ひぃぃ」

とっさに漏れた悲鳴を両手でふさぐと、奈津江は駆け出した。とにかく後ろの何かから逃げなければならない。枝道が現れて引き離せるか、別の場所に出て隠れられるか、何でも良いから助かる手段が見つかるまで、ひたすら逃げるしかない。

ところが、いくら走っても一本道が続くだけである。しかも先ほどの声を聞かれたのか、背後の気配が急に変わった。

がさがさがさっ……ではなく、ざざざざぁっ……と物凄《ものすご》い勢いで、それが一気に追いあげてきた。

うわぁぁっ！

もはや実際に悲鳴をあげているのか、心の中で叫んでいるだけなのか、奈津江自身にも分からない。そんな状態のまま死にもの狂いで脱兎《だっと》のごとく駆けた。まわりの草木が顔に当たって痛かったが、両手をふり回しながら一心に走った。

はぁ、はぁ、はぁ……。

とはいえ、いつまでも全力疾走はできない。次第に両足が重くなって速度が落ちてくる。もう限界に近づいていた。そのうち、がくっと走りが遅くなるだろう。にもかかわらず背後のそれは、勢いの衰える気配が少しもない。

　ざざざざっ、ざざざざっ……。

　なおも執拗《しつよう》に、あとを追いかけて来る。いや、確実に近づいている。いつの間にか、かなり距離を縮められていた。

　いやだぁっ！

　すべての力を出しきるつもりで奈津江は駆けた。それは同時に賭《か》けでもあった。ここで体力を使いきって逃げきれたとしても、その先に助かる手立てがあるとは限らない。この場で捕まるのを先に延ばしただけ……になるかもしれない。

　けど――。

　少しでも前に進んだほうが、わずかとはいえ助かる可能性があるのなら、それに賭けるべきだ。そう奈津江は信じた。だから残っている力をすべて使って、彼女は風のように疾走した。

　その甲斐《かい》あって、瞬く間にそれの気配が遠離《とおざか》った。一瞬ながら希望の光が見えた気がした。だが、たちまち彼女の走りが鈍りはじめた。

　もう、だめ……。

　満足に足が動かない。前へ出すのがやっとで、とても駆けているとは言えない。よたよたと早足で歩いている有り様である。

　がさがさっ……ざっざっざっ……ざざざざっ……。

再び後ろで物音が勢いづき、あっという間に迫って来た。今度こそ追いつかれてしまう。どこにも逃げ場はない。

あっ、森の中に……。

左右に茂っている草木をかき分けて入りこめば、後ろから来るそれを上手《うま》くやり過ごせるのではないか。

……だけど、厭《いや》だ。

この森の中には入りたくない。すでに侵入しているとはいえ、少なくとも誰かが歩いた道を今は辿っている。それをはずれて森の奥へ進むなど、まず身体が受けつけそうにもない。

ざざざざっ……。

背後に迫るそれの恐怖と、黒い森に対する畏怖《いふ》との狭間《はざま》で、奈津江は文字通り身動きができなくなった。細い一本道で呆然《ぼうぜん》と立ちつくすばかりだった。

ざざざざっ……。

もうすぐ後ろまで、それは近づいている。いったい何が現れるのか。真正面から対峙《たいじ》するのは怖い。かといって背中をさらすのは、もっと恐ろしい。

……おいで。

そのとき右手の藪《やぶ》の中から声が聞こえた……ような気がした。

こっちにおいで……。

黒い森の奥から何かが呼んでいる。

おいで……おいで……。

まるで何かに手招きをされている感じがする。

冷静になって考えれば、左手に茂る草木の中に身を潜めるのが、おそらく一番良かったのだろう。後ろから来るそれをやり過ごせるうえ、森の奥へと誘うものからも距離を置けたからだ。

だが、このときの奈津江は、そこまで頭が回らなかった。追いつめられた彼女にとって、選択肢は三つだった。絶望して立ち止まったままか、一か八か森の中へ入るか、無駄かもしれないが前へと逃げ続けるか。わずか数秒で決断しなければならない。

背後と右手と前方と、それぞれに一瞬だけ目をやったときである。ちらっと前方の草木の隙間に、何かが見えた気がした。

……あれは？

その瞬間、奈津江は決心した。最後の力をふり絞って、しかし足取りは重いままに、なんとか前へ前へと進む。その場に倒れそうになるのを必死にこらえながら、ひたすら前進する。

すると、いきなり目の前が開けた。そこは見たことのあるような建物の、どうやら裏手らしかった。

あっ……。

少し近づいて、やっと気づいた。目の前に建っていたのは、西館だった。裏側から見たことがないため、とっさに分からなかったらしい。

……助かった。

玄関へ回りかけたところで、背後から物音がした。

がさがさがさっ……。

ふり返ると藪がゆれている。生い茂った草木の中から何かが、じーっとこちらを覗《のぞ》いている。そんな身の毛もよだつ気配が、ひしひしと伝わってくる。

やがて、がさがさがさっ……という蠢《うごめ》きが次第に遠離りはじめる。彼女が廻《まわ》り家《や》の裏から辿《たど》って来た細い道を、ゆっくりと戻って行く。

「はぁ……」

安堵《あんど》のため息が思わず漏れる。その場に座りこみたいのを我慢して、表まで出ると渡り廊下を本館へ急ぐ。できるだけあの森から離れたい。

それにしても――。

西館の裏から延びた細い道が黒い森の中を通って、どうして廻り家の裏側まで続いているのか。いったい誰が歩いているのか。何のために使っているのか。

ぐったりと疲れた身体とは裏腹に、頭が目まぐるしく回りはじめる。そうやって思考を集中させていると、学人や三紀弥たちから聞いた話と、彼女自身の奇妙な体験とが交じり合って、ひとりの人物が浮かび上ってきた。

シマコは小佐紀の熱心な相談者だった。

シマコは西館の自室で何かお祈りをしていた。

もしかすると廻り家の下見をしたとき、なぜか奈津江の顔を凝視した。

シマコは本館の廊下で、なぜか奈津江の顔を凝視した。


もしかすると廻り家の下見をしたとき、あそこには家政婦の島本和香子が、すでにいたのではないか。つまり彼女は暇があると、あの家に出入りしているのかもしれない。亡き小佐紀を慕ってか、お狐様のお告げを聞こうとしてか、その理由は分からない。だが彼女なりに廻り家を使用していたのだとしたら。

私の顔をじっと見たのは……。

小佐紀の面影を認めたせいとも考えられる。まさか実の娘だとは、いくらなんでも知らないだろう。スタッフに隆利の息がかかった者が多いにしても、奈津江の出生の秘密まで教えているとは思えない。そもそも彼は娘を捨てた父親なのだ。自らの恥をぺらぺらと話すわけがない。

まだ祭園に来てから日が浅いとはいえ、そう言えば隆利は少しも接してこない。深咲ひとりに任せきりである。

別にいいけど。

どこかで不満に思っている――つまり隆利に父親らしさを求めている――自分がいるような気がして、奈津江は驚くと同時にショックを受けた。父親と言えば根津屋のお父さんしか考えられないはずなのに。

そんなことよりも今は、シマコの問題だと頭をふる。喜雄や学人だけでなく、三紀弥や彼女まで巻きこまれる恐れがあるのだから。

灰色の女はシマコさん？

小佐紀を信心するあまり、亡き跡を継いで灰色の女になったのか。そして在りし日の彼女と同じように、新入りの子供たちの部屋に現れているのか。そうだとすると一応のつじつまは合う。

けど……。

二日目の夜、逃げ場のない北の廊下から、どうやって姿を消したのか。

肝試しの夜、自室にいたアリバイがあるのに、なぜ廻り家に出現できたのか。

これらの説明がまったくできない。やっぱりシマコではないのか。もしかすると下見のときのあれだけが彼女で、他は関係ないのか。実際その他の現象について人間の仕業とするには、あまりにも無理があり過ぎる。

それでも奈津江は本館に戻ると、真っ先にシマコを捜した。先ほどのあれは彼女の可能性があるのか、やはり確認しておくべきだろう。

シマコは居間にいた。小寅と二人きりではなく、由美香と三紀弥もいっしょである。どうやら老婦人の話を、三人は拝聴しているらしい。というよりも一方的に喋《しゃべ》っている小寅に、無理矢理つき合わされている感じか。

そうっと奈津江は気配を消しつつ居間に入ると、小寅に見つからないように、三紀弥が座っている長ソファの隣に座った。老婦人は自分の語りに酔っているらしく、まったく気づいていない。

「ちょっと、どこに行ってたのよ」

すかさず由美香に小声ながら怒られる。

「お腹が……」

とっさに腹痛をよそおうと、

「小寅婆さんにつかまって、大変なんだから」

あっさり彼女の言い訳を受け入れたので、ほっとした。ただし三紀弥は別だった。また危ないことしてたんだろ。

という顔で、ちらっと奈津江を見たからだ。

「――わけではない。ただな、白狐《しろこ》と黒狐《くろこ》がそろうように、もしも――」

小寅は狐使いについて、何やら力説している。もっとも内容が専門的過ぎるためか、ひとりよがりな話し方のせいか、なまりのある口調が聞き取りにくいのか、なかなか理解しがたい。途中から聞いたので、よけいに分からない。

もっともシマコにしろ、由美香と三紀弥にしろ、ほとんど意味不明のようで、それは三人の表情を目にすれば明らかだった。

「――ているけども、その心配はいらん。最悪の状態は、このわしが取りのぞいたからな。つまり、あと気をつけなければならんのは、生き残った子が――」

そこで小寅が急に口ごもった。老婦人の眼差《まなざ》しは奈津江を見つめたまま動かない。ようやく彼女の存在に気づいたらしい。

しかし奈津江もまた、身動きできないでいた。小寅の話は相変わらず理解不能ながらも、たった今、意味深長に発した言葉が引っかかったからだ。

生き残った子が——。

その子とは奈津江ではないのか。小寅がこちらを見て口を閉ざしたのは、彼女を認めたせいばかりでなく、問題の子供が目の前にいるからではないか。

生き残った……って、どういう意味なの？

この場で訊《き》きたいけど、とても尋ねられる雰囲気ではない。それ以前にそもそも小寅が、まともに答えられるとは思えない。ひたすら奈津江に向けられた瞳《ひとみ》の中には、まがうかたなき狂気の光が宿っている。まともな会話など望めそうにもない。

凝視しているといえば、シマコも同じだった。あのときと同様、じっと彼女の顔を眺めている。

もしかするとシマコさんは、小寅お祖母《ばあ》さんの話が分かってる……。

だから当の生き残った子である奈津江を、興味深そうに見つめているのではないか。この前のように、単に小佐紀に似ているというレベルではなく、彼女の出生の秘密に迫りつつあるとしたら。

「さぁ、お部屋に戻りましょう」

シマコが優しく声をかけて立ち上がると、小寅が素直に続いた。もう奈津江のほうは向いていない。むしろ目をそらしている。

二人が居間から出て行く姿を目にしながら、奈津江は思った。おそらくシマコは三階の小寅の部屋で、老婦人の話の続きを聞くつもりなのではないか。

「やっと終わったぁー」

由美香がソファにもたれて、おおきく伸びをした。

「食堂からゲーム室に行く途中で捕まって、ほとんど無理矢理ここに連れて来られたんだから。なっちゃん、逃げられてラッキーだったよ。あっ、お腹が痛かったんだよね。もう大丈夫なの？」

「うん、おトイレに行ったから。それで小寅さんとシマコさんと、四人でいたの？」

「そうだよ。なっちゃんが来るまで、ずーっとね」

つまり黒い森の中で追いかけて来たのは、シマコではなかったわけだ。

「それにしても小寅婆さんの話、なんだか怖かった」

「どういう風に？」

ためらう素ぶりを由美香は少し見せたあと、

「よく分かんなかったけど、悪魔のような女の子がいて、その子が祭園に帰って来たから、ここで恐ろしいことが起こるんだって、そう言ってたみたい」

「………」

「でね。その子っていうのが――」

由美香が言いよどんだので、すぐに奈津江が続けた。

「私なのね」

「……はっきり言ったわけじゃないよ。でも、なんとなくそうじゃないかっていう、そんな話し方をしてたの。そうよね？」

確認を求められた三紀弥が、仕方なくといった様子でうなずく。

その日の夕方まで三人はいっしょに遊んだが、誰もが半ば上の空だった。共通していたのは、きっと喜雄と学人を心配する気持ちだろう。二人の安否が不明な状態では、なかなか遊びに身が入らない。あとは三人三様の理由があった。

どうやら由美香は、かなり小寅の話に影響されたらしい。それまでの面倒見の良いお姉さんという役を放棄して、逆に少し奈津江から距離を置いているように見えた。

そんな由美香を、明らかに三紀弥は邪魔だと感じている。彼女がいるから奈津江が自分の秘密を打ち明けないのだ――と、彼は思っていそうだった。

そして奈津江は、あまりにも考えることが多過ぎて頭が痛かった。本当はひとりで動きたかったが、そういうわけにもいかない。ますます由美香に不審がられるうえ、三紀弥も放ってはおかないだろう。

そろそろ彼には、すべてを話すべきかな。

次に二人だけになったとき、彼女の出生の秘密を教えて、三紀弥の意見を聞いてみよう。そう奈津江は決めた。ただ問題があった。これまでとは違う理由で彼女にまといつくかもしれない、由美香をどうするのか。

この奈津江の心配は杞憂《きゆう》に終わる。なぜならその日の夕食前、喜雄と学人の二人に続いて、由美香の姿も忽然《こつぜん》と消えたからである。

十八　一枚の写真

「由美香ちゃんと、いっしょに遊んでいたんじゃないの？」

いつまで経っても夕食の席に彼女が現れないため、深咲が不安な表情で奈津江と三紀弥に尋ねた。

「六時前に、三紀弥くんが図書室に行くというので、そこで別れました」

奈津江の言葉に、彼がうなずく。就寝前にベッドの中で読む本を三紀弥が選びたいと言ったため、二人きりになるチャンスだと奈津江は喜んだ。

いったん部屋に戻ったあと、由美香に見つからないように東館へ向かう。だが、いざ打ち明けるとなると、なかなか決心がつかない。やたらと不安になる。自分の不甲斐《ふがい》なさにイライラがつのる。そんな気持ちが表情に出ているのか、三紀弥のほうも落ち着かなげである。

結局、彼女の本も彼に選んでもらっただけで、一言も話せなかった。ちなみに三紀弥が手渡してくれたのは、ルイス・キャロル『不思議の国のアリス』だった。

「二人が図書室にいる間、由美香ちゃんは自室にいたのかしら？」

「きっとそうだと思います」

「誰か彼女を見た人はいますか」

深咲の問いかけに、全員が首を横にふった。

「園長……」

隆利の顔は強張《こわば》っている。深咲に呼びかけられ、ますます表情がかたくなる。

「一刻も早く捜したほうが――」

「ああ、そうだな」

今回もシマコは小寅の付き添いとして残り、その他の大人たちと汐梨の五人で、祭園中を捜索した。奈津江は三紀弥と食卓に座ったまま、シマコと小寅の四人で、とても味気ない夕食をとった。

食後すぐに彼を誘って席を立とうとしたが、シマコに止められた。園長たちが戻って来るまで、ここにいるようにと言われた。小寅だけでなく二人の子供も、自分が責任を持つ必要があると思ったからか。仕方なく待つことにする。

やがて捜索に行った者が、ひとりずつ食堂に戻りはじめた。しかし、どこにも由美香は見当たらないらしい。全員がそろったところで、隆利は深咲と二人で園長室に引っこんだ。今後の対応を話し合うためだろう。

ヘイタとシマコは、どちらも平然としている。子供を捜すのも、残った子の面倒を見るのも、園長や深咲に命じられたからに過ぎない。そう割りきっているのは明らかだった。チョウさんひとりが、消えてしまった子供たちの安否を本気で心配していた。ただし、よけいな口出しをする気はないのか、ほとんど何も喋《しゃべ》らない。

その夜のうちに、隆利と深咲が再び姿を見せることはなかった。警察に連絡するべきだと主張する深咲に、隆利が首を縦にふらなかったのだろう。そのやり取りが延々と続いたに違いない……と奈津江は思った。

チョウさんが夕食の後片づけをして、ヘイタが館内の巡回に出かけ、シマコが小寅を三階の自室へ連れて行ったので、子供たち三人は居間に移動した。特に目的があったわけではない。いつも夕食後は、なんとなく居間に集まっていたからだ。

三人とも無口だった。思えば汐梨も三紀弥も、自分から喋るタイプではない。奈津江が口火をきれば別だろうが、いったい何の話をすれば良いのか。そのうち汐梨が雑誌をめくりはじめると、一言の断わりもなく三紀弥が居間を出て行った。

ちょっと、どういうつもりなの。

奈津江は慌てた。出て行ったのが汐梨なら、祭園で起きている奇っ怪な出来事について、彼と話し合えたかもしれない。でも、どことなく謎めいている汐梨に、どこまで腹を割って話しても大丈夫か、正直よく分からない。

こんなときなのに、私ひとりにして……。

三紀弥への文句が自然と口から出そうになる。そう感じたのは知らぬ間に彼を頼りにしている証拠だったが、その事実に彼女自身は気づいていない。

当の三紀弥はすぐに戻って来た。手には本を持っている。どうやら部屋まで取りに行っただけらしい。

なぁんだ。

奈津江は安堵《あんど》した。でも、それなら一言くらい断わっても良いだろう。再び心の中で悪態をつくが、もちろん三紀弥には少しも伝わっていない。早くも彼は熱心に『シャーロック・ホームズの冒険』を読んでいる。

私も本を取って来ようかな。

雑誌に目を落とす汐梨と、読書に熱中する三紀弥を見ながら、奈津江は思った。それでも腰をあげなかったのは、消えた子供たちのことを考えていたからだ。

金曜の肝試しの夜に喜雄が、土曜の夜中に学人が、日曜の夕方に由美香が、それぞれ姿を消した。正確に言うと喜雄は土曜日の午前一時頃から二時の間になるわけだが、三日で三人が消えたのは間違いない。

灰色の女が……。

連れ去ったのかと考えたが、警告を受けた喜雄だけでなく、学人と由美香も消えている。あの二人も灰色の女のことを、誰かに喋ったからか。でも少なくとも学人は、あれの存在を否定していた。

どういうこと？

それとも学人の態度に怒った灰色の女が、彼まで連れ去ったのか。だとしたら由美香は、いったいどんな理由で連れて行かれたのか。よく考えれば考えるほど、三人が立て続けに消えた理由が分からない。

灰色の女じゃない？

しかし、他に誰がいるというのか。廻《まわ》り家《や》を彷徨《ほうこう》する灰色のものか。黒い森に棲《す》む得体の知れない何かか。いずれにしろ人知を超えた、恐ろしい存在であることは間違いない。だとしたら連れ去る訳など、はじめからないのかもしれない。

じゃあ、どこに？

と考えを進めた奈津江の脳裏に、忌まわしい気配をまとった廻り家の家屋と、禍々《まがまが》しい雰囲気に充ち満ちた黒い森の姿が、くっきりと浮かんだ。

廻り家が怪しいって、学人さんは言ってたけど……。

どちらにも足を踏み入れた彼女の感覚では、その背後の暗くて深い森のほうが、はるかに疑わしく思えた。そもそも廻り家は、深咲たちが徹底的に調べたはずである。子供とはいえ、あの建物に三人も隠せるわけがない。

僕たちがいる世界を普通に捜すだけじゃ、だめなのかもしれない。

学人の言葉がよみがえる。喜雄は違う空間に、異なる世界に、灰色の女によって連れこまれたのかもしれない――とまで彼は想像していた。

本当に暗いだけの、闇の世界かもしれないわね。

ついで深咲のつぶやきが、ふと浮かんだ。学人の考えを伝えたとき、とっさに彼女の口から出た言葉である。

あれは、どういう意味だったの？

廻り家や灰色の女が関わっているため、深咲が何か知っていてもおかしくはない。ただ、なぜみんなに話さないのか。誰にも教えられない事情があるのか。その問題について隆利と二人で今、実は話し合っている最中なのだろうか。

すっかり奈津江が沈思黙考していると、肩をたたかれ驚いた。びっくりして見ると、三紀弥が心配そうな顔をしている。

「どうしたの？」

「こっちの台詞《せりふ》だよ。ぼうーっとしてさ」

「そ、そんなことないよ。私は――」

「汐梨さんが声をかけてるのに、まったく気づいてないじゃないか」

「えっ……」

どうやら汐梨に、風呂《ふろ》に入ろうと誘われたらしい。だが、いっこうに彼女が反応しないので、三紀弥が肩を触ったのだと分かった。

明らかに奈津江の分が悪かった。でも今さら引っこみがつかない。なおも三紀弥と言い合いをしていると、やんわり汐梨に止められた。

「……ごめんなさい」

すぐに三紀弥が素直にあやまった。ついで奈津江のほうを見ると、

「汐梨さんといっしょに、お風呂に入って来れば」

ただし彼の顔には、ひとりでは風呂を使えない小さな子供なんだから、という表情が浮かんでいる。

「ええ、そうするわ」

すかさず奈津江は反撃した。

「あなたは、シマコさんに入れてもらうの？　それとも深咲さんかしら？」

たちまち三紀弥の顔が赤くなって、口調がしどろもどろになる。

「ぼ、ぼ、僕はひとりで、は、入るんだよ」

「耳の後ろも、足の裏も、わきの下も、ちゃんと洗わなきゃだめよ」

「ぼ、僕はね、ひとりで入れるんだ」

「へぇ、どうかしらね」

「ここに来てから、シマコさんや深咲さんにも、学人さんの世話にも――」

「そうだったわね」

汐梨が優しい声音で割って入った。

「三紀弥くんは最初から、何でもひとりで、ちゃんとしたわね」

「……は、はい」

「なっちゃんも、あなたと同じなのよ。ただね、いっしょにお風呂に入るのが、女の子は好きなの」

自分は違うと言いたかったが奈津江は黙っていた。せっかく汐梨が上手《うま》く収めようとしているのに、それを打《ぶ》ち壊すつもりはない。

「な、なっちゃんは——」

ちらっと彼女を見てから、三紀弥が口にした。

「えーっと……とても頑張ってると、お、思います」

「そう」

にっこり汐梨は微笑んだが、かあっと奈津江は顔が熱くなった。

何を言い出すのよ。

そこで汐梨にうながされて居間を出たので、そっぽを向いている三紀弥の横顔しか、彼女は見ることができなかった。

二人で二階の部屋に戻り、それぞれ風呂の用意をしてから、一階の浴室へ向かう。何か話があるのではないか、と奈津江は感じた。初日ならともかく、今になって風呂の世話を汐梨が焼くとも思えない。

湯船につかるまでは、特に何の話も出なかった。次第に身体がほぐれて、自然とリラックスした気分になったところで、おもむろに汐梨が口を開いた。

「いつまでも、ここにいないほうがいいわ」

「……ど、どうしてですか」

「長くいるところじゃないの」

「喜雄くん、学人さん、由美香ちゃんと、ひとりずついなくなってるから……ですか」

汐梨の顔を見て尋ねたが、彼女は正面を向いたまま、

「あの子たちに何があったのか、私には分からない」

「灰色の女のことは？」

「知ってるけど、三人と関係あるのかどうか……」

「他に何かあるってことですか」

汐梨は首をふると、

「なぜ三人が消えてしまったのか、本当に見当もつかないの。ただ、喜雄くんや三紀弥くんの部屋に出た灰色の女が、彼らの失踪《しっそう》に関係あるとは思えなくて……」

そんなことが、どうして分かるのか。

「なっちゃんの部屋にも、それは出たんでしょ」

「えっ……」

汐梨は知っている？　でもなぜ？　あの体験を話したのは、三紀弥と深咲の二人だけである。どちらも彼女に喋《しゃべ》るとは考えられない。

……灰色の女の正体は、汐梨さん？

無防備な裸のまま同じ湯船につかっている状態が、とたんに怖くなる。相変わらず彼女は前を向いており、奈津江のほうは見ていない。その顔が少しずつ自分へと向き出したら……と想像すると、湯の中にいるにもかかわらず寒気を覚えた。

ううん、やっぱり違う。

汐梨が灰色の女でないことは、これまでの検討で充分に判明している。第一あれの正体が彼女なら、こんな風にほのめかさないだろう。まして奈津江に、ここには長くいないほうが良いと、まるで警告するような台詞をはくわけがない。

けど、だったらどうして？

灰色の女に覚える圧倒的な恐怖とは異なる、そこはかとない戦慄《せんりつ》めいたものを、いつしか汐梨に対して感じはじめていることに、ふと奈津江は気づいた。

な、なんか怖い……。

同じ湯につかっているだけで、彼女からにじみ出す得体の知れないものに、じわじわと感染していくような、おぞましさを覚える。湯船の中で少しずつ、そうっと身体を離していく。本当は出たかったが、そこまで思いきった動きがとれない。立ち上がった瞬間、とても忌まわしいことが起こりそうで恐ろしい。

ちらっと汐梨を盗み見る。特に目立った変化はない。むしろ淡々と、まるでそれが義務であるかのごとく、奈津江に対して話し続けている。

「あなたも見たのなら、たぶん分かると思うけど、子供たちに危害を加えるつもりは、それにはないのよ」

「そ、そうでしょうか」

あれからは間違いなく邪《よこしま》な悪意を感じた。一歩ゆずって、こちらに危害をおよぼす気はなかったにしても、絶対に友好的な存在であるわけがない。

それにしても、なぜ汐梨さんは……。

あれのことが分かるのか。正体を知っているからか。いや、そうとしか思えない。でも、どうして彼女が……と考えているうちに、頭の中がこんがらがってきた。

「今すぐ、じゃないのよ」

「………」

「ここを出て行ったほうが良いと言ったのは、すぐにという意味じゃない」

話の展開に奈津江は慌てた。

「灰色の女は……」

「私の話には関係ないの」

あれの存在の有無にかかわらず、祭園から出るべきだと言いたいらしい。

……なんか変だ。

汐梨は灰色の女のことを知っている。だから学人たちの失踪とは無関係だという。ただし三人が消えた理由は分からない。その一方で奈津江に祭園を出るようにすすめる。それは灰色の女とも三人の行方不明とも、何の関わりもないらしい。

一本の筋が通っているようで、実はバラバラというか、どうにもまとまりがない。

「できれば小学校を卒業する前に、ここを出るのが良いでしょうね」

「………」

まだ五年以上も先の話かと驚いた。

「もちろん、早いにこしたことはないのよ」

「どうしてです？　それまでに、なぜここを出なければいけないんです？」

「……」

「三紀弥くんもですか」

「ううん、彼は大丈夫よ」

よけいに訳が分からなくなる。

「それに彼には、とても大きな後《うし》ろ楯《だて》があるらしいの。園長でさえ、すべてを把握しているわけではなさそうな……」

三紀弥の両親——あるいはどちらか——が、それほどの力を持っているとは、あの本人からは想像もできないが、きっとそういう意味なのだろう。

「私だけ……ですか」

「今となってはね」

学人も由美香も喜雄も、もういないからか。それとも三人の中にも三紀弥のように、残っていても問題のない者がいたのか。

そこで奈津江は遅まきながら、もうひとりいることに気づいた。

「し、汐梨さんは？」

「……」

「ここで暮らしても、大丈夫なんですか」

「……ええ」

「なぜです？」

すうっと汐梨は顔だけ向けると、じーっと奈津江を見つめながら、

「……私はね、もう手遅れなの」

ぞぞっとうなじが粟立《あわだ》った。と次の瞬間、湯船の中で全身が震えた。

て、手遅れって……。

いったいどういう意味なのか。灰色の女とは関係ないと否定したが、とっくにあれに捕まっているため、今さら逃げようがないということか。

「あの……」

奈津江が声をかける前に、汐梨は湯船から上ると、頭も身体も洗わずに脱衣場へ出て行った。やはり風呂《ふろ》に誘ったのは、この話をするためだったのだ。

奈津江が風呂から出て居間を覗《のぞ》くと、まだ三紀弥が本を読んでいた。

「汐梨さんは？」

「ここには戻ってないよ。で、何の話だったの？」

彼も同じ予想をしていたらしい。少し迷ったが、すべて話すことにした。ただし彼の親については別である。

「ふーん、そんなことを——」

しきりに考えている三紀弥の顔が、意外にも頼りがいがあるように映り、彼女はびっくりした。親がただ者でないと知っただけで、こうも変わるのかと驚いたが、それだけではなさそうだった。実際に彼はここ数日で飛躍的に成長している。もはや初対面のときに覚えた幼さが、ほとんど見当たらない。

ひょっとして私も？

いかに早熟で大人びているとはいえ、しょせんは子供である。祭園に来てから体験したような数々の恐ろしい目に遭えば、とっくに逃げ出していてもおかしくない。灰色の女の存在だけとっても、そう言えると思う。それなのに留《とど》まっているだけでなく、それらに立ち向かおうとしている。

ふと奈津江はそんな気持ちを口に出して、三紀弥に尋ねていた。

「そうだなぁ」

しげしげと彼女を眺めてから、

「なっちゃんは成長したというより、はじめからしっかりし過ぎていた、と言ったほうが正しいと思うけどな」

とたんに彼女はきつい口調で、

「で、何か考えついたの？」

「少しは」

「たとえばどんなこと？」

「まだ発表するときじゃない。まとまっていないんだ」

「へぇ、まるでアニメに出てくる名探偵みたいね」

彼女の皮肉も、三紀弥には通じなかった。

「アニメの探偵よりも、シャーロック・ホームズのお話が好きだな。知ってる？」

「も、もちろん」

といっても根津屋の常連客だった大学生から、いくつか面白い物語を聞かせてもらったくらいである。

「へぇ、女の子なのにすごいや。でもオーギュスト・デュパンは知らないだろ？　正直に言うと僕も、子供向きの本でも難しくって、よく分からなかったけどね」

「何を訳の分からないこと――」

「それにね」

彼は急に真顔になると、

「なっちゃんの秘密を教えてもらってはじめて、すべての謎が解けるのかも――とも思うんだ」

「…………」

「そろそろ話してくれてもいいだろ」

「……うん」

あくまでも感覚的なものだったが、終焉《しゅうえん》が近づいている……という気が奈津江はしていた。その前にすべてを、彼には打ち明けておきたい。

「明日《あした》の朝、汐梨さんが学校に行ってから話す」

「ひょっとして今夜、また何かするつもりじゃないだろうね」

ドキッとした。図星だったからだ。

「……どうしてそう思うの？」

「今ここに汐梨さんはいないし、なっちゃんへの用事は風呂ですんでいる。彼女が入って来る心配はほとんどない。なのに明日の朝なんて言うのは――」

「分かったわよ、あなたが名探偵だってことは」

「やっぱり……。あのね、もし廻《まわ》り家《や》に――」

「そんなとこへは行きません。そもそも危険なことをするわけじゃないもの」

「ほんとに？」

奈津江は右手を宣誓するようにあげながら、

「決して危ないことを私はしません。嘘をついていないと三紀弥くんに誓います」

「前も同じ誓いをしたけど、結局は――」

ぶつぶつと文句を言う彼を残して、さっさと彼女は二階の部屋へ向かった。今夜に備えて仮眠をとる必要がある。

起こしてくれる人がいないため、目覚ましをセットする。夜中にあまり鳴り響くと困るので、毛布に包んでから枕元に置く。パジャマに着替えてベッドに入る。眠れるか心配だったが、幸いぐっすりと寝られたらしい。くぐもったベルの音に起こされるまで目が覚めなかった。

ベッドから出ると、そのまま上着だけを羽織る。誰かに見つかった場合、トイレのふりをするためだ。そっと扉を開けて廊下に出て、忍び足で階段の踊り場まで進み、三階に注意を払いながら一階へ下りる。今から目指す先は、祭園に関する資料が存在するらしい事務室である。

誰に出会うこともなく、難なく事務室への侵入を果たす。明かりを点《とも》すと、ずらっと壁際にいくつも並ぶキャビネットやガラス棚と、室内の中央に置かれた机と椅子の殺風景な眺めが、ぱっと目に飛びこんできた。

どこから調べればいいのか……。

こんなことなら三紀弥を誘えば良かった。そう奈津江は後悔した。だが今さら言っても仕方がない。とにかく何か手がかりを探すことだ。

キャビネットとガラス棚の前に立ちながら、項目や年代の記されたラベルがないかどうか、端から順番に彼女は確かめはじめた。しかし、どこにも何の表示もない。こんな状態で本当に整理ができているのだろうか。

疑問に思って適当にキャビネットの一段を引き出し、その中を見てみると、何枚もの領収書をはりつけた台帳が仕舞われていた。根津屋で母が作っていたものと、よく似ている。その段はすべて同じような台帳ばかりがある。

ちゃんと整理してあるんだ。

ただし隆利と深咲の二人でないと、どこに何があるかは分からないに違いない。かたっぱしから調べる以外に、おそらく方法はないのだろう。

「ふうっ」

奈津江はため息をつくと、とほうに暮れた眼差《まなざ》しで室内を見回した。でも嘆いていても仕方がない。ここは地道にキャビネットとガラス棚の一段ずつを、コツコツと時間が許す限り見ていくしかないだろう。

左端からはじめようとして、上のほうは椅子にのぼらないと無理だと分かる。まずは覗きこめる高さの引き出しと棚だけを、集中的に調べることにした。

根気のいる作業だった。出てくる資料のほとんどは、ちんぷんかんぷんである。領収書の台帳を認められたのは、根津屋で母の仕事を見ていたからに過ぎない。探しているのは小寅と小佐紀の昔の写真だったので、いくら何でも目にすれば分かると思う。とはいえ他にも何か重要な書類があれば、ぜひとも確認しておきたい。

もう、難しい漢字ばっかり……。

いかに聡《さと》い奈津江といえども、これは荷が勝っていた。学人でさえ手に負えなかったかもしれない。

「写真はどこにあるのよ」

つい愚痴が口をついて出たとき、あるファイルに収められていた書類の、漢字の上に書かれたひらがなに、ふと彼女は注意を引かれた。慌てて見直すと「がくと」とあり、その下に「学人」と記されている。

「これって……」

よくよく眺めた結果、学人の生い立ちに関する資料だと分かった。その内容の一割も理解できなかったが、別に残念とは思わない。他人の過去を覗《のぞ》き見するようなまねは、絶対にしたくない。

それでも念のために他のファイルも確かめると、汐梨、由美香、喜雄の名前が見つかった。どんな漢字を書くのか、これではじめて知った。

「三紀弥くんは？」

彼だけは名前の漢字を教えてもらっている。だが、いくら捜しても該当するファイルが見当たらない。知らない名前の子供たちは次々と出てくるのに、彼のファイルが現れない。風呂《ふろ》の中で聞いた汐梨の言葉がよみがえる。

やっぱり彼は他の子たちとは違うのか。

「けど、鍵《かぎ》もかけてないなんて……」

整理はされているが、まったく管理されていない。そんな状態である。そもそも事務室の扉くらい施錠すべきだろう。彼女は気づいていなかったが、ファイルには養子縁組に関する書類も入っていた。つまり祭園の外部に対するセキュリティさえ強固であれば、その内部は何の問題もない。そう隆利は妄信しているのだ。

奈津江は気を取り直すと、写真の探索を再開した。

しばらくは訳の分からない、難しい書類ばかりが現れた。それが左側の壁の一番奥のガラス棚まで進んだところで、急にアルバムが出てきた。その何冊かをめくると、まだ建設途中の本館を撮った写真から、子供たちを写したスナップまで目にすることができた。祭園の歴史を一望できる構成に、どうやらなっているらしい。

ただし、ところどころで写真がはがされていた。撮影後、子供の親に何かがあって事情が変わり、差し障りが出たせいか。写真が抜け落ちた跡を見つめていると、妙に薄寒くなった。そこに写っていた子供は、その後どうなったのか。

まったく見知らぬ子の行く末をつい想いそうになり、奈津江は首をふった。他人の心配をしている場合ではない。

引き続き中段から下へと、ガラス棚を調べていく。すると一番下段の奥から、古ぼけたアルバムが出てきた。

とたんに胸がドキドキと鳴り出した。恐る恐る手を伸ばして取り出す。ゆっくり中を開いてみると、着物姿の女性の写真が大量にはられている。どうやら二人いるようだったが、ほとんどひとりの女性に、いや、少女と言うべきかもしれない人物に、被写体は集中している。その顔を目にして、彼女はびっくりした。

「深咲お姉ちゃん……」

しかし、そんなわけがない。写真の少女は今の彼女と大して変わらない歳に見える。

にもかかわらず写真そのものは少し古びていた。

「小佐紀さん……」

そう思って年輩の、もうひとりの女性に目をこらすと、確かに小寅の面影がある。かなりの変わりようだったが、あの老婦人に似ているのは間違いない。

「……この女の人が、本当のお母さん」

改めて小佐紀の写真に見入るが、特に感慨は覚えない。実の母だと認める以前に、あまりにも深咲と似ている事実に、まずショックを受けたからだろう。

お母さん似だな。

奈津江と顔を合わせたとき、まず隆利はそう言った。本当だろうか。母と娘の関係なら、よほど小佐紀と深咲のほうが近いのではないか。

複雑な気持ちでアルバムをめくっていくと、赤ん坊を抱えた小佐紀が微笑みながら庭にたたずむ写真を見つけた。

深咲お姉ちゃんだ！

そのころ住んでいた成城の家の庭で、おそらく隆利が撮ったに違いない。そこからは彼女の写真ばかりを夢中で捜した。灰色の女の装束を着ている、小寅や小佐紀の昔の写真を見つける目的は、一時的に頭の中から飛んでいた。

頁が進むにつれ、次第に深咲は大きくなる。そのたびに、とても愛らしい女の子に育っているのが、手にとるように分かる。それが自分のことのように、とてもうれしい。

やがて彼女が六歳のときの写真を目にする。可愛らしさの中に、すでに色香が漂っている。ただの幼い色気ではない。むしろ妖《あや》しさとも言うべき、思わず魅入られてしまいそうな、そんな雰囲気をすでに漂わせている。

……私とは大違い。

と思ったのも束の間、ふと自分自身を見ているような気が一瞬した。

まさか……。

もう一度よく目をこらす。確かに面影がある。小佐紀の若いころと今の深咲が似ているのは、ほぼ同じ年齢のせいかもしれない。六歳の深咲なら、はるかに奈津江のほうが近いことになる。

そう言えばシマコさんが――。

本館の二階の廊下で、とても意味ありげに、じっと奈津江を見つめた。あれは彼女の容姿に深咲を認め、そこから小佐紀を連想したためではなかったか。

改めて血のつながりを感じていると、再び赤ん坊を抱えた小佐紀の写真が出てきた。でも先ほどの深咲のときとは違い、どこか変だった。

まず撮影の場所が明るい庭ではなく、薄暗い室内であること。ついで小佐紀の容姿がもう若くないこと。さらに彼女の顔が完全に強張《こわば》っており、そこには恐怖さえ感じられること。そして抱いている赤ん坊が、ひとりではなく二人いること――だった。

「こ、この赤ちゃん……って、私と妹……」

奈津江と死産だった下の子ではないのか。小佐紀が二人の赤ん坊を同時に抱え、こんな表情をしているからには、他に考えようがない。

「あれ……」

ところが、妙なことに気づいた。左右どちらの腕に抱かれているのが自分なのか、もちろん奈津江には判断できない。しかし、二人とも目を開けていた。赤ん坊らしからぬほど、はっきりと両の眼《まなこ》を大きく見開いている。

「妹は生まれたとき、死んでいたはず……」

愕然《がくぜん》とした彼女の脳裏に、居間でシマコたちを相手に喋《しゃべ》っていた小寅の言葉のはしばしが、わんわんと谺《こだま》し出した。

白狐《しろこ》と黒狐《くろこ》がそろうように、もしも――。

――その心配はいらん。最悪の状態は、このわしが取りのぞいたからな。

あと気をつけなければならんのは、生き残った子が――。

それと同時に三紀弥が口にした、深咲のとても歳の離れた妹の話も、奈津江は思い出した。生まれてすぐに、このあたりの山に捨てられた。そんな風に聞いた呪われた子の噂を……。

「あれが私じゃなくて、双児の妹のことだったとしたら……」

ただ捨てられたのではない。小寅によって取りのぞかれたのだ。生き残った子が奈津江だとすると、死産だと教えられた双児の片割れの運命は大きく違ってくる。

「小寅のお祖母《ばあ》さんに、きっと殺されたんだ……。あの黒い森の奥で……」

そのとき廊下のほうで、何かの気配がした。

「こんな時間に……」

はっと身構えると、コツコツコツ……という微《かす》かな音が聞こえてきた。この部屋に近づいて来る足音が……。

十九　過去

奈津江はアルバムを元の場所に仕舞うと、ガラス棚の引き戸を閉めてから、慌てて室内を見回した。

すぐに隠れないと……。

まず目についたのは机の下だが、簡単に見つかりそうである。しかし、あとは壁際にキャビネットとガラス棚が並んでいるだけで、どこにも身を潜める場所がない。

コッコッコッ……。

そうしている間にも、次第に足音は近づいて来る。

どうしたらいいの⁉

とっさに扉の側まで行き、部屋から出ようとした。だが間に合いそうにもない。その気配は事務室の扉が面する廊下へと、もう今にも入って来そうである。このまま出て行けば完全に姿を見られてしまう。

追いつめられた彼女は絶望的な眼差《まなざ》しで、再び室内を見回した。窓は二ヵ所にあったが、どちらの前にもキャビネットがあり、ほとんどふさがれている。おそらく長い間、閉めきられたままなのだろう。

……もう、だめ。

あきらめそうになったとき、そこが目に入った。隠れられるか分からないが、もはやその場所に賭《か》けるしかない。

扉の横のスイッチに手を伸ばして、慌てて明かりを消す。ほとんど同時に足音が前の廊下へ入って来た。

……見られたかも？

扉の隙間から漏れる明かりに、足音の主は気づいただろうか。彼女には知りようもないため、とにかく今は隠れるしかない。

真っ暗になった事務室の中を、左手の壁際に並ぶキャビネットとガラス棚に触れながら、忍び足で奥へ進む。早足になりそうなのを我慢しながら、絶対に足音を立てないように移動する。すぐに突き当たると思っていたのに、なかなか奥に着かない。ガチャと今にも扉が開いて、パッと明かりが点《とも》るのではないかと気が気でない。

まだなの！

心の中で叫んだとたん、ようやく部屋の隅に達した。急いで手探りして細長い隙間を見つける。その角には、左側の壁のガラス棚と奥の壁のキャビネットの間にできた、とてもせまい空間があった。どちらか一方でも壁につけてしまうと、物の出し入れができなくなるため、ともに中途半端な位置に置いたのだろう。

そんなデッド・スペースに、奈津江は身体をねじこもうとした。大人どころか学人でも無理そうだったが、かろうじて彼女なら入れるかもしれない。

もう少し……。

半分ほど潜りこめたところで、廊下の足音が止まった。事務室の前で……。

だめ！

ガチャとノブが回り、扉の開く気配がする。上半身は完全に入ったが、まだ腰と左足が残っている。

あとちょっと……。

パッと一筋の明かりが室内に射しこむ。懐中電灯らしい。その光が右手の隅から左手へ移動して、不自然な体勢の彼女を照らし出す、まさに寸前、最後に残っていた左足を間一髪で隙間に引っこめることができた。

……はぁ、はぁ、はぁ。

バクバクと激しく心臓が鼓動している。荒くなる息を必死に抑えつつ、ひたすら気配を消す。

懐中電灯の光は逃れられたようだが、もし天井の明かりをつけられたら、見つかる可能性は一気にぐんと高まる。

早く行って！

奈津江は一心に祈った。にもかかわらず扉口から放たれた光は、室内のあちこちを照らし続けている。

気づかれた？

室内の電灯を消す前に、扉の隙間から漏れた光を見られたのか。ここに潜りこむまでの間に、物音を立ててしまったのか。

……もう逃げられない。

みるみる顔から血の気が引いていく。まったく逃げ場のない袋小路へ、わざわざ自分から入ったのだから。

懐中電灯の明かりが、彼女の隠れている隙間を三度くらい照らしたあとで、ふっと消えた。

えっ？

とっさにガラス棚の陰から覗《のぞ》くと、扉が半分ほど閉まるところだった。廊下の微かな常夜灯によって浮かんだシルエットが、ちらっと目に入る。

ヘイタだったの⁉

頭部の影がアメリカの警察官の帽子に映った。どうやら彼は深夜の館内巡回をしている最中らしい。コスチュームだけでなく、いちおうは職務にも熱心なようである。

苦労して角のせまい空間から抜け出して、手探りで扉の前まで戻る。耳を当てて廊下の様子をうかがうと、次第に遠離《とおざか》って行く足音が聞こえた。

「ふうっ」

奈津江は無意識に止めていた息を大きく吐き出したあと、壁のスイッチに手を伸ばして、しばしためらった。館内を巡回しているのなら、もう一度この前の廊下を通るかもしれない。明かりを点して大丈夫だろうか。

スイッチを入れると廊下に出て扉を閉める。どこからも光は漏れていない。扉に隙間がないらしい。

はじめに確かめとけば良かった。

奥のガラス棚まで戻り、一番下の段から同じアルバムを取り出す。それを机の上に広げて、先ほどの続きから調べ出した。だが双児の写真はあれだけだったようで、いくら捜しても他に一枚も見つからない。

これが残っていただけでもいいか。

問題の写真がはられた頁を開けながら、奇跡のようなものだと感じる。ほとんど視線の定まっていない四つの眼《まなこ》を眺めていると、殺されたのは自分だったかもしれないと気づき、たちまち背筋に戦慄《せんりつ》が走った。

私じゃなくて、なぜ妹だったんだろう？

陰の狐火の濃さのせいか。薄いほうが助かり、濃いほうが殺されたのか。しかし、ならば二人とも始末するべきではなかったのか。

そんな風に考えているうちに、なんだか気分が悪くなってきた。他にも古いアルバムがあったので、同じ段から別のものを引っ張り出して、当初の目的である灰色の女に関する写真を捜すことにする。

すぐに目当ての写真が見つかった。しかも何枚もあった。屋内か屋外か見分けはつかないが、すべて儀式を執り行なっている場面だった。火の粉のような光や、たなびく白い煙が写っている。

その中心には、フードつきのガウンのような装束をまとった小佐紀らしき人物が必ずいた。はっきりしないのは、どれも顔が隠れて見えないせいである。横に小寅がいる写真もあったので、やはりガウンの人物は小佐紀なのだろう。

なおもアルバムをくり続けて、ようやくフードの中の顔が見える写真に行き当たったところで、

「あぁっ！」

奈津江は思わず声をあげてしまった。にもかかわらず当の写真から、とっさに彼女は目をそらした。

狐の顔があったからだ。そこには白い狐の面が写っていた。

灰色の女は、やっぱり小佐紀さんの……。

幽霊なのだろうか。そうとしか思えない。だとしたら彼女が子供たちをさらっているのか。いったい何のために、そんな行為をくり返すのか。

狐の面が写った一枚と、双児の写真をアルバムから抜き取る。その二枚を上着のポケットに入れてから、アルバムを棚の奥に戻しておく。

扉の前まで移動して耳をすます。ヘイタの足音は聞こえない。東館へ行っているのか。それとも巡回は終わったのか。

ふり返って室内を見回した奈津江は、この機会に覗けるところは一通り見ておこうと決めた。どんな発見があるかもしれない。ただし時間はかけられないので、少し見て関係がない、または理解できないと判断したら、どんどん飛ばしていく。そうやって奥の壁の半ばくらいまで、彼女が進んだときである。

引っかかる名前が出てきた。長谷三郎、内平太、島本和香子と漢字だけでなく、その上のふりがなまで目を通して、ようやく分かった。

チョウさん、ヘイタ、シマコさんだ！

どうやら祭園のスタッフに関するファイルが、その引き出しには入っているらしい。

……勝手に見ちゃだめ。

慌てて書類から目をそらす。だが、もっと昔の――彼女が生まれたころの――スタッフを調べれば、もしかすると何か分かるかもしれない。そう思って別のファイルをめくっていると、またしても見覚えのある文字が、ふっと目に入った。しかも今度は、意外にも漢字だった。

「えっ⁉」

驚いて見なおすと、そこには信じられない名前が記されていた。

根津美喜雄――根津屋の父の名である。

「……ど、どうして?」

訳が分からずに頭が混乱したまま、さらにファイルを検《あらた》めていると、さらになじみのある名が出てきた。

梶尚江――下の名前は母と同じである。

名字の梶の上には、ひらがなで「かじ」と書かれている。その文字を目にしたとたん、汐梨と学人の言葉を思い出した。

今のシマコの役目をしていたのが、カジという子供好きな女性だったこと。本名が家事手伝いの「家事」と同じ読みのため、そのまま「カジさん」と呼ばれたこと。

それだけではない。さらに彼女は、もっと重要なことを口にしていた。ただし、それに奈津江は気づけなかった。

コックは、チュウさんという人だったこと。料理を作る人が鼠に似ているのは良くないので、名前のヨシオでも呼ばれたこと。

そして先ほど、みんなの書類を目にしたとき、喜雄を漢字でどう書くのかを知った。そこに「よしお」と、ひらがなも記されていたからだ。

おそらく隆利は「根津美喜雄」の名前を見たとき、とっさに「根津美」と読んだのだ。つまり「ねずみ」だ。それで父をチュウさんと呼んだ。「内平太」を「ヘイタ」としたのと同じ理屈である。でも、やはりふさわしくないと考えた彼は、「根津美喜雄」から「根津美」をとって「喜雄」を残した。それを元の名のように「きお」とは読まずに、

「よしお」と読んだ。

チュウさんとカジさんが、お父さんとお母さんだった……。

奈津江は呆然《ぼうぜん》としたまま、その場に立ちつくした。だが、すぐに様々な疑問が頭の中に浮かび、じっとしていられなくなった。

なぜ彼女は根津の両親の子供になったのか。

なぜ根津の両親は祭園で働いていた過去を隠したのか。

なぜ双児のうち彼女だけを里子に出し、もうひとりは始末したのか。

深咲は根津の両親のことを知らなかったのか。もし知っていたのなら、なぜ彼女に打ち明けなかったのか。

事務室の中を歩き回りながら考えたが、なんとなく答えが見える気がした。すべては小寅と隆利によって、きっと仕組まれたのだ。

双児の生死を分けた理由は、さすがに分からない。代々の狐使いに伝わる掟《おきて》か何かが関係しているのか。そんな推測くらいしかできないが、そのお陰で奈津江は助かったことになる。

とはいえ災いを呼ぶ存在には変わりない。そのため小佐紀を信心していた根津美喜雄に、彼女の世話をまかせた。すでに美喜雄と梶尚江は恋愛関係にあったため、二人の結婚生活と根津屋出店の援助を条件に、彼女は根津家の子供になった。

ところが、祭園を出てから両親の意見が対立した。父は小佐紀への信仰をやめようとしなかったが、母は完全に縁を切りたがった。そこで父は根津屋の近くの稲荷《いなり》の祠《ほこら》に、白狐《しろこ》様を秘《ひそ》かに祀《まつ》った。そして朝夕お参りをした。しかし母の意思を尊重し、いっさい祭園とは関わらなかった。

もちろん奈津江が、ここまで詳細に考えられたわけではない。あくまでも漠然と想像したに過ぎない。しかし彼女は、ほぼ真相をつかんでいた。

ただ、どうしても分からないことがある。以上のような経緯を小佐紀と深咲は、おそらく知らされていなかったのだろう。だから娘であり妹である奈津江を捜すのに苦労した。しかし今では深咲も理解しているはずである。それなのに根津の両親と祭園の関わりについて、なぜ彼女は教えてくれないのか。どうして隠しているのか。

……何かあるんだ。

双児の片割れが死産だったという嘘は、小寅の嬰児《えいじ》殺しを隠蔽《いんぺい》する目的があった。それは老婦人をかばう以上に、きっと奈津江にショックをあたえないためだろう。おそらく似た理由で、根津の両親と祭園の関係も隠されているのではないか。

とはいえ見当もつかない。それ以前に考えるのが怖い。このまま突きつめて行って、その先に待ち受けている真実が浮かび上った瞬間、なぜか絶望のどん底へたたき落とされそうな気がしてならない。知らなければ良かった……と心の底から後悔する。そうなりそうで恐ろしい。

……触れるな、探るな、関わるな。

しきりに本能が告げている。もしかするとお狐様からも、同じお告げが下されるかもしれない。そう強く感じるほど、とても厭《いや》な予感がする。

そのうえ気がつくと、何かが妙に引っかかっていた。今夜この事務室で知った事実の中に、その原因があるのは間違いない。でも、その正体が分からない。

……気持ち悪い。

残りのキャビネットとガラス棚を調べる気力は、とっくに失《う》せている。取り出したファイルを元に戻して、引き出しとガラス戸を閉めるのがやっとだった。

それでも廊下の気配をうかがい、静かに事務室を出る用心はおこたらない。耳をすましつつ階段の下まで移動する。忍び足で二階の踊り場に辿《たど》り着くと、急に三紀弥の部屋に行きたくなった。すべてを打ち明けて彼の意見を聞きたい。このままでは、とても眠れそうにない。

けど、無理ね。

三紀弥は熟睡しているはずだ。それを強引に起こしたところで、まず使いものにならない。ちゃんと彼女の話を理解できるか、はなはだ怪しい。

それよりも明日《あした》の朝――。

彼が奈津江の寝起きを襲ったように、今度は彼女が彼の枕元に立つのだ。そう決めると、少しだけ安らいだ気分になれた。

しかし結局、またしても彼女は寝起きを襲われるはめになる。しかも今度は三紀弥にゆさぶられて、一瞬で目が覚める言葉を耳にしながら……。

「起きてよ！　大変なんだ！　汐梨さんまで、消えちゃったんだよ！」

二十　灰色の女の正体？

月曜の朝、三紀弥は目覚めると、まず奈津江の部屋を確認したらしい。女の子の部屋を覗《のぞ》くなんて——と普通なら憤るところだが、彼女の安否を気づかった行為と分かるだけに、さすがに怒れない。

ついで三紀弥は汐梨の部屋を訪ねた。だがベッドに寝た形跡はなく、彼女の姿も見えない。急いで洗面所と食堂、女性用の大きな浴室まで確かめたが、どこにもいない。その事実を慌てて深咲に伝えてから、奈津江の部屋まで飛んで戻ったという。

「汐梨さんも……」

彼女だけは大丈夫のような気がしていた。年齢のせいもあるが、彼女自身が少し謎めいているため、不可解な失踪《しっそう》の当事者にはふさわしくないと、無意識に除外していたのかもしれない。

「先に行ってて」

三紀弥を部屋から出したあと、手早く着替えて洗面をすませ、まっすぐ食堂へ行く。さぞ騒然としているに違いないと思ったのに、普通に朝食がはじまっていて驚いた。

「さぁ、なっちゃんも食べなさい」

扉口で立ちつくす彼女に、シマコが声をかけた。

「汐梨さんのことは、園長と深咲さんがお話しになっているから」

確かに二人の姿は食卓に見当たらない。

「……はい」

仕方なく自分の席に腰を下ろす。他にどうしようもない。三紀弥を見やると、とにかく食べておいたほうがいいよ、とばかりに彼女の朝食へ目をやった。

ヘイタは黙々と、シマコは時おり小寅の世話をしながら、いつも通り食事を進めている。小寅の興味は食欲のみにあるらしい。奈津江の存在さえ認めているのかどうか、ちょっと怪しいくらいである。

そんな中でチョウさんひとりが、しょんぼりと元気がない。子供たちの失踪に心を痛めているが、自分には何もできない。それが悲しくてたまらないのだろう。彼の心境が手にとるように分かった。

それとなく奈津江がみんなを観察していると、食卓の下で突つかれた。三紀弥に顔を向けたところ、ひたすら彼は朝食に向かっている。どうやら彼女にも早く食べてしまえと言いたいらしい。

「図書室へ行こう」

朝食がすむと三紀弥に誘われた。何か話があるのだろう。だが、その前に彼女は東館の一階のソファで、昨夜の事務室で知ったすべてを一気に喋《しゃべ》った。もちろん自分の出生の秘密に関しても……。

「なっちゃんて、すごい人生を送ってきたんだ」

「――みたいね。でも、あんまり驚かなかったようだけど？」

彼に同情されるのは嫌だったが、大して反応がないのも、おかしなものだが少しもの足りない気がする。

「そんなことないよ。とても驚いてる。ただ僕もね、色々とあったから……」

やはり三紀弥には何か特別な過去が存在するらしい。園長の隆利でさえ把握していない、かなり特殊な過去を持っているみたいである。

頼りない男の子にしか見えないのに……。

実はそうでもないのは、その過去が影響しているせいだろうか。自分たちに降りかかる怪異を前に、まるで彼の眠っていた能力が、少しずつ目覚めはじめた感じさえある。

そんな奈津江の考えを裏づける台詞《せりふ》が、すぐに彼の口から発せられた。

「僕の話はいいとして――。灰色の女の正体だけど、ようやく分かったよ」

「えっ……ど、どうして？」

「推理したからさ」

「す、推理？」

「そう、シャーロック・ホームズみたいに」

「……」

「あっ、信じてないでしょ」

その逆だったが、ここで正直に言うつもりはない。

「で、いったい誰なの？」

「知りたい？」

「教えたいんでしょ」

「素直じゃないよなぁ」

どうやら奈津江が気づかぬうちに、すっかり三紀弥は彼女に打ち解けているらしい。

「あのね、怒るわよ」

それでも彼女が睨《にら》むと、慌てた様子で、

「わ、分かったから、そんな怖い顔しないでよ」

「灰色の女の正体は？」

「汐梨さん」

「そ、そんなわけないでしょ。肝試しの夜、廻《まわ》り家《や》に灰色の女が現れたとき、あなたたちといっしょに、彼女はいたんじゃなかったの？」

「そうだよ」

「だったら――」

「つまり灰色の女は、汐梨さんであり、学人さんであり、由美香ちゃんであり、喜雄くんでもあったんだ」

「………」

「一人二役や二人一役ってあるけど、この場合は四人一役だね」

「どういうこと？」

「僕の想像だけど、おそらく君が来て一日目の夜は、学人さんが灰色の女をやった。彼がまとめ役だったと思うから、最初は自分が演じたんじゃないかな。そして二日目の夜、今度は汐梨さんが灰色の女になった」

あの変なフードつきの装束のため、仮に中身が入れ替わっていても、確かに奈津江には分からなかっただろう。

「ところが、なっちゃんがベッドにいない。部屋の中を捜しても、やっぱりいない。君の部屋は北東の角だから、出窓がある。そこに隠れたわけだけど、みんなの部屋には出窓なんてない。それで汐梨さんも、ちょっと見つけられなかったんだと思う」

執拗《しつよう》に奈津江を捜していたあれが、汐梨だったというのか。

「あきらめた彼女は、自分の部屋に帰ろうとした。しかし君は、灰色の女のあとを尾《つ》けようとして、部屋の中で椅子を倒した」

「う、うん……」

「なっちゃんが扉を開けたとき、灰色の女は階段へ姿を消すところだった。汐梨さんの部屋は、すぐ手前にあるよね。きっと彼女は、椅子の倒れる音を聞いたんだ。そのあとで君の部屋の扉が開いたことも、背中を向けていたとはいえ分かった。だから自分の部屋には入らずに、とりあえず階段を下りた」

「北の廊下で消えたのは？」

「消えていない。汐梨さんは北の扉から外へ出た。君にあとを尾けられていると気づいて、きっと仕方なくね。その姿を深咲さんは見たけど、僕らのように幽霊だなんて少しも考えなかった。誰かの仕業だと睨んだ。そんなことを誰が、どうして、なっちゃんにするのか。深咲さんは、こっそり調べるつもりだった」

「そう言ってたけど……」

「でも、このままだと君が、灰色の女が出たと騒ぐかもしれない。喜雄くんや僕のように、ただ震えているだけだなんて、なっちゃんには似合わないだろ」

ほめられているのかどうか、どうも微妙である。

「そこで深咲さんは、とりあえず悪夢のせいにしようとした。だから灰色の女は見ていない、北の廊下にいたはずがない、と君に信じさせようとした」

それが裏目に出てしまった。奈津江が灰色の女の実在を疑わなかったからだ。今さら引っこみがつかなくなった深咲は、自分の調査が終わるまでだと考えて、そのまま嘘をつくことにした。というのが三紀弥の推理である。

「けど肝試しのとき、子供たち四人どころか、あのとき祭園にいた人の全員に、ちゃんとアリバイがあったのよ。それを確かめたのは、三紀弥くんじゃない」

「そうだよ」

「だったら廻り家に現れた灰色の女は、いったい誰だったの？」

「喜雄くん」

「彼は自分の部屋で――」

「廻り家を見張る役だった。でも、あれは学習室の人体模型を窓の側に置いて、その上から毛布をかぶせて、さも彼のように見せかけたんだよ。廻り家へ向かう途中の、君に見せるためにね。まさか僕が部屋を覗《のぞ》くなんて、彼らに分かるわけないからな」

「…………」

「本物の喜雄くんは廻り家の中で、今か今かと君が来るのを待っていた。たぶん塔屋にのぼる北側の階段の、扉の内側じゃないかな。だから玄関の扉が開いたとき、彼は『来たぞ』って思わず喜んでしまった。もちろん声には出さなかったけど、その気配が君に伝わった。まるで家が息を吐いたみたいに感じたのは、彼のせいだよ」

「…………」

「同じような気配を、なっちゃんは全部で三回も覚えた。一回目は玄関に入ったとき。これは今、説明した通り。二回目は、玄関の反対側で二枚目の五円玉を紐《ひも》に通したとき。さすがに怖くなって――」

ちらっと彼女の顔を見て、慌てて三紀弥は、

「えーっと、とにかく立ち止まった。そのため君の足音が急に聞こえなくなり、不安に

なった喜雄くんの気配が、また伝わってしまった」

「三回目は？」

「二回目の逆だよ。なっちゃんが廊下を回って五円玉を集めるのに、もう慣れつつあると思ったから、喜雄くんは動き出した」

「私を脅かすために？」

三紀弥がうなずきながら、

「そこで、ようやく喜雄くんの出番になった。もし君が玄関を入ったところで、または大して廊下を回らないうちに、怖くなって逃げ出していれば、彼も自分の役をやる必要がなかった。もっとも喜雄くん本人は灰色の女の役を、かなり楽しんでいたみたいだけどね」

「ううん、違うわ」

奈津江が首をふった。

「汐梨さんと学人さんは、背の高さが同じくらいだった。でも喜雄くんは、二人より低かった。いくら廻り家の中が暗くても、身長は誤魔化せっこないもの」

「だから彼は、ずっ……ずっ……って足をひきずっていたんだ」

「えっ？」

「竹馬だよ。由美香ちゃんは一輪車が、喜雄くんは竹馬が得意だっただろ」

「あっ……」

「普通に歩いたんじゃ、竹馬らしいコトコトという音がする。それで仕方なく、床をするような歩き方をした」

「走って追いかけて来たのは……」

「もちろん、自分の足でさ。きっと竹馬は、近くの部屋の中に隠したんだ」

「そこまでして……」

「さすがに、ちょっとやり過ぎだった。君が戻って来たあと、汐梨さんが肝試しのあり方について、考えなおしたほうが良いと言った。そのとき学人さんは、力なく下を向いていただろ」

「脅かし過ぎは良くない――ってこと？」

「脅かすのはいいんだ。やり方も細かいよね。喜雄くんが君を怖がらせ過ぎそうになると、学人さんが注意したりして。そういった演技までしている。ただし相手に怪我をさせる気はない。だから喜雄くんの暴走を、汐梨さんは問題にしたんだと思う」

そこで遅まきながら奈津江は、根本的な疑問を口にした。

「ちょっと待って――。どうして学人さんや汐梨さんは、そんなことするの？　由美香ちゃんと喜雄くんは、おそらく二人の言うことを聞いただけでしょうけど」

三紀弥は少し面白がる口調で、

「その答えは、ずばり学人さんが口にしてるよ」

「嘘……」

「自分たち子供は団結して、ひとつになって自衛しなければならない」

「……うん。そうだったけど、意味が分かんない」

「その前に、こうも言っていた。自分たちは祭家と養子縁組をしているため、この家の資産を相続できる。だから、あまり兄弟姉妹が増え過ぎては困る。なぜなら自分たちの取り分が減るからだ——ってね」

「なっ……」

「これまでに、ここを出て行く子供が何人もいた。親の都合をのぞけば、もしかすると灰色の女の恐怖にたえられなくなって、自分から飛び出したという理由が、一番多いのかもしれない」

「なんてことを……」

「学人さんたちが、そう仕向けたからさ。彼と汐梨さんは、本物の灰色の女を知っていた。その恐怖を味わっていたので、利用することを思いついた。でもね、本当に彼らの脅しがきいたのか、それは分からない」

「どういう意味？」

「だって、勝手に祭園を逃げ出した子供がいれば、園長や深咲さんが放っておかないだろ。連れ戻そうとするだろうし、そうなったら何があったのかバレるはずだ」

「それじゃ……」

「灰色の女の仕掛けを実行したとき、たまたま祭園から出て行った子供がいたのかもしれない。それで学人さんたちは、まんまと成功したと思いこんだ」

「由美香ちゃんは？」

「なっちゃんを脅かす役は、まだ彼女まで回っていなかった。ただし僕と喜雄くんは、何度も由美香ちゃんに脅かされたんだと思う」

「えっ、だって……」

「その由美香ちゃんは、汐梨さんと学人さんにやられた。次の新入りが来るまで、その前の新入りが灰色の女のターゲットだった。それまで逃げ出さずにいたら、ようやく仲間として認められ、灰色の女の秘密を打ち明けてもらえた」

「喜雄くんが、私に対しては馬鹿にしている様子を見せたのに、三紀弥くんには何もしなかったのは、まだ学人さんたちの仲間になっていなかったせい？」

「たぶん、そうだろうね。新入りが来たからといって、すぐに打ち明けられるとは限らない。それなりにタイミングを見る必要もある」

「私が来たのに、三紀弥くんが何も知らされなかったのも、同じ理由で？」

「いや、僕の場合はここでの暮らしが、まだ短いからじゃないかな。もう少し様子を見てから——って考えたのかも」

「喜雄くんが、灰色の女に連れて行かれる……って怖がったのは、すべて私に対するお芝居だったのね」

灰色の女の恰好《かっこう》をした汐梨や学人に、自分は脅かされたのだと知らされたときより、喜雄に嘘をつかれて騙《だま》されていたと分かったときのほうが、奈津江の感じた怒りは大きかった。その気持ちが、つい言葉に出た。

「怖がりのくせに、夜中の廻《まわ》り家《や》で私を待ってたなんて、よっぽど喜雄くんは意地悪な性格なのね」

「そうだなぁ」

一方の三紀弥はあくまでも冷静である。

「真夜中の廻り家で、ひとりで君が来るのを待つなんて、とても怖いだろうね。けど灰色の女の正体を知らされて、彼は心からホッとしたと思うよ。それまで恐怖だったものが、学人さんたちの仕掛けだと分かった。そんな恐ろしいものなど、本当はいないと教えられた。しかも自分が怖がらせられたのと同じことを、今度は彼自身が新入りに対してやれるんだ。だからこそ彼は、夜の廻り家にも我慢できた」

「最低ね」

「仕方ないよ、子供なんだから」

三紀弥の肩をすくめる仕草と物言いに、ふっと奈津江はおかしくなった。

自分だって変わらない歳なのに。

むしろ喜雄のほうが、たった一歳とはいえ年上である。ただし、すべての面において三紀弥のほうが、はるかに大人なのは間違いない。

「灰色の女なんて、結局いなかったのね」

奈津江が話を続けた。

「喜雄くんたちが消えたのは、自分たちで祭園を出て行ったからじゃないの」

「どうして？」

「私への脅しがきかなかったから……とか」

「そんな理由で――」

「もしかすると、何か新しい計画のためとかさ」

「ひとりずつ姿を消すことが？」

「…………」

「間違ってるのかもしれない」

「何が？」

「灰色の女はいない……っていう結論さ」

「何が言いたいの？」

「肝試しの夜、なっちゃんが部屋に戻ってから、学人さんは廻り家へ行った。きっとそうだと思うんだ」

「喜雄くんを迎えにね」

「そう。でもいなかった……としたら？」

「まさか……」

「次の日の朝、喜雄くんの姿が見えないと分かる前から、学人さんの様子はおかしかっただろ」

そう言えば――。

「すでに喜雄くんがいなくなってると、学人さんが知っていたからじゃないかな。もし喜雄くんが廻り家から戻って来て、自分の部屋でいなくなったのなら、朝の食堂で学人さんに分かるわけがない。一階へ下りて来る前に、喜雄くんの部屋を覗《のぞ》いて、彼の姿が見えなかったのなら、そのことを深咲さんに話したと思うからね」

「喜雄くんは、廻り家で消えた……」

そう口にしたとたん、背筋がぞくっとした。

「だから学人さんは、あの家を調べるべきだと言った」

「ところが彼も、廻り家で消えた……」

三紀弥が真剣な表情でうなずく。

「で、でも由美香ちゃんは、あそこに行ったりしないでしょ？」

「だろうね」

「なのに――」

「それこそ連れて行かれたんだよ」

「誰に？」

「灰色の女」

「……だって、いないんでしょ？　新入りを追い出すために作った、学人さんたちの四人一役が、その正体だったんでしょ？」

「ほとんどはね」

「な、何よ、それ……」

「その中に本物が、たまに交じっていたとしたら……」

「…………」

「そいつが喜雄くんをはじめ、ひとりずつ廻り家に引きずりこんでるとしたら……」

「あの家のどこに？」

「さぁね。廻り家は入口であって、そこから裏の黒い森の奥へと、本当は連れて行かれてるとしたら……」

「――したら、したらって、何も分かってないじゃない」

三紀弥のお陰で多くの謎が解けたと、もちろん奈津江も思っていた。彼を見直して感謝するどころか、やや尊敬の念さえ抱きはじめているくらいだ。もっとも彼には、絶対に言うつもりはなかったけれど。

しかし、ここまで見事に謎解きをされると、当然その先も期待してしまう。彼への評価が一気に高まったこともあり、よけいに強い口調になってしまった。

「そうだね」

だが三紀弥は相変わらず淡々とした調子で、

「これ以上は、もう推理で分かるレベルじゃないよ」

「どうすればいいの？」

「実地検分しかないだろうね」

「何のこと？」

「もっとも怪しい場所に、自分たちで行ってみて、そこを調べる必要があるってこと」

「廻り家に……」

「うん」

「だったらお昼から──」

「行ければいいけど、ヘイタに見つかったら、おしまいだよ」

「どうして彼なの？」

「あれ、気づいてなかったの。ここに来るまで僕たちのあとを、彼は尾《つ》けてたんだよ。もしかすると今も、東館の出入口が見えるところで、見張ってるのかもしれない」

深咲が注意するようにと、きっと頼んだのだ。

「だから昼間も夕方も、まず無理だよ」

「まさか、夜中に……」

「厭《いや》だけど、それしかない」

三紀弥は気のすすまない顔で、

「みんなが姿を消したのも、どうやら夜の間らしいしね」

昼食のあと、二人は引き続き図書室で過ごした。

隆利と深咲は、ずっと園長室に籠《こも》ったままらしい。チョウさんは元気がなく、小寅は昼食の席に姿を見せず、そんな老婦人の世話をシマコがしているようで、ヘイタは依然として二人を見張っている。実際は警護だったわけだが、彼の態度は明らかに監視だった。二人は知らないふりをしたが、ヘイタは気づかれても平気だったに違いない。

東館の一階のソファに座るやいなや、奈津江が口を開いた。

「本物の灰色の女がいる……っていう話だけど、正体は何なの？」

「小佐紀さんの幽霊、廻り家に現れる灰色のもの、裏の黒い森に棲《す》む何か──のどれかかもしれないけど、はっきりとは分からないよ」

三紀弥が困ったように答える。

「それって私のせいかな？　ここに私が帰って来たから、本物が出るようになった。そう思う？」

ますます困惑の表情を浮かべつつ、

「小寅お婆さんが、災いを呼ぶ子供だって言ったのを、なっちゃんは気にしてるんだ」

「関係ない──っていう気持ちはあるの。でも前は学人さんたちの、灰色の女の偽者だけだった。なのに私が来てから、本物が現れるようになった」

「前から出ていたのかもしれない」

「ほんとに？」

つめ寄る彼女に、彼は肩をすくめながら、

「そんなの確かめようがないけど、その可能性はあるってことさ」

「それじゃ――」

奈津江はじっと三紀弥を見つめながら、

「これはどうかな？　どうして双児のひとりは殺され、もうひとりは生き残ったのか。ここから追い出すんだったら、もうひとりの命も奪ったって同じじゃない？」

「……そうだね」

当のもうひとりである彼女から、彼は視線をそらすと、

「二人いっしょには殺せない理由が、そこにはあった」

「分かる？」

「想像だけど――」

「聞きたい」

ちらっと彼女に目をやってから、再びあらぬほうを三紀弥は見つつ、

「陽の狐火と陰の狐火を持った双児の場合、二人がいっしょでないと、本当に優れた狐使いにはなれない。もちろん陽の狐火のひとりだけでも、立派な跡取りにはなれる。でも陰の狐火と力を合わせたほうが、もっともっとすごい狐使いになれる」

「そう聞いてる」

「いくら陽の狐火を持っていても、その人ひとりだけでは、どうすることもできない限界がある」

深咲が祖母や母の跡を継がない――あるいは継げない――のは、痣《あざ》が薄れているせいもあるが、本当なら切磋琢磨《せっさたくま》するはずの双児の妹が死産だったからだろう。

「ところが陰の狐火のほうは、ひとりでも災いをもたらす子だと、とても恐れられる。ということは陽よりも陰の力のほうが、きっと強いんだよ」

「うん……」

「だから、二人とも陰の狐火を持った双児が生まれたら、大変な騒ぎになる。そのまま二人がいっしょに育ったら、とんでもない災いを呼んでしまうからね」

「………」

「そんなすごい力を、それも良くない力を持った双児を、いっぺんに二人とも殺してしまった場合、もしかすると二人がいっしょに育つのと同じくらい、またはそれ以上の、とても悪いことが起こるかもしれないじゃないか」

「………」

「ひとりだけ始末して、もうひとりを祭園から出してしまうのが、もっとも無難な方法だったんじゃないかって、僕は思うんだ。あっ、無難って分かる？」

奈津江はうなずきながら、

「どっちを残すかは、どうやって決めたの？」

「さぁ……。なっちゃんが考えたように、痣が濃いとか薄いとか、大きいとか小さいとか、それぞれの赤ちゃんを比べてじゃないかな」

「そんな痣のある、双児が生まれたってだけで……ひどい」

「他にも理由があったんだよ」

「えっ、どんな？」

「双児の父親が、黒い森に棲む何かだったから……」

「…………」

「本当にそうだ――って言ってるわけじゃないよ」

黙ってしまった奈津江に、うろたえながら三紀弥が言葉をついだ。

「小寅お婆さんや園長が、そんな風に思いこんだってことだよ」

とりあえず奈津江は話題を変えた。

「根津のお父さんとお母さんについて、なぜ深咲さんは黙ってたんだろ……」

「それは想像がつくよ」

とたんに彼はちょっと得意そうな表情で、

「二人が昔ここで働いてたと知ったら、間違いなく当時のことに、君が興味を持ってしまうからさ」

「……そっか」

「そうなったら当然、色々と質問される。それを避けたかった」

「深咲さんは知ってたのかな。私の妹がどうなったのか」

「そのとき彼女は十三歳だから、それはないよ。でも、あとから分かったんだと思う。

もしかすると、まだ最近かもしれない。小寅お婆さんが、あの状態だからね」

奈津江も老婦人が口にした意味深長な台詞《せりふ》から、おぞましい過去の犯罪を悟ったことになる。

「根津のお父さんとお母さんは？」

「……どうだろう。でも、なっちゃんが自分たちの子供になる。それしか知らなかったんじゃないかな。わざわざ小寅お婆さんや園長が、二人に喋《しゃべ》るはずないもの」

「そうか……。そうよね」

ほんのわずかだったが心が軽くなった気がした。少なくとも根津の両親は、嬰児《えいじ》殺しに無関係らしいと分かったからだ。

あとは夕食まで大した話はできなかった。奈津江が何を訊《き》いても、三紀弥が同じ台詞をくり返したためだ。

「もう推理する材料がないよ」

すっかり名探偵気取りなのには、彼女も呆《あき》れた。ただ、そのお陰で話題の割には暗くならずにすんだ。それは間違いないので何も言わないでおいた。

夕食も見事なほど、昼食と同じ顔触れと雰囲気だった。ヘイタは二人が自室に引きあげるまで、ずっと見張っていた。しかも早々と寝るのだと分かると、扉に鍵《かぎ》をかけるようにと注意された。おそらく深咲から指示を受けているのだろう。

二階の廊下で一晩中、私たちを見張るつもりなのかな。

奈津江はかなり心配したが、どうやら杞憂《きゆう》だったらしい。目覚まし時計のベルで仮眠から起きて、そっと廊下を覗《のぞ》いたとき、どこにもヘイタの姿はなかった。

着替えて身支度を整えると、三紀弥の部屋の扉を静かにノックする。しばらく待っても返事がなく、彼が扉を開けてくれる気配もない。

……まだ寝てるんだ。

ところが、ノブに手をかけると扉が開いた。

「三紀弥くん」

小声で呼びながら入室すると、そこには空っぽのベッドがあった。室内のどこにも、三紀弥の姿はなかった……。

二十一　闇の中へ

……三紀弥くんも消えた。

とっさに奈津江は、彼が先に廻《まわ》り家《や》へ向かったのかと思った。だが、すぐにあり得ないと否定した。

そんなことする理由がないもの。

ベッドには寝た形跡があった。少なくとも仮眠はとったらしい。ただ、どれくらい眠ったのかは分からない。自分で起きたのか、誰かに起こされたのか、それが不明なのと同じように。

灰色の女に連れて行かれた……。

彼が自らの意思で、奈津江を放ったまいなくなるとは考えられない。

机の上にあった懐中電灯を手にとって部屋を出る。廊下を歩くうちに、もはや本館の二階にいるのは自分ひとりなのだ……と改めて奈津江は気づいた。

喜雄、学人、由美香、汐梨、そして三紀弥まで消えてしまった。今や祭園に子供は、もう彼女しか残っていない。

踊り場から階段を下りて、一階の廊下を北の扉へ向かう。

深咲に助けを求めようとは少しも考えなかった。まして隆利やヘイタやシマコ、またチョウさんにも。この奇っ怪な現象は、奈津江たちの問題のような気がした。祭園の子供だからこそ順番に消されたのではないか。ならば最後に残った者が、その結末を見届けるべきだろう。

北の扉から外へ出たとたん、ひんやりとした夜気に包まれる。肝試しの夜よりも少し肌寒い。本館をふり仰ぐと、三階の深咲の部屋だけに明かりが点《とも》っている。西館にも目をやるが、どの窓も真っ暗である。もちろん東館も闇に沈んでいた。

建物に背を向けて奈津江は歩き出した。深咲に見られるかもしれないため、懐中電灯はつけない。すでに三度も通った道である。街灯の明かりだけで進むことができた。

やがて小山の下に着き、木製の階段をのぼりはじめる。一段ずつ上るにつれ、もう二度とここを下りることはない……という気持ちが次第に高まる。それは廻り家の塔屋が目に入り、そのうち家屋全体の影が現れたところで、最高潮に達した。

……今なら、まだ戻れる。

ふいに弱気になった。たちまち自分に腹が立つ。そんな風に思ってしまったことが、とても嫌になる。

三紀弥くんを見捨てるの？

彼だけではない。他の四人も同様だ。偽の灰色の女で脅されはしたが、別に恨んではいない。本物の灰色の女に捕まっているのなら、むしろ助けたい。

奈津江は階段をのぼりきると、廻り家の玄関を目指して歩き出した。回れ右をして逃げ出したい気持ちは正直まだある。いったい自分に何ができるのか……とも思う。その一方で、陰の狐火を持つ自分だからこそ、灰色の女に対抗できるのではないか。みんなを救えるのは、きっと私しかいない……という自負も少なからずある。だから奈津江は決死の覚悟で向かった。

真っ黒な森を背景に蹲《うずくま》る禍々《まがまが》しい廻り家へ。

玄関の前に着く。そっと扉を開けて首だけを入れ、屋内の様子を探る。しーん……として何も聞こえない。家が息づくこともない。

懐中電灯を点してから、廻り家に足を踏み入れる。少し迷ったが、扉には内側から掛け金をかけておく。

正面の壁を明かりが照らしたとき、左右に走る長い板の上に残った五円玉が光った。肝試しの前に学人が積んだもので、その最中に奈津江がとりこぼした分である。何気なく手にとって、彼女は首をかしげた。

一枚たりない？

肝試しの夜、十周目を回っている途中、塔屋にのぼる北側の階段の扉の前で、喜雄の待ち伏せを受けた。あれから五円玉どころではなくなったわけだが、そこまでは順調に集めており、すでに十枚ずつ二十枚は紐《ひも》に通していた。玄関に積まれた五円玉は十三枚だった。つまり残りは三枚のはずなのに、なぜか二枚しかない。

あのあと廻り家に入ったのは、学人と深咲くらいか。それとも消えた子供を捜すために、隆利やヘイタやチョウさんも足を踏み入れたのだろうか。また別の目的でシマコも入った可能性はある。小寅はどうか。

ただし誰であれ、五円玉を一枚だけとるとは思えない。学人にしても同じだ。彼ならすべてを回収するはずではないか。

とったのは三紀弥くん？

けど何のために……と考えて、ひょっとすると自分へのサインかもしれない、と奈津江は興奮した。

そこで玄関の反対側に積まれた五円玉を、まず確かめることにした。本当は壱の部屋から順番に、廻り家の内部を調べるつもりだったが、今は五円玉が気になる。

懐中電灯の明かりを右手に向けると、彼女は反時計回りに廊下を進みはじめた。すでに何周も辿《たど》っているため、どれほど曲がりくねっていても、さっさと難なく歩けるだろうと思った。

だが甘かった。どうやら慣れるということが、この家の中ではないらしい。曲がり角の向こうから、ひょい……と何かが顔を出しそうで、ばぁ……と目の前に現れそうで、とにかく怖くて仕方ない。

角を曲がる寸前が、非常に恐ろしい。自然に足取りが鈍ってしまう。ほとんど曲がり角だらけの廊下で、まだ弐の部屋も過ぎないうちから、もう立ち往生しそうである。

何してるの？

三紀弥くんを助けるんでしょ！

必死に自分を鼓舞する。ここで逃げ帰ったら、おそらく二度と彼には会えない。いや彼だけでなく、きっと他の四人の誰とも。

無理に足を速める。角を曲がる瞬間、緊張のあまりドキッとする。だが、あえて自分から突っこむ。心臓がバクバクと鼓動を打つ。半周する前に倒れてしまうかもしれない。それほど今夜は、とてつもない恐怖を覚えてしまう。

……どうして？

とっさに自問したが、すぐに当たり前だと気づく。下見の際も肝試しのときも、まだ誰ひとり姿を消していなかった。それが今、残っているのは自分ひとりなのだ。にもかかわらず五人の失踪《しっそう》に関わりがありそうな、問題の廻り家の中に入っている。これまで以上に慄《おの》いたとしても当然ではないか。

そうこうしているうちに、塔屋にのぼる階段の南の扉まで来た。そこからは逆に何も考えずに、ひたすら廊下を進む。あと半分だと自分に言い聞かせながら、できるだけ早足で前進を続ける。

やがて玄関の反対側へ着く。壁際の長い板を照らすと、同じように五円玉が残っていた。数えるまでもなく三枚あると分かる。ということは肝試しの夜、彼女が回収をやめた状態のままなのだ。

三紀弥くんは、ここまで来ていない？

そのとき彼の意図が見えたような気がした。玄関の五円玉はとっているのに、反対側は手をつけていない。これは彼が廊下を半周する前に、どこかへ消えた証拠ではないのか。そうなる事態を予測して、とっさに五円玉を目印に使ったのかもしれない。

彼ならやりそうね。

奈津江は回れ右をすると、廊下を戻りはじめた。逆回りになるが、まずいとは感じない。三紀弥のメッセージに気づいた興奮に、今や彼女は包まれている。もはや曲がり角の向こうを怖がるよりも、一刻も早く廻り家の南側を調べたい気持ちのほうが、はるかに強い。

まず肆《よん》と記された部屋に入る。小ぶりな机と椅子、クローゼットとベッド、そして小さな祠《ほこら》が、ぼうっと懐中電灯の明かりに浮かび上る。あとは廊下に面した窓が目に入るくらいで何もない。四方の壁は凹凸があり、かなり変化に富んでいる。そのため室内に死角ができる。でも、いくら調べても何の発見もない。

次に参、弐、壱の部屋と順に入るが、結果は同じである。どの部屋も時間をかけて念入りに捜したが、まったく収穫がない。

残るのは塔屋ね。

階段の扉の前まで戻る。開こうとしたところで、扉の向こうに何かがいる……という恐怖に、とっさに襲われた。とたんに心臓の鼓動が速くなる。

……何もいない。

いるわけない……。

同じ台詞《せりふ》を心の中でくり返しながら、思いきって一気に扉を開ける。と同時にパッと明かりを向けた。

目の前には短い廊下のような空間と、その先に急な階段があるだけだった。念のために階段の手前も調べるが、おかしなところは一切ない。そこからは足下を照らしつつ、一段ずつ慎重にのぼり出す。途中で立ち止まっては光を周囲に向ける。しかし左右には壁しかない。上も天井だけで異状は見当たらない。

階段をのぼりきり、丸い穴を潜って塔屋に入る。ぐるっと明かりを巡らすと、横に並んだ小さな祠が走馬灯の影絵のように、ぐるぐるっと彼女の周囲を回る。改めてひとつずつ眺めても、どれも同じに見える。

かなり躊躇《ちゅうちょ》してから、祠の観音扉を開けてみた。どの祠にも見慣れない漢字のようなものが書かれた、奇妙なお札のごとき紙片が祀《まつ》られている。それ以外には何もない。木箱の中のような四角な空洞が、ぽっかりと開いているだけである。

懐中電灯を祠の上へ向けると、明かり取り用の窓が四つ浮かぶ。天井の真ん中からは先端に大きな鈴のついた太い縄が、ぶらんと垂れ下がっているばかりで、もう調べるところがない。

ここから三紀弥くんは、北の階段を下りた？

そして廊下に出て左手へ進んだとしたら、玄関と反対側の五円玉をとることはできなかったはずだ。つまり漆《しち》と捌《はち》の部屋に入った可能性が出てくる。玄関に残っていた五円玉が二枚だったため、漆か捌の部屋で消えたのかもしれない。

あれ、けど……。

廊下を右に向かって陸か伍の部屋に入ったとしても、結局は同じだと気づいて思わず力が抜ける。

しかし大してがっかりしない。やはり塔屋が気になっていたからだ。廻《まわ》り家《や》の中心に位置しており、小佐紀が籠《こも》って白狐《しろこ》様に祈っていた場所に、何かがあるように思えてならなかった。

もう一度ぐるっと懐中電灯の光を巡らせる。祠の上下に広がる壁まで調べていると、下見のときも最後まで見落としていたそれが、いきなり目に飛びこんできた。

あっ、お狐様の首……。

南側の穴の、その左手の壁の少し下のほうから、ぐわっと大口を開けた狐の首が、こちらを睨《にら》んでいる。

恐ろしかったが側にしゃがみ、懐中電灯の明かりを当てながら手で触ってみた。木を彫って作られたようで、壁に固定されている。びくともしない。立体的な狐の頭部という以外、別に妙なところは見当たらない。

いったい何のために？

首をかしげつつ、まったく何気なしに狐の視線を辿って、懐中電灯を動かす。そのときだった。太い縄の先にぶら下がった鈴が、鈍く光ったのとは別に、何か小さな輝きが一瞬ちらっと目に入った。

今のは？

近づいて確かめ、はっとした。

……五円玉だ。

太い縄に五円玉が、ねじこむように突き刺さっている。三紀弥の仕業に違いない。やっぱり彼は塔屋にのぼったのだ。その証拠を残すために、こうして五円玉を目印に使ったのだろう。

でも、どうしてこの縄に？

祠のひとつに置いたほうが、彼女も見つけやすいと分かったはずだ。それくらい彼なら余裕で察するだろう。

奈津江は太い縄を手にとると、少しゆらしてみた。

じゃらじゃらん……。

塔屋の真っ暗なせまい空間に、ぞっとする鈴の音が響く。その無気味な音色を聞きつけて、今にも裏の黒い森から何かが現れ、ここまでやって来そうである。

鈴を鳴らせって意味じゃないの？

心の中で三紀弥に問いかける。五円玉は太い縄の先端部分に、鈴のすぐ上に埋めこまれている。南の穴に背を向けた恰好《かっこう》で、彼は五円玉を突き刺したに違いない。

南の穴……。

ふり返って懐中電灯を向ける。

お狐様の首……。

こちらをじっと見ている。意味ありげに縄の先の鈴を眺めている。

手に太い縄を持ったまま再び近づき、ぐわっと開いた狐の大口に鈴を入れると、すっぽりと収まった。本当に狐の首が口に鈴をくわえているようで、これが正しい姿に思えてくる。

……このあとは？

塔屋の中を見回しても、まったく変化はない。天井から下がる縄が斜めにかしいで、南の穴の側まで延びているだけである。

いったん穴から出ると、奈津江は階段を少しだけ下りて、狐の首と同じ目線で塔屋内を観察した。あちこちに明かりを当てて、そこから見えるものを、じっくり観察した。そのうち何かおかしいと感じた。何かがなくなっている。

茣蓙《ござ》だ！

床に敷かれた四角形の分厚い茣蓙が、どこにも見当たらない。下見の際も肝試しのときも、確かに茣蓙はあった。それが今はない。

どうして？

むき出しの床と天井から延びる縄、上と下を交互に見つめる。やがて彼女の右手が、狐の首がくわえた鈴をつかむ。そこから両手でしっかり縄を握ると、思いっきり力をこめて引っ張ってみた。

……バタンッ。

物音と共に、床に真四角な穴が開いた。塔屋の中にいれば、おそらく落ちていただろう。穴の周囲に残った床は、ようやく立てるほどの面積しかない。

恐る恐る南の穴の縁から下を照らすと、はしごが伸びている。どうやら狐の首は、穴を開けたあと縄を手元に置いておくために、鉤《かぎ》の役目を果たすものらしい。

三紀弥くんは、この穴へ……。

きっと下りて行ったのだ。そう確信したからこそ、彼女も真っ暗な穴の中へ、ためらわずに足を踏み入れた。懐中電灯で足下を照らしつつ、ゆっくりと一段ずつ下りる。ギッ、ギッ、ギッ……と微《かす》かに段が軋《きし》む。予想以上に塔屋の位置が高いのか、いつまでもはしごが続く。なかなか下に着かない。

ふっと厭《いや》な臭いが鼻をつく。穴の底に溜《た》まっている悪い空気に、少しずつ身体が浸っていくような、とても不快な気分を覚える。

しばらく下り続けていると、明かりの中に何かが浮かび上った。石像のように見えるが、よく分からない。もっと目をこらそうとして、足を踏みはずしかけて、ぞっとする。

それからは、はしごを下りることだけに集中した。

ようやく下に着くと、すぐ側に高さの違う狐の石像が四体、どれも中央を向いた恰好で立っていた。台座があるところなど、ほとんど狛犬《こまいぬ》と変わらない。その四体の真ん中に、ねじくれた莫蓙があった。塔屋の床の上から、ここまで落ちてきたのだろう。

だが莫蓙よりも目がいったのは、狐の石像の頭部や背中の部分だった。なぜならどこもどす黒く汚れており、ぷんと血の臭いを発していたからだ。

まさか……。

三紀弥は塔屋から落ちて、この像に激突して怪我を負ったのではないか。

慌てて周囲を照らすと、そこから四方にせまい通路が延びていた。それぞれの両側は何もない壁である。はしごを下りた地点、四体の狐の像があるところは、ちょうど十字路の交差点に当たっているらしい。

いったいここは――、

何なのか、と考える間もなくギョッとした。

えっ?

明かりが浮かび上らせた通路のうち、距離が短く思えるひとつの先に、誰かが倒れている。はっきりとは分からないが、身体の大きさと服装から学人のように思える。

そんな……。

他も急いで確かめると、反対側の通路の先に、今度は汐梨らしき人影が倒れているのを認めた。あと二つの通路は先が長く、懐中電灯の光が届かない。

学人さんと汐梨さん……。

無事なのか気になるが、まったく動かない二人を目にしていると、その場から離れられなくなった。

……し、死んでるの？

そう考えたとたん、むっとする血の臭いが、四方の通路から漂ってきた。そこには腐敗臭まで混じっているようで、思わず片手で鼻と口をおおう。

ひた、ひたっ……。

そのとき暗闇のどこかで、何かの蠢《うごめ》く気配がした。

慌てて明かりを四方に向ける。短い通路の先に見えるものはない。長い通路は二つとも、光が黒々とした暗がりに呑《の》まれている。しかし耳をすますと、一方からそれが聞こえるように感じられる。右手に持った懐中電灯を、必死に前へ突き出す。今にも真っ暗な闇の中から、それが出て来そうで怖い。だが照らしていない状態は、もっと恐ろしくて仕方ない。

ひた、ひた、ひたっ……。

ところが聞き耳を立てているうちに、妙なことに気づいた。無気味な気配は目の前の通路の奥からではなく、斜め右手からしているようなのだ。

部屋の中から？

ここは地面の下ではなく、廻《まわ》り家の廊下と同じ高さなのかもしれない。つまり彼女の周囲の壁の向こうは、壱から捌の部屋《や》なのではないか。三紀弥がどこかの部屋にいるのなら、これは彼が動いている気配とも考えられる。

三紀弥くん！

とっさに喜んだのも束の間、せまい通路の右手の壁から、ぬっとそれが現れた。

ひぃぃぃ。

たった今まで部屋の中にいたのに、苦もなく壁を通り抜けて、この訳の分からない空間へ移動して来たように、突然それは出現した。

フードをかぶり、だぶだぶのガウンのようなものに包まれている。事務室で目にした写真の、何かの儀式を執り行なっている小佐紀と、ほぼ同じ姿である。

……灰色の女。

ひた、ひた、ひたっ……とそれが近づいて来る。こちらへ少しずつ迫って来る。はしごを登って逃げようにも、身体が強張《こわば》って動かない。それを照らす明かりが、ちらちらとゆれる。右手がふるえているらしい。

やがて目の前に、それが来た。フードの下から、真っ白な弧の面が覗《のぞ》いている。その両の眼《まなこ》が、じーっと奈津江を見下ろしている。

「私は……」

それが口を開いた。地の底から聞こえてくるような、とても嗄《しゃが》れた声である。

「ここで死んだ……」

もちろん怖くてたまらないが、その言葉の意味が気になる。

ここって廻り家のこと？

だとすると目の前にいるのは、小佐紀になる。ぞっとした瞬間、あっ……と声をあげそうになった。

小佐紀さんは、ここで死んだんだ！

彼女が今、背中を向けている四体の狐像の上で――。そのころ小佐紀は、精神的におかしくなっていた。そのため塔屋の縄を誤って引いてしまい、ここに転落した。それを隆利が見つけた。でも、この場所は秘密にする必要がある。それで階段から落ちたことにした。そういうことだったのか。

「あ、あなたは……」

ゆっくりと狐像の反対側に回りつつ、四体の像を盾にしながら、

「……こ、ここで、亡くなったんですね。う、上から、落ちてしまって……」

こっくりと無表情な狐の面がうなずく。

「やっぱり……」

これで小佐紀の死の真相は分かった。だが、この閉ざされた空間は何なのか。なぜそれが現れるのか。どうして子供たちを連れ去ったのか。みんなは死んでしまったのか。まだ分かっていない疑問が多過ぎる。

でも……。

今は逃げるべきだろうか。はしごは奈津江の左手にある。なんとか身体も動く。一か八か飛びついて、はしごを駆け上れるかもしれない。

ううん、だめ。

あらん限りの勇気をふり絞り、奈津江は心の中で首をふった。廻り家に来たのは三紀弥たちを助けるためなのだ。それには祭園で起きている事件の謎を、おそらく解く必要がある。幸い目の前のそれとは意思の疎通ができている。明らかな身の危険を感じない限りは、ここで頑張るべきではないか。

「あ、あのう……」

声をかけるが、それは何の反応も示さない。

「……ここは、いったい何なんですか」

めげずに問いかけると、

「相談者の悩みごとを、私は知る」

かすれた口調ながら、ちゃんと答えが返ってきた。

「……あ、あなたに相談したい人が、和紙に筆で書いて、部屋の祠《ほこら》に入れておく……その内容のことですか」

真っ白な狐面がうなずく。

「私は知るって……あっ！」

その瞬間、からくりが分かった。この閉ざされた空間は、やはり八つの部屋の間に作られているのだ。本来なら廊下に当たる部分を、出入口をふさいで完全に閉じている。そして塔屋の床下からしか出入りできなくすることで、ここを秘密の通路にしているのだろう。

目的はひとつ。各部屋の壁に祀《まつ》られた祠の裏側から、相談者が悩み事を記した和紙を秘《ひそ》かに取り出して、それを盗み見るためである。

先ほど壁を通り抜けたように映ったのは、長い通路の横に枝道があったからだ。はしごを基点に方角を考えると、漆と捌の部屋の間の通路だと分かる。

インチキじゃない！

思わず叫びそうになり、慌ててこらえる。相手を怒らせるのはまずい。言葉を選びながら慎重に、自分の推理を述べてみる。

それがうなずく。

あっさりと認めたので、いささか拍子抜けした。インチキ狐使いなど、少しも怖がることはない。そんな強気さえ覚えはじめた。

けど……。

目の前のそれは、やはり恐ろしかった。依然として、とてつもなく忌まわしい存在であることは間違いない。

「あのう……」

だが奈津江は、それに立ち向かわなければならない。

「祭園の子供を……ここへ連れて来たのは……、ど、どうしてですか」

しばらく沈黙があってから、

「お前を、守る」

「わ、私を守るため？」

それがうなずく。

「学人さんたちが灰色の女になって、私を追い出そうとしたから？」

それがうなずく。

「だ、だから塔屋の穴から、みんなを落とした……」

それがうなずいてから、なぜか首をふる。

「えっ、違うの？」

それがうなずく。

「落としたんでしょ？」

それがうなずく。

「だったら……、そ、それとも、みんなではないってこと？」

それがうなずく。

「どういう意味なの？」

それは何の反応も示さない。

「……みんなではない？」

奈津江は必死に考えた。すぐ目の前に答えがありそうな気がする。全員の消えた状況を、ひとりずつ検討しようとして、ぱっと閃《ひらめ》いた。

「喜雄くんだけは、自分で落ちたんだ」

肝試しの夜、彼女を追いかけて塔屋へ駆けこんだ彼は、あの丸い穴の出入口でつまずき、とっさに太い縄をつかんだ。そのため縄が引っ張られて床の穴が開き、彼はここへと転落した。もしかすると小佐紀も、まったく同じ目に遭ったのかもしれない。

そうだ、私も……。

肝試しのとき丸い穴の出入口の縁でつまずき、思わず縄をつかみそうになった。幸いにも手が届かずに、そのまま茣蓙《ござ》の上に倒れたから良かったが、もう少しで命を落とすところだったと知って、背筋がぞっと震えた。

「よ、喜雄くんが落ちたから——」

しかし気丈にも彼女は話し続けた。

「みんなも、ここへ落とせばいい。そう考えたんですか」

それがうなずく。

「こ、殺そうと思って？」

それがうなずく。

「みんな、し、し、死んでるの？」

それがうなずく。

「……三紀弥くんも？」

それがうなずく。

「なんてこと……」

それが囁《ささや》く。

「お前のため」

「……」

「すべては――」

「……」

「お前のため」

「……と思ったのは」

絞り出すような声で、彼女が問いかけた。

「あ、あなたが……、私の……、お、お、お母さんだから……ですか」

それがうなずく。

「……」

懐中電灯の明かり以外は、真っ暗な暗闇の世界で、しーん……とした静寂の時が、しばらく流れた。

やがて――、

「……嘘」

奈津江が口を開いた。事務室で目にした資料の中で、いったい何に違和感を覚えたのか。このとき、ようやく分かった。

「あなたが赤ちゃんを抱いている、昔の写真を見ました。一枚は深咲お姉ちゃんを、もう一枚は私たち双児を、それぞれ抱いている写真です」

「…………」

それは沈黙している。

「深咲お姉ちゃんといっしょのあなたは、とてもうれしそうな笑顔でした。なのに私たちと写っているあなたは、物凄《ものすご》く恐ろしそうな表情をしていた。あれは、お母さんの顔じゃありません。私の行方を必死に捜した人が、あんな表情をするわけないもの」

それは大きくうなずくと、ゆっくりとフードを脱いでから、おもむろに狐の面をはずしはじめた。

「…………」

絶句する彼女の前で微笑んだのは、深咲の顔だった。

二十二　陰の狐火

「よく分かったわね」

にっこりと深咲が笑っている。

「でも、絶大な力を誇る狐使いの跡継ぎなんだから、当たり前よね」

何を言っているのか、まったく奈津江には理解できない。

「上で話しましょう」

あまりの展開に奈津江が呆然《ぼうぜん》としていると、深咲がはしごをのぼりはじめた。慌てて彼女もあとに続く。

「ちゃんと鈴を、お狐様の口に入れたのね」

奈津江が完全に穴から出るのを待って、深咲が縄を引っ張った。すると下から床板が現れ、バタンッと綺麗《きれい》に穴をふさいだ。

「もちろん穴の下でも、この操作はできるのよ」

深咲が縄を持って塔屋の中央まで進み、奈津江が無言のまま続く。

「でもね、小佐紀お母様が塔屋に籠《こも》られるとき、二つの扉には鍵《かぎ》がかけられたから、別に穴が開いたままでも問題はなかったの」

「…………」

「ただし万一の場合を考えて、下で操作するように——」

「……インチキ」

ようやく一言だけ奈津江は口にできた。

「小寅お祖母《ばあ》様も、小佐紀お母様も、その力は本物よ」

「嘘……」

「いいえ、本当なの」

「だったら、こんな仕掛けなんか——」

「分かりやすい奇跡に、人は惹《ひ》かれるの。本物の力があるのに、それを無知な者に信用させるためには、とても大変な労力が必要になる。そんな無駄な力など使う必要はないの。代々の優れた狐使いも——」

「相談に来た人を騙《だま》していたことに——」

変わりはないでしょ——と怒ろうとしてやめた。今は廻《まわ》り家《や》の仕掛けを問題にしている場合ではない。

「……灰色の女は、深咲お姉ちゃんだったの？」

「祭園に入って来た子供たちを、ひとりずつ確かめていたのは私よ。あのころは、かなり精神的に病んでいたからね。でも、その後の灰色の女は、すべて学人くんたちだわ」

「……小佐紀さんが、私を捜したっていうのは？」

「違うわ。小佐紀お母様ではなく、私なの。お母様はむしろ、小寅お祖母様といっしょに、あなたを追い払ったの」

そう言えば深咲は、隆利の前で小佐紀の話はするなと、しきりに釘《くぎ》を刺していた。その話題が出れば、自分の説明が嘘だとばれるからだ。

「さっき問題にしていた、あの写真の小佐紀お母様を見れば、よく分かるでしょ。あなたの味方は、私だけだったの」

「……どうして？」

「あなたたちが、陰の狐火を持って生まれたから。それで小佐紀お母様は――」

奈津江は首を横にふりながら、

「違う。どうして深咲お姉ちゃんだけは、私を捜して連れ戻そうとしたの？」

「あら……」

再び深咲はにっこりと微笑むと、

「もちろん、あなたの母親だからよ」

「…………」

「下の子は残念ながら、小寅お祖母様が裏の黒い森の中で……。でも陰の狐火を持つ双児を両方とも葬ってしまうのは、逆に大いなる災いをもたらすと恐れて――」

「な、な、何を言って……」

「どうしたの、奈津江？」

深咲に名前で呼ばれた瞬間、ぞくっと背筋が震えた。

「あなたたちを産んだとき、私は十三歳だった」

「…………」

「でもね、小佐紀お母様が亡くなるまで、あなたを捜すことはできなかった。必ず反対され、妨害されたからよ」

「…………」

「それが、あんな事故でお母様が亡くなり、小寅お祖母様も少しボケられて、ようやく私は、あなたの行方を追えるようになったの」

「…………」

「まさか、あのチュウさんとカジさんの子供として、都内で暮らしているなんて、まったく思いもしなかった」

「…………」

「あの二人なら、絶対にあなたを大切に育ててくれたはずよ。だから浅草の根津屋にいると分かったとき、どれほど私はうれしかったか」

「…………」

「チュウさんが落雷で亡くなったとき、私はお狐様の意志だと確信した。あなたを私のところへ返すために、雷を落とされたんだって」

「…………」

「だからカジさんに会って、奈津江を返して欲しいと言ったの」

「えっ……」

「それを、あの人は断わったばかりか、絶対あなたに会わせないって言うのよ」

いっしょに小さな小さな森で遊んでいたことは、根津の両親には黙っていたから、すでに深咲と面識があった事実を、母親は知らなかった。

「ようやく居場所を捜し当て、お狐様の力添えもいただいたのに、カジさんという障害が立ちふさがったのよ」

とても厭《いや》な予感がした。

「だからね、取りのぞいたの」

「…………」

まじまじと見つめる奈津江に、いたずらっ子のような笑みを深咲は向けながら、

「あら、私は大丈夫よ。あなたを連れ去ろうとした、灰色象男の犯行と思わせるために、現場に大きな耳と長い鼻を持った象の帽子を残しておいたもの」

「…………」

「あれはね、ヘイタの帽子のコレクションから持ち出したの。ちゃんと彼の髪の毛も入れておいたので、万一ここまで警察の手が伸びても、彼が罪をかぶってくれるわ。あなたに対する私の気持ちを、彼が自分勝手に解釈した結果、その障害となるカジさんを始

末した——という動機もある。その前に、やっぱり私の気持ちを独自に判断して、あなたを連れ去ろうとした罪もあるしね」

「………」

「もっともその場合、私があなたの母親だと、警察には言えないけどね」

根津の母親を殺したと教えられ、金づちで頭をなぐられたようなショックを奈津江は受けた。今にもへなへなと、その場に倒れてしまいそうなほど。

だめ……。しっかりしなきゃ、だめ！

必死で自分を鼓舞する。へたり込んでいる場合ではない。いっさいの秘密が、すべての真相が、今ここで明かされようとしている。

「ほ、ほ、本当に……」

「何かしら？」

「深咲お姉……あなたは、私の……、は、母親なの？」

「そうよ」

「だったら父親は、いったい誰？」

何のためらいもなく深咲は答えた。

「お父様よ」

「……えっ？」

またたく間に頭の中が混乱した奈津江の顔を見て、おかしそうに深咲は笑いながら、

「嫌だ、お父様を忘れたの？」

「…………」

「祭園の園長よ。隆利お父様よ」

「だって……、あ、あなたの、お父さんでしょ？」

「もちろん」

「そ、そんな……」

「お父様はね、そういう嗜好《しこう》の持ち主なの。少し前から、その対象は汐梨さんになったけど、もう死んじゃったものねぇ」

「か、彼女が……」

　夜中に汐梨が三階から下りて来たわけも、いずれ祭園を立ち去るべきだと風呂場《ふろば》で忠告した意味も、これで分かった。

「ただ困ったことに、お父様が祭園のことを色々と話すものだから、それが学人くんにも伝わってしまって……」

　汐梨の様子がおかしくなったのは、十三歳の誕生日からだった。やたらと学人が物知りになったのも、それ以降である。まだ奈津江に理解できることではなかったが、隆利は寝物語のひとつとして、祭園の歴史を汐梨に語って聞かせていたわけだ。

「彼女のことはいいわ」

　まったく何の問題もないとばかりに、深咲は話を戻した。

「だから正統な狐使いの、あなたは後継者なの」

「嘘……」

「私の初産の子なのよ。しかも異形の血によって誕生した」

祭隆利という人間の血ではあったが、母親が実の娘の深咲となると、まさに異形の血としか言えない。

「でも、私の名前は……」

「お狐様の別称に、イヅナがあるって教えたでしょ。あなたの名前は、小寅お祖母《ばあ》様がつけたんだけど、それを逆さまにしたのよ」

「イヅナを逆にするとナヅイで、奈津江にはならないじゃない」

「お祖母様は東北の出身だから、イをエと発音するの。それでナヅイが、ナヅエになってしまったのね」

「…………」

「あなたは間違いなく、私の娘よ」

「みんなを捜すふりだけして、本当は何もしてなかったんだ」

「そうね」

「あなたは何度も、灰色の女について調べると約束した。けど、あれは口だけで何もしていなかった。だから逆に、何度も調べると言い続けるしかなかった」

「そういう態度を見せないと、やっぱり不自然だものね」

「園長の考えや意見も、すべてあなたから聞いたことばかり……。みんなの前では、園長に警察を呼ぶように言ってたけど、あれもポーズだった」

「お父様が連絡するわけないでしょう」

「……そっか」

「今度は何かしら？」

「廻《まわ》り家《や》の裏の、森の中で私を追いかけたのは、あなただったのね」

「どうして、そう思うの？」

「あの前に私は、小山の階段の上にいた。そして廻り家の廊下を歩く、あなたと目を合わせてから、急いで裏へ走った。少しは迷ったけど、そのまま森に入ろうとしたとき、北側の廊下にあなたが現れた。もし本当に廻り家を調べていたのなら、壱の部屋から順に中を覗《のぞ》いていたのなら、あんなに早く北側に来られたわけないもの」

突然、深咲が拍手をはじめた。

「奈津江、立派よ。その利発さは、狐使いの優れた跡継ぎにふさわしいわ」

「陰の狐火なのに……」

「そうよ」

「呪われた血の子なのに……」

「ええ、そうよ」

絶望的な眼差《まなざ》しの奈津江とは違い、深咲は生き生きと瞳《ひとみ》を輝かせながら、

「お祖母様もお母様も、異形の血と陰の狐火をお嫌いになった。でも、それは大いなる力を認めている証拠じゃない」

「…………」

「心配する必要はないのよ。私が、あなたのお母様がついているから――」

「だったら！」

奈津江が叫んだ。

「私を跡継ぎにしたかっただけなら、三紀弥くんたちは関係ないじゃない！」

「そうよ」

「追い出そうとしたからって、な、何も殺すこと……」

「あら、それは違うわ」

「えっ？」

「喜雄くんの事故死がきっかけになったのは、確かに間違いないけど。いずれ子供たちは、全員を除去するつもりだったの」

「じょきょ？」

「取りのぞく、始末するってことね」

「ど、どうして？」

「祭家の全財産を、あなたに相続させるためじゃない」

「なっ……」

「みんなね、私のことが好きだったから、ここまで連れて来るのは簡単だった。汐梨さんだけは、ちょっと困ったけどね。ただ、それも学人くんたちとやっていた、偽の灰色の女の件を持ち出したら、あっさり解決したわ」

「そ、そんな理由で……」

「祭家の財産がどれほどのものか、あなたは知らな――」

「欲しくない!」

再び奈津江が叫ぶ。

「勝手に決めないでよ!」

「母親なら、娘のことを考えるのは当たり前です」

「だからって、殺すなんて……」

「子供たちは全員、祭家と養子縁組してるのよ。それを解消するのは、ちょっと事でしょうね。あっ、心配いらないわ。あの子たちの始末は、なんとでもなるから。こっちはシマコさんに、お願いしてもいいしね」

根津の母親殺しをヘイタの犯行にすると同時に、祭園の連続殺人はシマコに罪を着せるつもりなのだろうか。

「む、無理よ。絶対にばれるから」

「お父様の力を知らないのね。それにお父様は、私の言うことなら何でも聞く。いえ、こうなったら聞かざるを得ないわ。でも、さすがに祭園を続けるのは不可能だから、跡取りはあなたひとりになる」

もう頭がおかしくなりそうだった。次々と意外な事実が明るみに出るだけでなく、深咲を突き動かしている動機がすべて異常なのだから、奈津江が受けた衝撃は計り知れないほど深かった。

だが彼女は気丈にも、キッと深咲を睨《にら》みつけると、

「あなた変よ。絶対におかしいわ」

「奈津江もね、陰の狐火を持った双児を産めば、私の気持ちが分かるわ」

「そんな赤ちゃん、欲しくない！」

「大丈夫よ。今度こそ本物の異形の血が――」

「そ、それにね。さっきから、私のためって言ってるけど、そんなの大嘘よ！　さんざん脅して、怖がらせて、追いつめて……。本当のお母さんなら、そんなことするはずないもの！」

「あら――」

深咲は急にがっかりした顔をすると、

「肝心なところに、まだ気づいてないのね」

「…………」

「陰の狐火を持つ者は、とてつもない恐怖や圧倒的な憎悪にさらされたとき、黒弧《くろこ》に憑《つ》かれやすくなるって、ちゃんと教えたでしょ」

「すべては、あなたの覚醒《かくせい》をうながすためなのよ」

「……い、厭《いや》だ」

本当に幼い子供が嫌々をするように、奈津江は首をふりながら、ゆっくり後ずさりをはじめた。

「逃げられないわよ」

かかとが壁に当たる。後ろ向きのまま、北側の丸い穴へ片足ずつ入れる。

「この塔屋から出ても、この廻り家から抜け出しても、この祭園から逃げ出せても、陰の狐火が消えない限りは、あなたはお狐様から絶対に――」

そのとき突然、バタンッと床が開いた。

「えっ⁉」

深咲の顔に大きな疑問符が浮かぶ。が、それも一瞬だった。あっという間に彼女は真っ黒な穴へと消えた。

……ボコッ！

とても厭な音が穴の底から響いた。思わず吐き気をもよおすほどの、なんともおぞましい物音が、否応《いやおう》なく奈津江の耳朶《じだ》を打った。

お、落ちた……。

恐る恐る穴を覗きながら懐中電灯を向ける。完全には届かない明かりの中に、ほんの
「……………」

微《かす》かに浮かぶものがあった。
それは――四体の狐像の間に横たわる、あり得ない恰好《かっこう》にねじくれた深咲の無惨な姿だった。

終章

奈津江は急いで床下の穴から顔をそむけた。

……どうして仕掛けが？

縄は塔屋の中央で、ぶらーんと垂れ下がっている。深咲は引いていないし、もちろん奈津江でもない。

まさか、お狐様が？

もしかすると助けてくれたのだろうか。だとしたら白狐《しろこ》様か、それとも黒狐様か、どちらなのか。

そのとき穴の底から、何か物音が聞こえた気がした。

えっ……。

じっと耳をすます。

はしごを何かがのぼって来る。

一瞬にしてうなじが粟立《あわだ》ち、ぞぞぞっと背筋に悪寒が走った。

……な、な、何なの？

誰なのか、とは決して思わなかった。この奈落《ならく》のような穴の中には、生きている者はいないはずである。誰もはしごを上れるわけがない。

ギッ、ギッ……。

はしごの段が微かに軋《きし》んでいる。

ギッ、ギッ、ギッ……。

真っ暗な穴の底から響いてくる。

ギッ、ギッ、ギッ、ギッ……。

少しずつ確実に這《は》い上って来る。

……逃げなきゃ。

とっさに懐中電灯を消しつつ思う。しかし身体が動かない。

ギッ、ギッ……。

静寂が降りた真っ暗な塔屋の内部で、何かがはしごを上って来る物音だけが、次第に大きくなっていく。

ギィッ、ギィィッ、ギイッ。

はしご段の悲鳴がついに彼女の向かいまで、南の丸い穴の近くまで達した。もう少しで完全に塔屋の中へと、それは這い上ってしまう。

ありったけの勇気をふり絞って、奈津江は懐中電灯を点《とも》すと、その明かりを音のするほうへ向けた。

「まぶしいだろ」

「………」

「ちょっと――」

「み、み、三紀弥くん！」

光の中には、目を細めてこちらを見ている三紀弥の顔があった。

「無事だったの！」

「まぁね」

興奮する彼女とは対照的に、彼は冷静そうに見える。穴から這い上ったあと、塔屋の真ん中にぶら下がる太い縄に手を伸ばしながら、

「届かないや」

「どうやって助かったの？」

「そっちからでも同じか。このまま開けておくしかないね」

「ねぇ、聞いてるの？」

「今はそれより――」

奈津江は一言ずつはっきりと、

「いったい、この穴に落ちて、どうして、助かることが、できたのよ」

「ふうっ」

三紀弥はため息をついてから、

なったんだろうね」

「莫蓙《ござ》といっしょに落ちたんだ。それで分厚い莫蓙が、おそらくクッション代わりにな
ったんだろうね」

「深咲さ……彼女は気づかなかったの？」

「そのまま倒れていたら、彼女が下りて来て、通路のひとつに引きずりこまれた。部屋と部屋の間に通路が作られているんだ。けど特に生死は確かめなかったな。きっと放っておいたら、そのうち死ぬと思ったからじゃないか」

「ひどい……。みんなは？」

彼は首をふると、

「全員が即死かもしれない。つまり穴に落ちて、下の狐像に頭をぶつけて、すぐに死んでしまったんだと思う」

「…………」

「僕は運びこまれた通路のひとつで、なっちゃんと彼女の話を聞いていた。そして二人が塔屋に戻ってから、この仕掛けを動かす仕組みを捜したんだ」

「ちょ、ちょっと待ってよ」

あることに思いいたった奈津江は、彼にかみついた。

「もしかしたら、彼女といっしょに私も、落ちていたかもしれないわけ？」

「ち、違うよ」

「でも──」

「ちゃんと君が、塔屋を出たと判断したから、仕掛けを動かしたんだよ」

「どうして私の動きが、この下にいて分かるのよ」

「そんなの簡単さ。彼女の台詞《せりふ》と、床に伝わる物音とで、だいたいつかめるもの」

「だいたい……ってねぇ」

三紀弥の言葉に、奈津江が頭にきていると、

「とにかく、ここを出よう。こんな風に穴をはさんで、喋《しゃべ》る必要はないんだからさ」

言われてみれば、もっともである。そこで彼女は北の、彼は南の階段を下りて、玄関へ向かうことにした。

廻《まわ》り家《や》から出たとたん、ひんやりとした夜気が、とても心地好《よ》く感じられた。

「三紀弥くんだけでも助かって、本当に良かった」

奈津江は彼と並んで小山の上に立ち、黒い影となった樹木越しに本館を眺めつつ心から口にした。

「僕は運が強いんだ」

あの穴に落ちて助かったのだから、かなりの強運と言える。

「君も同じだろ」

「こんな事件が起きたのは、私のせいなのに?」

自嘲《じちょう》的な口調で彼女が首をふると、三紀弥が信じられない台詞をはいた。

「それこそ陰の狐火の力じゃないか」

「……そ、そんなものが、運だって言うの？」

「自分の持つ力を、悪く考えちゃいけない」

「ううん、そんな力なんて、はじめからないのよ。あの人たちが、そう信じていただけじゃない」

「あのねぇ」

さとすような口調で彼が、

「普通の六歳の女の子が、こんな事件に巻きこまれて、ここまでやれると思う？」

「えっ……」

「同じことが、僕自身にも言えるけどね」

「ど、どういうこと……」

三紀弥はまっすぐ、奈津江を見つめながら、

「小寅のお祖母《ばあ》さんも、つめが甘いよ。裏の森に捨てただけじゃ、陰の狐火を持つ双児の片割れは始末できない。しかも捨てた場所が、黒い森だからね」

「な、何を言って……」

「お狐様の別称に、日御碕《ひみさき》がある。これを並べ替えると、三紀弥になる」

「…………」

「深咲さんは一言も、双児のもうひとりを、なっちゃんの『妹』とは言っていなかった。君が勝手に思いこんでいるだけで」

「…………」

「彼女も園長も、ある日いきなり僕という存在を、ごく自然に受け入れた。でも、よーく考えてみると、僕のことは何も知らない。もっとも二人が、その事実に気づくことは絶対になかった」

「…………」

「そうそう。床の仕掛けを動かす前に、狐像の間に落ちていた莫蓙は、ちゃんと取り去っておいたんだ。僕のつめは甘くないよ」

「そ、そんな……」

はじめて目にする厭《いや》な笑いを浮かべて、三紀弥が囁《ささや》いた。

「これからもよろしく、姉さん」

本書は、二〇一〇年九月に光文社文庫より刊行された『災園』を加筆修正のうえ、改題したものです。

子狐《こぎつね》たちの災園《さいえん》

三津田信三《みつだしんぞう》

角川ホラー文庫 23266

令和4年7月25日　初版発行

発行者――堀内大示
発　行――株式会社KADOKAWA
〒102-8177　東京都千代田区富士見2-13-3
電話 0570-002-301(ナビダイヤル)
印刷所――株式会社暁印刷
製本所――本間製本株式会社
装幀者――田島照久

◇◇◇

ISBN978-4-04-112339-3　C0193

角川文庫発刊に際して

角川源義

第二次世界大戦の敗北は、軍事力の敗北であった以上に、私たちの若い文化力の敗退であった。私たちの文化が戦争に対して如何に無力であり、単なるあだ花に過ぎなかったかを、私たちは身を以て体験し痛感した。西洋近代文化の摂取にとって、明治以後八十年の歳月は決して短かすぎたとは言えない。にもかかわらず、近代文化の伝統を確立し、自由な批判と柔軟な良識に富む文化層として自らを形成することに私たちは失敗して来た。そしてこれは、各層への文化の普及滲透を任務とする出版人の責任でもあった。

一九四五年以来、私たちは再び振出しに戻り、第一歩から踏み出すことを余儀なくされた。これは大きな不幸ではあるが、反面、これまでの混沌・未熟・歪曲の中にあった我が国の文化に秩序と確たる基礎を齎らすためには絶好の機会でもある。角川書店は、このような祖国の文化的危機にあたり、微力をも顧みず再建の礎石たるべき抱負と決意とをもって出発したが、ここに創立以来の念願を果すべく角川文庫を発刊する。これまで刊行されたあらゆる全集叢書文庫類の長所と短所とを検討し、古今東西の不朽の典籍を、良心的編集のもとに、廉価に、そして書架にふさわしい美本として、多くのひとびとに提供しようとする。しかし私たちは徒らに百科全書的な知識のジレッタントを作ることを目的とせず、あくまで祖国の文化に秩序と再建への道を示し、この文庫を角川書店の栄ある事業として、今後永久に継続発展せしめ、学芸と教養との殿堂として大成せんことを期したい。多くの読書子の愛情ある忠言と支持とによって、この希望と抱負とを完遂せしめられんことを願う。

一九四九年五月三日

のぞきめ

三津田信三

読んでは駄目。あれが覗きに来る——

辺鄙《へんぴ》な貸別荘地を訪れた成留《しげる》たち。謎の巡礼母娘に導かれるように彼らは禁じられた廃村に紛れ込み、恐るべき怪異に見舞われる。民俗学者・四十澤《あいざわ》が昭和初期に残したノートから、そこは〈弔い村〉の異名をもち〈のぞきめ〉という憑《つ》き物の伝承が残る、呪われた村だったことが明らかとなる。作家の「僕」が知った２つの怪異譚。その衝撃の関連と真相とは⁉　何かに覗かれている——そんな気がする時は、必ず一旦本書を閉じてください。

角川ホラー文庫

ISBN 978-4-04-102722-6

六蠱の軀

三津田信三

死相学探偵3

理想の部位《パーツ》を集めるのだ…。

志津香はマスコミに勤めるOL。顔立ちは普通だが「美乳」の持ち主だ。最近会社からの帰宅途中に、薄気味悪い視線を感じるようになった。振り向いても、怪しい人は誰もいない。折しも東京で猟奇殺人事件が立て続けにおきる。被害者はどちらも女性だった。帰り道で不安に駆られる志津香が見たものとは……？　死相学探偵弦矢俊一郎は、曲矢刑事からの依頼を受け、事件の裏にひそむ謎に迫る。注目の人気シリーズ第３弾。

角川ホラー文庫

ISBN 978-4-04-390203-3

死相学探偵
最後の事件
三津田信三

最強の宿敵、黒術師の正体が明らかに！

黒術師の居所を突き止めるべく奔走する黒捜課のメンバーと俊一郎たちは、候補地の1つである孤島に渡った。見晴らし台を備える元別荘で待ち受けていたのは、どこか言動が奇妙なスタッフと、人数分に満たない食料だった。黒術師の罠を警戒し、緊張する一行を嘲笑うかのように、不可解な連続殺人事件が起き始める。犯人は誰か、その目的は？　そして、姿を見せない黒術師の正体とは？　最後にして究極の闘いが、幕を開ける！

角川ホラー文庫

ISBN 978-4-04-110839-0

禍家《まがや》

三津田信三

身の毛もよだつ最恐ホラー!!

12歳の少年・棟像《むなかた》貢《こう》太郎《たろう》は、両親を事故で失い、東京郊外の家に越してきた。しかし、初めて見るはずの町並みと家になぜか既視感を覚えると、怪異が次々と貢太郎を襲い始める。ひたひたと憑いて来る足音、人喰いが蠢く森、這い寄る首無しの化物。得体の知れない恐怖に苛まれながらも、貢太郎は友達の生川《おいかわ》礼奈《れな》とともに、怪異の根源を探り始める。やがて貢太郎が見舞われる、忌まわしい惨劇とは!? 背筋が凍る、戦慄の怪異譚!!

魔邸

三津田信三

この家は、何かがおかしい……。

小学6年生の優真は、父と死別後、母が再婚したお堅い義父となじめずにいた。そんなある日、義父の海外赴任が決まり、しばらく大好きな叔父の別荘で暮らすことになる。だが、その家は“神隠し”の伝承がある忌まわしい森の前に建っていた。初日の夜、家を徘徊する不気味な気配に戦慄する優真だが、やがて昼夜問わず、不可解な出来事が次々に襲いかかり——。本格ミステリ大賞受賞作家が放つ、2度読み必至、驚愕のミステリ・ホラー！

角川ホラー文庫

ISBN 978-4-04-109964-3